KB020276

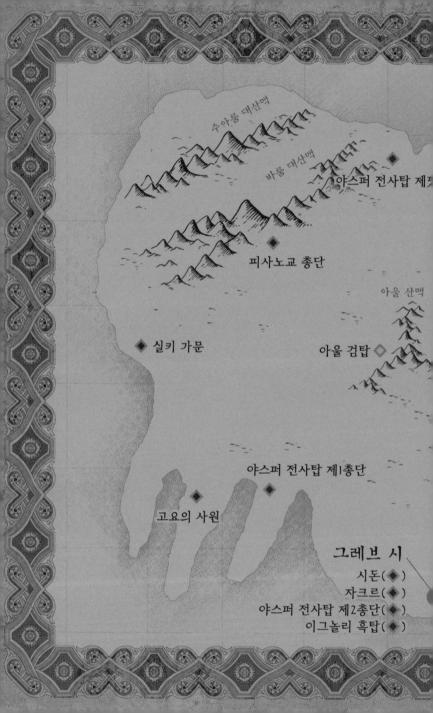

수아롱 대산맥

바롱 대산맥

야스퍼 전사탑 제3

피사노교 총단

아울 산맥

실키 가문

아울 검탑

야스퍼 전사탑 제1총단

고요의 사원

그레브 시
시돈(◆)
자크르(◆)
야스퍼 전사탑 제2총단(◆)
이그놀리 흑탑(◆)

추이타 북산맥

추이타 대초원

추이타 남산맥

이올라 시

피요르드 시
쿠퍼 가문(◇)
은화 반 닢 기사단(◇)
모레툼 교황청(◇)

솔노크 시

솔 강

돔 시
마탑(◇)

원시림

라폴리움 시
라폴 도서관(◇)

트루게이스 시

뉴브로도 시
아바니 가문(◆)
수의 사원(◆)

◇ 백 진영
◆ 흑 진영
◆ 중립 진영
● 도시

언노운월드 대륙 전도

E T A N 이탄

ORIGINAL FANTASY STORY & ADVENTURE

쥬논 판타지 장편소설

dream
books
드림북스

이탄 29 광황 이충

초판 1쇄 인쇄 2022년 6월 9일
초판 1쇄 발행 2022년 6월 24일

지은이 쥬논
발행인 오영배
편집 편집부
일러스트 필연
표지 · 본문 디자인 오정인
제작 조하늬

펴낸곳 (주)삼양출판사 · 드림북스
주소 서울시 강북구 도봉로 173
대표 전화 02-980-2112 **팩스** 02-983-0660
편집부 전화 02-987-9393 **팩스** 02-980-2115
블로그 blog.naver.com/dreambookss
출판등록 1999년 3월 11일 제9-00046호

ⓒ 쥬논, 2022

ISBN 979-11-283-7148-6 (04810) / 979-11-283-9990-9 (세트)

드림북스는 (주)삼양출판사의 판타지 · 무협 문학 브랜드입니다.

목차

부제: 언데드지만 신전에서 일합니다

사대신수

『성혈의 바하문트』
—신수: 날개 달린 사자
—상징: 공포
—속성: 흙(土), 피(血)

『불과 어둠의 지배자 샤피로』
—신수: 광기의 매
—상징: 탐욕
—속성: 불(火), 어둠(暗), 나무(木)

『포식자 하라간』
—신수: 투명 마수
—상징: 타락, 나태
—속성: 얼음(氷), 균(菌), 물(水)

『둠 블러드 이탄』
—신수: 냉혹의 뱀
—상징: 파멸
—속성: 금속(金), 빛(光)

발췌문

모든 것을 잃어버렸다.

처참하게 찢기고 곳곳에 흩뿌려진 내 피와 살과 뼈를 언젠가 되찾을 수 있을까?

―까마득한 태고, 모레툼의 탄식 가운데 발췌

한때 내가 잃어버렸던 것들을 대부분 되찾았다.

아니, 잃어버렸던 것보다 더 많은 것들을 찾아서 완성형으로 거듭났다.

이제 남은 왼팔을 마저 찾아야겠지.

그 전에 아홉 꼬리 고양이부터 만나봐야 할까? 아니면 쿤룬의 신이 남긴 흔적부터 뒤쫓아야 할까?

—이탄의 독백 가운데 발췌

제1화
광황의 릉 II

Chapter 1

이탄은 상대의 영혼을 낚아채는 능력이 있었다.

'이리 와라.'

지금 이탄은 그 능력을 발휘하였다.

쑤욱―.

어둠의 수호룡은 자신도 모르는 사이에 혼백이 뽑혀서 이탄의 영혼 속 붉은 방으로 끌려왔다.

모진 놈 옆에 있다가 날벼락을 맞는다고, 빛의 수호룡의 영혼도 덩달아 이탄에게 붙잡혀 왔다.

어둠의 수호룡은 이곳이 어디인지 몰랐다. 수호룡의 육체는 밖에 남아 있고, 오직 혼백만 뽑혀서 이곳에 끌려왔다는 사실도 알지 못했다. 어둠의 수호룡이 파악한 바는, 그저 그가 눈을 한 번 깜빡였더니 엉뚱한 곳으로 이동했다는 사실뿐이었다.

수치스럽게도 어둠의 수호룡은 이 수상한 공간에 도착한 즉시 푸줏간의 고기처럼 허공에 대롱대롱 매달리는 신세가 되었다.

[키햣!]

어둠의 수호룡이 날카로운 이빨을 드러내었다.

원래 드래곤은 자존심이 하늘을 찌르는 종족이었다. 특히 어둠의 수호룡은 몇 차례의 일생을 통틀어서 이렇게 무례한 대접을 받아본 경험이 없었다.

[카햐향, 키햐햣.]

어둠의 수호룡이 발작하듯 온몸을 뒤틀었다.

하지만 그 동작이 위협적이라기보다는 귀여웠다.

이건 당연한 일이었다. 다 큰 성체 드래곤이 수십 미터에서 수백 미터의 덩치를 자랑하는 것에 비해서 어둠의 수호룡은 고작 20센티미터 길이의 해츨링, 즉 신생아에 불과했다. 다리도 아직 짧았다.

'흐음.'

이탄은 버둥거리는 상대를 물끄러미 살펴보았다.

어둠의 수호룡의 정수리에는 4개의 뿔이 각기 다른 방향으로 돋아 있기에 위에서 내려다보면 X자 모양처럼 보였다. 어둠의 수호룡이 지닌 날개는 총 여덟 장, 즉 네 쌍이었다. 어둠의 수호룡의 몸통에는 짧은 다리가 16개가 앙증맞게 매달렸다.

여기까지만 보면 어둠의 수호룡은 빛의 수호룡과 쌍둥이처럼 닮아 있었다. 두 드래곤 모두 뿔의 개수, 뿔의 모양, 날개의 개수, 다리의 개수가 똑같은 것이다.

다만 이 둘이 풍기는 느낌은 완전히 상반되었다.

빛의 수호룡은 전반적으로 둥글둥글했다. 풍기는 느낌도 중천에 뜬 태양을 연상시켰다. 강력하면서도 따뜻한 느낌이라고나 할까.

반면 어둠의 수호룡은 가시 갑옷을 몸에 두른 듯이 온몸이 각이 지고 뾰족뾰족했다. 어둠의 수호룡이 몸을 돌돌 말자 뾰족한 암석 파편을 보는 듯했다. 또한 어둠의 수호룡이 발산하는 느낌은 어둡고, 음습하고, 차가웠다.

[키햐햣!]

어둠의 수호룡이 이탄을 향해서 아가리를 쩍 벌리고 새까만 혓바닥을 바르르 떨었다.

알에서 갓 깨어난 새끼 드래곤의 앙증맞은 앙탈에 '귀엽구나!' 라는 탄성이 절로 나올 법도 하건만, 이탄은 표정 변화가 없었다.

'이게 어디서 하악질이야?'

이탄은 오히려 마뜩지 않은 듯이 뇌까렸다.

그러자 이탄의 영혼 속에서 붉은 망치가 등장하더니 어둠의 수호룡의 관자놀이 부위를 냅다 후려쳤다.

빠악.

뼈 부러지는 소리와 함께 어둠의 수호룡의 눈알이 팽그르르 돌았다.

[키이핫! 키핫! 키핫!]

겨우 정신을 차린 어둠의 수호룡이 이탄을 향해서 저주를 퍼붓듯이 악을 써댔다.

빡! 빡! 빡!

그때마다 붉은 망치는 인정사정없이 드래곤의 머리통을 내리찍었다.

망치질 한 방에 수호룡의 딱딱한 비늘이 깨졌다. 비늘이 쪼개지자 그 속에서 칠흑과도 같은 색깔의 맨살이 드러났다. 계속되는 망치질로 인해 맨살마저 뭉개지자 어둠의 수호룡의 검은 뼈가 그대로 노출되었다.

어둠의 수호룡은 비늘과 피부뿐 아니라 뼈 색깔마저 검었다.

[키이핫! 키이핫! 키이핫! 키핫!]

어둠의 수호룡이 악착같이 이탄에게 대들었다.

붉은 망치는 무감정하게 상대를 내리치고 또 내리쳤다. 이대로 수호룡을 패 죽이기라도 할 것처럼 망치질의 속도나 세기가 줄어들지 않았다.

어둠의 수호룡도 쉽게 항복할 성격은 아니었다.

그럴수록 망치질은 계속되었다. 검은 비늘이 수도 없이 부서졌다. 계속해서 검은 피가 튀었다.

물론 이 피는 진짜가 아니었다. 이곳은 영혼 속 공간이라 어둠의 수호룡에게 물리적인 타격이 직접 가해지지는 않았다. 대신 정신적인 타격은 어둠의 수호룡에게 고스란히 누적되었다.

[어우야. 저걸 어째? 어우야. 나는 도저히 못 보겠다.]

빛의 수호룡은 이탄의 뒤에서 안절부절못했다.

딱!

이탄이 무표정하게 손가락을 튕겼다.

이번에는 붉은 식칼 한 자루와 갈고리 2개가 허공에 등장했다.

붉은 식칼이 어둠의 수호룡의 배를 폭 찌르고 들어왔다. 그런 다음 식칼은 부우욱 소리를 내면서 수호룡의 배를 갈랐다.

붉은 갈고리가 식칼과 보조를 맞췄다. 한 쌍의 갈고리는 어둠의 수호룡의 뱃가죽을 양쪽에서 걸더니 좌우로 힘차게 벌렸다.

그러는 와중에도 붉은 망치는 열심히 수호룡의 두개골을 깨부쉈다.

망치, 식칼, 갈고리.

이렇게 삼중으로 타격을 받는데도 어둠의 수호룡은 여전히 형체에 변화가 생기지 않았다. 이는 어둠의 수호룡이 가진 놀라운 재생력 덕분이었다.

조금 전에 망치에 얻어맞아 깨진 수호룡의 두개골이 다음 순간에 다시 복원되었다. 붉은 식칼에 썰렸던 비늘도 스르륵 다시 돋아났다.

강력한 재생력이 어둠의 수호룡에게 용기를 주었다. 어둠의 수호룡은 괴성을 지르고 몸부림치는 와중에도 이탄을 향해서 원한의 눈빛을 거두지 않았다.

마침내 이탄이 한 마디를 던졌다.

'좋구나. 너는 저기 있는 빛의 수호룡보다 오래 버틸 것 같네. 뭐, 그렇게 악착같이 버티는 게 무슨 의미가 있는지는 모르겠다만, 어쨌거나 나에게는 개이득이지. 비늘을 벗기고 또 벗겨도 계속해서 새로 돋아나니까 그만큼 내 수확이 늘어나는 것 아니겠어? 네 가죽을 뜯어내고 또 뜯어내도 다시 재생되겠지? 뼈를 추려도 마찬가지일 테고. 좋아. 아주 좋아. 그렇다면 너는 여기에 평생 매달려서 나에게 비

늘과 가죽과 뼈를 제공하는 생산 공장 신세나 되려무나.'

이탄은 살벌한 말을 아무렇지도 않게 내뱉었다.

[헙!]

어둠의 수호룡은 비로소 눈빛이 변했다.

[그, 그런 막말을!]

빛의 수호룡도 차마 들어서는 안 될 말을 들었다는 표정
으로 이탄을 바라보았다.

이탄은 단지 말뿐만이 아니었다. 그는 어둠의 수호룡을
붉은 방 안에 내버려둔 채 밖으로 나왔다. 빛의 수호룡도
함께 데리고 나왔다.

이제 영혼 속 붉은 방에는 어둠의 수호룡만 홀로 남았다.
어둠의 수호룡은 그 공포스러운 밀실에 갇힌 채 끊임없이
비늘을 빼앗기고 가죽이 벗겨졌다.

Chapter 2

10년이 훌쩍 지났다.

바깥세상의 이야기가 아니었다. 오직 이탄의 영혼 속에
서만 시간이 흘렀다. 이탄이 무한시의 권능을 선택적으로
사용하였기에 벌어진 현상이었다. 다시 말해서 이 10년이

라는 세월은 오직 어둠의 드래곤에게만 흘러갔다.

이 10년 동안 어둠의 드래곤은 내내 갈고리에 거꾸로 매달려 있었다. 붉은 갈고리와 붉은 식칼은 어둠의 드래곤으로부터 검은 비늘을 갈취했다. 가죽도 벗겼다. 발톱도 뽑았다. 나중에는 붉은 집게까지 등장하여 수호룡의 뿔까지 빼앗아 갔다.

어둠의 수호룡은 그제야 깨달았다. 강력한 재생력은 축복이 아니라 오히려 저주라는 사실을.

어둠의 수호룡이 영혼까지 탈탈 털리는 동안 이탄은 코빼기도 보이지 않았다.

그게 더 무서웠다.

일단 이탄이 나타나야 어둠의 수호룡이 항복을 하건 아니면 한바탕 저주를 퍼붓건 뭔가를 해볼 게 아니겠는가. 그런데 이탄은 진짜로 어둠의 수호룡을 부산물 생산 공장으로만 써먹을 요량인지 한 번 와보지도 않았다.

어둠의 수호룡은 이탄의 영혼 속에서 하루하루 지옥을 맛보았다. 하루하루 급속도로 피폐해져 갔다.

이탄이 어둠의 수호룡을 밖에 꺼내준 것은, 수호룡의 눈에 자포자기의 감정이 떠올랐을 때였다.

어둠의 수호룡은 진짜로 모든 것을 포기했다. 그에게 소원이 있다면 그저 편히 죽는 것뿐이었다.

이탄은 그런 수호룡을 영혼 속에서 꺼내어 본래의 몸속에 넣어주었다.

[키에에엑~.]

어둠의 수호룡이 힘겹게 아가리를 벌리고 혀를 바르르 떨었다. 그런 다음 수호룡은 바닥에 얼굴을 처박고는 옆으로 픽 쓰러졌다.

수호룡의 모습은 변화가 전혀 없었다. 머리에서 꼬리까지 길이는 20센티미터 그대로였다. 날개도 그대로, 뾰족뾰족한 생김새도 이전과 똑같았다.

다만 수호룡의 눈빛만큼은 이탄의 영혼 속으로 끌려들어가기 전과 후가 180도 바뀌었다. 알을 깨고 갓 태어났을 당시 수호룡의 눈이 오만함과 독기, 악의로 가득 차 있었다. 지금 수호룡의 동공 속에는 깊은 공포와 체념, 그리고 절망만이 가득했다.

이탄이 뇌파를 툭 뱉었다.

'네게 물어볼 게 있어서 잠시 꺼내준 거다.'

[…….]

어둠의 수호룡은 숨을 쌕쌕 몰아쉬면서 이탄의 말을 들었다. 옆으로 쓰러져서 바들바들 떠는 어린 수호룡의 모습이 애처로웠다.

이탄은 무심하게 이야기를 계속했다.

'대답하는 데 그리 오래 걸리진 않을 거야. 궁금한 점을 다 묻고 나면 너를 다시 부산물 채취장으로 돌려보내서 비늘과 가죽, 뼈와 같은 것들을 채취할 테니까. 그게 싫으면 최대한 많은 정보를 털어놔 보려무나. 그럼 부산물 채취장으로 되돌아가는 시점을 최대한 지연시킬 수 있을 테지.'

[⋯⋯]

어둠의 수호룡은 여전히 대꾸가 없었다. 하지만 부산물 채취장으로 돌려보낸다는 말을 알아들었는지 수호룡의 동공이 파르르 흔들렸다. 자존심이 강한 수호룡이 발톱을 오므리고 몸을 벌벌벌 경련했다.

'질문에 대한 대답을 엉망으로 해도 좋아. 내키지 않으면 뇌파를 꾹 닫고 있어도 돼. 그럼 너를 즉각 부산물 채취장으로 보내줄게.'

이탄은 으스스한 협박과 함께 어둠의 수호룡 앞에 쪼그려 앉았다.

'자, 첫 번째 질문이다.'

이탄이 수호룡의 앞에 손가락을 내밀었다.

츳츳츳츳츳츳—.

이탄의 손끝에서 시커먼 기운이 방출되는가 싶더니 이내 그 기운이 검은 물방울처럼 동그랗게 뭉쳤다.

이것은 얼마 전 이탄이 안토니오로부터 흡수한 기운이었

다.

[!]

어둠의 수호룡은 검은 물방울의 정체를 알아보고는 흠칫했다. 지금까지 어둠의 수호룡은 절망과 고통, 공포에 잠식되어 자포자기 상태였다. 그런데 검은 물방울을 목격한 순간부터 어둠의 수호룡의 눈빛이 완전히 달라졌다.

이탄이 어둠의 수호룡에게 물었다.

'너, 이 기운에 대해서 알고 있지? 나를 여기로 인도한 게 바로 이 검은 물방울이거든. 그러니까 너는 분명히 이것에 대해서 알고 있을 거야. 이 물방울의 정체가 뭐냐? 혹시 너와 관련이 있는 기운인가?'

[…….]

어둠의 수호룡은 대답하기 싫은 듯 고개를 휙 돌렸다.

이탄이 하얗게 이빨을 드러내었다.

'그럴 줄 알았다. 대답하기 싫으면 마라. 나도 억지로 들을 생각은 없으니까.'

이탄은 검은 물방울을 다시 손가락 속으로 회수했다. 그런 다음, 이탄은 어둠의 수호룡의 혼백을 뽑아서 다시 부산물 채취장, 즉 붉은 금속으로 둘러싸인 영혼 속 공간으로 보내버리려고 들었다.

바로 그 직전에 어둠의 수호룡이 뇌파를 보냈다.

[키향! 자, 잠깐.]

'응?'

[잠깐만 기다려. 그 기운…… 내가 알고 있다.]

'그래?'

이탄은 계속 말해보라는 듯이 팔짱을 끼고 고개를 까딱였다.

Chapter 3

어둠의 수호룡은 조그만 입으로 한숨을 포옥 내쉰 다음, 이야기를 시작했다.

[그 기운은 이충의 것이다. 한때 나의 맹약자였던 이충의 것.]

'이충이라면…… 광황 말인가?'

[그렇다. 후대에는 광황이라고 알려졌지.]

지금까지 입을 꾹 다물고 자존심을 꺽지 않던 어둠의 수호룡이 무슨 바람이 불었는지 이탄에게 옛 이야기를 술술 털어놓았다.

이탄은 잠시 턱을 괴고 생각하다가 이어지는 질문을 던졌다.

'이 기운은 내가 다른 사람의 몸에서 빼낸 것이다. 그런데 광황은 무려 700년도 더 전에 뒈졌잖아. 그런 광황의 기운이 왜 현재 시대 사람의 몸에서 나온 걸까?'

이탄은 머릿속으로 안토니오를 떠올리면서 어둠의 수호룡에게 물었다.

어둠의 수호룡은 흥미로운 내용을 폭로했다.

[이층의 권능을 연마하는 자들은 자신도 모르는 사이에 체내에서 다크 시드(Dark Seed: 검은 씨앗)가 자라게 된다. 이층의 권능을 깊이 연마하면 할수록 다크 시드도 점점 커지지. 그렇게 다크 시드가 커지면, 결국 그자는 이층의 먹이가 되는 거다. 아마도 그 다크 시드를 품었던 자는 이층의 권능 가운데 하나를 연마했을 것이다.]

'오호라, 그랬어?'

이탄은 눈을 반짝 빛냈다.

이탄이 곰곰이 생각해 보니 안토니오 가주는 이층이 남긴 광황의 벽을 연마했다. 때문에 안토니오의 몸속에서 다크 시드가 자라게 된 것이다.

이탄이 재차 확인했다.

'이층의 권능을 연마하면 몸속에서 다크 시드가 자란다고 했겠다? 그러다 다크 시드가 충분히 커지면 이층의 먹이가 되는 것이고?'

[그렇다. 과거에 이충은 조종의 대소신료들을 숙주로 삼아서 그들의 몸속에 여러 개의 다크 시드를 키웠다. 그런 다음, 다크 시드가 적당히 커지면 이충이 그 에너지를 흡수하여 단숨에 강해지곤 했지. 이것이 이충이 절대자로 거듭난 첫 번째 비결이다.]

'오! 그게 첫 번째 비결이면 당연히 두 번째 비결도 있겠네?'

이탄이 입맛을 다셨다.

어둠의 수호룡은 고개를 주억거렸다.

[있지. 이충이 단기간에 막강해졌던 두 번째 비결은 바로…… 망령목이다.]

'뭣이?'

이탄이 깜짝 놀랐다.

어둠의 수호룡은 망령목에 대한 설명을 구구절절 늘어놓았다.

[망령목이라는 명칭을 가진 이 비술은 놀랍게도 다른 차원과 연결이 되어 있다. 특수한 방법으로 키워낸 고목나무에 사람의 목을 잘라 매달아 놓으면 그 사람의 혼백이 다른 세상으로 넘어가게 되는 것이지. 믿기 어려운 이야기겠지만, 이충에 의하여 망령이 된 혼백은 타 차원으로 가서 싸이킥 에너지를 채굴하는 노예 신세로 전락한다. 그렇게 노

예들이 채굴한 에너지가 망령목의 주인인 이충에게 다시 모이는 것이 이 비술의 핵심이다. 과거에 이충은 망령목 덕분에 단기간에 상당량의 싸이킥 에너지를 모을 수 있었고, 그 힘을 바탕으로 세상 그 누구보다도 빠르게 강해졌어. 다시 말해서 망령목과 다크 시드가 이충이 가진 힘의 근원인 셈이다.]

'이런 미친!'

이탄이 두 눈을 부릅떴다.

망령목이 언급된 순간, 이탄은 침착함을 잃고 펄쩍 뛰었다. 어둠의 수호룡이 밝힌 진실은 그만큼 놀라왔다.

'하! 간씨 세가가 망령목을 어디서 전수받았나 궁금했는데, 알고 보니 그 근원이 광황이었구나. 쥬신의 미치광이 황제가 원흉이었어.'

이탄은 두근거리는 가슴을 애써 진정한 뒤, 다음 질문으로 넘어갔다.

'너 혹시 어둠의 숭배자들이라고 들어봤나?'

하와이 전투에서 어둠의 숭배자들은 검은 물방울을 이용하여 안토니오를 미치광이로 만들었다. 그런데 어둠의 수호룡은 그 검은 물방울이 다크 시드라고 밝혔다.

그것만이 아니다. 이탄의 눈앞에서 꼼지락거리는 이 새까만 드래곤의 명칭은 '어둠의 수호룡 알리어스' 다.

둘 다 어둠이라는 단어를 공통적으로 사용하다 보니 이탄의 머릿속에서는 자연스럽게 광황 이충과 어둠의 숭배자들이 연결될 수밖에 없었다.

[뭐? 어둠의 숭배자라고? 그 명칭을 어떻게 알았지?]

이탄의 질문이 떨어지기 무섭게 어둠의 수호룡이 펄쩍 뛰었다.

이탄은 벼락처럼 몸을 날려 수호룡의 목을 틀어쥐었다.

'말해라. 광황과 어둠의 숭배자는 어떤 관계냐? 어둠의 숭배자 놈들이 떠받드는 신이 혹시 광황이냐? 아니면 광황이 그 숭배자 무리의 제사장이라도 되나?'

이탄은 상대의 목을 쥐고 흔들었다.

[케켁.]

어둠의 수호룡이 비명을 질렀다.

결론적으로 말해서 광황은 어둠의 숭배자가 아니었다.

그렇다고 해서 둘이 전혀 관계가 없냐?

이것도 아니었다. 광황은 혼돈의 신과 그 신을 믿는 교도(어둠의 숭배자)들 사이의 중간쯤에 위치한 존재였다.

어둠의 수호룡이 이탄에게 폭로한 바에 따르면, 광황 이충은 '과거를 읽는 자' 였다. 그것도 가까운 과거뿐만이 아니라 아주 오래된 과거도 척척 읽어내는 존재가 바로 광황이었다.

이 특이한 권능 덕분에 광황은 손으로 만진 모든 것들의 과거와 역사를 영상으로 읽어낼 수 있었다.

광황이 어떠한 물체를 만지면 그 물체가 겪었던 일들이 광황의 눈앞에 파노라마처럼 펼쳐졌다.

광황이 사람을 접촉하면 그 대상자의 과거가 숨김없이 광황의 눈에 까발려졌다.

이것은 축복이 아니라 저주였다.

이충이 태자였던 시절, 그가 어머니라고 믿고 있던 황후는 사실 질투에 눈이 멀어서 광황의 친모를 독살한 범죄자였다. 이충의 부친인 황제는 황후의 범죄 사실을 다 알고 있으면서도 그냥 덮어주었다.

어디 그뿐이랴.

이충에게 자상하게 대해주던 스승은 궐 밖에 나가서는 "태자가 어딘지 모르게 음침하여 가까이 가기도 싫다."며 이충을 욕했다.

태자전의 환관들도 뒤에서 이충을 헐뜯기는 마찬가지였다. 심지어 이충을 연모한다던 태자비도 과거가 깨끗하지 않았다.

이충은 이 모든 상황들을 견디지 못하였다. 이충은 돌아버리지 않고서는 도저히 버틸 수가 없었다. 이충은 점점 더 사람을 믿지 못하게 되었다. 이충은 점점 더 음침한 어둠 속으로 침잠되었다.

그런 이충에게 친구가 되어준 대상은 오직 셋뿐.

황실에 보관 중인 오래된 고서.

과거의 풍부한 기억을 담고 있는 골동품들.

그리고 이충과 남몰래 맹약을 맺은 어둠의 수호룡.

이 셋만이 이충의 진정한 친구들이었다.

Chapter 4

그러던 어느 날이었다. 이충은 황실 보고 깊숙한 곳에서 아주 오래된 향로를 하나 발견했다.

이 향로가 언제 어디서 수집된 것인지는 아무도 몰랐다. 오직 이충만이 타고난 권능 덕분에 향로의 연원을 알게 되었다.

놀랍게도 향로를 사용했던 존재는 인간이 아니라 신이었다.

이충이 읽어낸 바에 따르면, 그 신이 세상에 머물렀던 시기는 인간들의 달력으로는 표현조차 불가능한 까마득한 과거였다. 신이 머물렀던 공간도 이곳 차원이 아니라 전혀 다른 차원이었다.

놀랍게도 이충의 능력에는 한계가 없었다. 이충은 가까운 과거뿐 아니라 헤아릴 수 없이 먼 과거, 심지어 타 차원에 머물렀던 신의 기억까지도 거침없이 읽어내었다.

이충은 향로에 새겨진 과거의 세월들을 하나씩 더듬어가다가 결국엔 신의 지식에 닿게 되었다.

망령목.
다크 시드.

이 두 가지야말로 인간의 것이 아닌 신의 지식이었다. 까마득한 과거에 신은 향로를 도구로 써서 위의 두 가지 비술을 연마했더랬다.

이충은 향로로부터 신의 기억을 읽어내어 오랫동안 연구했고, 마침내 신의 비술을 자신의 것으로 만들었다.

신의 비술은 과연 효과가 대단했다. 평소 몸이 약하고 음침하기만 하던 태자가 하루아침에 다른 사람처럼 변했다. 힘없이 비실거리던 이충이 어느새 절대적인 포식자로 거듭난 것이다.

이충은 막강한 힘을 거침없이 드러내어 황제의 자리에 올랐다. 그런 이후, 이충은 비로소 자신이 어둠의 수호룡과 맹약을 맺었다는 사실을 세상에 공표했다.

당시 쥬신 제국의 황실에서 수호룡과 맹약을 맺었다는 것은, 곧 황제의 자격이 있다는 것과 같은 소리였다.

제국의 모든 신하들이 이충 앞에 무릎을 꿇었다. 제국의 모든 비와 빈들이 이충의 발등에 입을 맞추었다. 어둠의 수호룡은 이충의 뒤에서 날개를 활짝 펴고는 황제의 위엄을 더해주었다.

그날부터 이충은 음침한 은둔자에서 폭군으로 변했다.

이충은 뒤에서 자신을 욕하던 신하들을 모조리 참수했다. 과거가 구린 황후와 빈들도 거침없이 목을 잘랐다.

제국의 모든 이들이 이충을 두려워했다.

제국의 모든 권력이 이충의 손아귀에 들어왔다.

그즈음 어둠의 숭배자들이 이충을 찾아왔다. 어둠의 숭배자들은 이충을 향해서 신의 재림이라 칭송했다. 왜냐하면 이충이 다크 시드를 통해서 뽑아낸 기운이 숭배자들이 섬기는 혼돈의 신의 기운과 일치하기 때문이었다.

다른 한편으로 이충이 사용하는 싸이킥 에너지도 어둠의 숭배자들이 섬기는 신의 에너지와 일치했다.

하지만 안타깝게도 이충은 신이 아니었다.

비록 이충이 신의 비술을 습득하여 막대한 권능을 손에 넣었다지만, 그 권능을 마음껏 휘두르기에는 이충의 몸이 버텨주지 못했다.

다크 시드를 통해서 흡수하는 기운이 강해지면 강해질수록 이충의 몸에는 균열이 발생했다. 뇌에 쌓이는 싸이킥 에너지가 불어나면 불어날수록 이충의 정신은 변질되었다.

필멸자인 인간 주제에 감히 신의 권능을 넘보았던 죗값은 실로 컸다.

이충은 다크 시드 때문에 하루하루 죽어갔다. 이충은 망령목의 싸이킥 에너지 때문에 하루하루 미쳐갔다.

이충은 살기 위해서 온갖 발악을 다 하였다. 그는 황실의 고서적을 전부 다 뒤졌다. 세상의 온갖 골동품들을 샅샅이 수색했다.

그래도 이충에게 발생한 파탄을 해결할 방책은 찾아지지 않았다.

결국 이충이 찾아낸 인물이 바로 무녀였다.

천공안으로 미래를 읽을 수 있는 무녀…….

그때부터 이충은 정사를 돌보지 않고서 오로지 무녀만 끼고 살았다. 이충은 매일같이 무녀를 닦달하여 미래를 점치게 만들었다.

이충이 무녀에게 요구한 것은 다음 두 가지였다.

"첫째, 미래에 혼돈의 신이 재림하는가?"

만약에 혼돈의 신이 재림한다면, 그 신은 당연히 다크 시드의 기운을 견뎌낼 만큼 강력한 육체를 가졌을 것이다. 또한 그 신은 망령목의 에너지를 견뎌낼 만큼 탄탄한 정신력을 지녔을 테지.

황당하게도 이충은 혼돈의 신이 이 세상에 재림하는 순간을 노려서, 그 신의 육체를 빼앗겠다는 어마어마한 대계를 세웠다.

천공안의 무녀가 피를 토하며 미래를 읽었다.

10년 뒤의 미래, 20년 뒤의 미래, 30년 뒤의 미래…….

100년 뒤의 미래, 200년 뒤의 미래, 300년 뒤의 미래…….

먼 미래를 읽을수록 무녀는 피폐해졌다. 이충은 무녀의 안위에는 신경도 쓰지 않고 그녀를 다그치고 또 닦달했다.

결국 무녀가 766년 뒤의 미래의 한 장면을 읽었다.

"폐하, 766년 뒤에 한 여인이 나타날 것입니다. 그리고 그 여인의 몸을 빌어서 인외의 존재가 잉태될 운명이 얼핏 보이옵니다. 다만 소첩의 능력이 부족하여 그 인외의 존재가 폐하께서 말씀하시는 혼돈의 신인지는 확신할 수 없나이다."

"그 정도면 충분하다. 네가 천공안으로 미래를 읽는다지만 감히 신의 재림까지 들여다볼 수는 없겠지. 설령 신의 재림이 아니라고 해도 좋다. 인외의 존재라면 다크 시드와 망령목의 에너지를 어느 정도 버텨주겠지. 일단 인외의 존재를 통해서 시간을 벌고 나면, 또 다른 수가 보일 게다."

광황 이충은 비로소 희망의 끈을 잡았다.

이어서 이충은 무녀에게 두 번째 요구를 던졌다.

"나는 허술한 인간의 몸뚱어리를 벗어던지고 인외의 존재로 몸을 갈아타려 한다. 하니 너는 천공안으로 766년 뒤를 읽어 그 여인에 대해서 낱낱이 파악하라. 그 여인의 외모, 그 여인의 사주, 그 여인이 첫 번째 달거리를 할 날짜, 그 여인이 죽는 날. 너는 이런 정보만 읽어내면 된다. 나머지는 내가 알아서 하마."

이상이 이충의 요구였다.

그때부터 무녀는 하루도 빠짐없이 천공안을 열어서 766년 뒤의 세상을 훑었다. 그리곤 이충이 요구한 바를 모두 찾아내었다.

다만 무리한 천공안의 사용으로 인하여 무녀의 수명은 이제 경각에 달했다.

Chapter 5

무녀는 죽기 직전에 숨을 할딱이면서 자신이 읽어낸 미

래를 이충에게 밝혔다.

"폐하, 하하학. 766년 뒤의 여인은 늦가을 단풍처럼 붉은 머리카락을 지녔습니다. 하악, 하하학. 여인의 외모는 실로 빼어나 폐하의 비빈들에 못지않습니다. 여인의 사주는 건국력 1,032년 11월 3일 오전 9시 00분 생이옵고, 그 여인이 처음 달거리를 할 날짜는 건국력 1,044년 3월 5일이며, 그 여인이 죽는 날은 1,233년이옵니다. 하하학. 폐하, 이제 소첩은 기력이 다하여……. 폐하, 소첩은 평생 폐하를 연모……. 부디 소첩의 붉은 단심을 폐하께서 알아주시기를……. 하악, 학."

천공안의 무녀는 거칠게 호흡을 하다가 결국 이충의 품 안에서 숨을 거두었다.

이충은 무녀의 죽음에 평생 처음으로 슬픔을 느꼈다.

"안 된다. 어서 다시 눈을 떠라. 너마저 고의 곁을 떠나면 고가 너무 외롭지 않느냐. 어명이다. 어서 눈을 떠. 크허허헝."

이충의 격한 감정이 어둠의 수호룡에게 고스란히 전달되었다.

무녀의 죽음이 이충에게 끼친 영향은 지대하였다.

그렇다고 해서 이충이 마냥 슬픔에 젖어 있지만은 않았다. 이충은 그날부터 새로운 비술을 준비했다.

사실 이충이 고대의 향로에서 읽어낸 비술은 다크 시드와 망령목, 이 두 가지만이 아니었다.

이충은 고대의 향로를 통해서 '몸 갈아타기'라는 신기한 비술도 읽어내었다.

몸 갈아타기란, 기존의 낡은 몸을 버리고 새 몸을 얻는다는 의미인데, 이것을 잘만 활용하면 영생을 얻을 수도 있는 무서운 비술이었다.

얼마 후, 이충은 신하들 앞에서 놀라운 선포를 하였다.

"고는 오늘부터 사후를 대비하여 웅장한 황릉을 지을 것이다. 황릉의 위치는 누구에게도 알려지지 않아야 하므로, 고는 당분간 모든 정사를 대신들에게 맡기고 황릉의 건축에만 전념할 것이니라."

"폐하의 높으신 뜻을 받들겠나이다."

쥬신 제국의 대소신료들은 미치광이 황제가 당분간 정사에서 손을 뗀다는 소식에 기뻐서 냉큼 화답했다.

실제로 이충은 쥬신 제국의 경영을 내팽개친 채 황릉 건축에만 모든 정신을 쏟았다.

사실은 황릉 건축은 겉포장일 뿐, 실제로 이충이 주력을 기울인 것은 766년 뒤에 몸 갈아타기를 할 비술의 준비였다.

그렇게 5년이 지나고 10년이 흘렀다.

강산이 한 번 바뀔 시간이 흐르자 사람들의 마음도 서서히 돌변했다. 이충이 한창 권좌에 앉아 공포 정치를 펼칠 때만 하더라도 조정의 모든 신하들은 황제 앞에서 꼼짝도 못 했다. 다들 겁에 질려 황제에게 머리를 조아리기에 급급했다.

그런데 황제가 10년이나 자리를 비우자 슬슬 불온한 움직임이 발생했다. 특히 일부 황족들과 대신들을 중심으로 권력에 대한 탐욕이 싹을 틔웠다.

"크흐흐, 어디 한번 마음대로 해보라지."

이충은 비웃음을 흘리면서 불충한 자들의 수작에 장단에 맞춰주었다. 그 무렵 이충에게는 알량한 권력 따위는 전혀 중요하지 않았다.

'장차 신의 힘을 담을 수 있는 몸뚱어리로 갈아타서 나 스스로 신이 되리라.'

이충은 이미 신이 되기로 목표를 정한 터였다. 그 목표에 비하면 황제의 자리 따위는 아무것도 아니었다.

혹시라도 나중에 황제라는 지위가 필요하게 되면? 그럼 이충은 신이 된 이후에 얼마든지 황제의 자리를 다시 회수하면 그만이었다.

이충은 새로운 목표를 위해서 모든 것을 쏟아부었다. 심지어 이충은 자신이 가진 두 가지 강력한 패, 즉 망령목과 다크 시드까지도 은밀하게 세상에 풀었다.

이 가운데 망령목의 비술은 간씨 성을 가진 신하에게 들어갔다.

이충이 간씨 가문에 망령목이라는 어마어마한 선물을 안겨준 이유는 무녀 때문이었다. 인간들 중에 이충이 진심으로 아꼈던 유일한 존재가 바로 천공안의 무녀였으며, 그 무녀가 바로 간씨 가문 출신이었다.

이충은 다크 시드도 은밀하게 세상에 풀었다. 이 비술은 몇몇 권신들의 가문으로 나눠서 흘러들어 갔다.

이제 이충의 원대한 꿈을 이루기 위한 준비는 모두 끝이 났다. 때가 무르익자 이충은 죽음을 가장하여 세상에서 자취를 감추었다.

이충의 뒤를 이어서 권좌를 물려받은 태자—이충의 양자이자 조카—도, 쥬신 황실의 첩보기관도, 수많은 대소신료들도 이충이 정확하게 언제 어디서 죽었는지 알지 못했다. 이충이 묻힌 능의 소재지도 알 수 없었다. 신하들은 그저 어둠의 수호룡을 통해서 이충의 사망 소식만 전해 들었을 뿐이었다.

'위대한 존재가 우리에게 굳이 거짓말을 할 이유는 없지.'

'폐하는 진짜로 승하하신 거야.'

태자와 신하들은 모두 이렇게 믿었다.

그럼에도 불구하고 태자는 곧바로 황제의 자리에 오르지 않았다. 조금 더 시간을 끌었다. 만에 하나 이충이 다시 돌아올까 봐 우려한 탓이었다.

어둠의 수호룡이 이충의 죽음을 알린 이후로 다시 몇 년이 지났다. 세간에는 조심스럽게 몇 가지 소문이 떠돌았다.

광황이 미쳐서 스스로 목숨을 끊었다는 소문.

미친 황제의 횡포를 보다 못해 대소신료들과 황족들이 들고 일어나 광황을 몰아내고 태자마마를 새 황제로 옹립하였다는 소문 등등.

쥬신 황실에서는 이 모든 뜬소문들에 대한 사실관계를 확인해주지 않았다. 대신 태자가 새 황제가 된 것은 사실이었다.

황제의 즉위식이 떠들썩하게 개최되었다. 백성들의 관심은 온통 새 시대 새 황제에게 쏠렸다.

그러는 와중에 이충의 존재는 점차 사람들의 뇌리에서 잊혀졌다. 광황 이충의 일대기도 역사의 한 페이지 속으로 사라졌다.

이상으로 긴 이야기가 종료되었다.

[키향.]

어둠의 수호룡은 광황의 비밀을 이탄에게 모두 털어놓은 뒤 크게 숨을 내쉬었다.

"흐으음."

이탄은 팔짱을 끼고서 어둠의 수호룡을 빤히 바라보았다. 그러면서 이탄은 머릿속으로 연도를 셈했다.

지금 세상에서 널리 통용되는 달력은 쥬신 제국 붕괴일을 기점으로 하는 '해방력'이었다. 이탄은 쥬신 제국의 '건국력'에 해방력을 더해보았다. 그러자 천공안의 무녀가 광황에게 예언했던 766년이 계산되었다.

빌어먹게도 그 766년은 딱 이탄이 태어난 해였다.

천공안의 무녀가 예언한 붉은 머리카락의 미녀도 어쩐지 범상치가 않았다. 세상에 붉은 머리카락 미녀는 수도 없이 많을 테지만, 이탄의 머릿속에는 화염의 여제 이채민만이 곧바로 떠올랐다.

Chapter 6

'하아아, 빌어먹을. 두 가지만 묻자.'

이탄은 심각한 표정으로 어둠의 수호룡을 노려보았다.

[키햐향.]

어둠의 수호룡이 움찔하여 고개를 작게 까딱거렸다.

이탄이 첫 번째 질문을 던졌다.

'광황 이충은 766년 뒤, 붉은 머리카락 미녀의 뱃속으로 들어가 태아에게 몸 갈아타기를 한다고 했으렷다?'

[키향, 그렇다.]

어둠의 수호룡이 고개를 주억거려 수긍했다. 이탄을 올려다보는 수호룡의 동공에는 어딘지 모르게 기묘한 열기가 어려 있었다.

이탄은 어둠의 수호룡의 감정을 애써 외면하면서 두 번째 질문으로 넘어갔다.

'하아아아, 제기랄. 네 녀석은 똥고집이 세서 내가 무엇을 질문해도 쉽게 입을 여는 법이 없었지. 그러다 어느 순간부터 내가 묻지도 않은 비밀들을 술술 뱉더라?'

[키향.]

어둠의 수호룡이 꼿꼿하게 머리를 들었다.

이탄이 뇌파를 이었다.

'그게 언제부터인지 아냐? 내가 다크 시드를 보여준 이후부터 네 녀석의 태도가 180도 달라졌어.'

[키향향향~.]

어둠의 수호룡은 '그 사실을 이제야 알았냐?' 라는 표정으로 고개를 주억거렸다.

이탄은 눈매를 가늘게 좁혔다.

'야! 너 혹시…… 말도 안 되는 상상을 하는 것 아냐?'

[키이이향?]

어둠의 수호룡은 '그게 무슨 소리냐?'고 되묻는 듯이, 그러면서도 별처럼 반짝거리는 눈으로 이탄을 올려다보았다.

이탄이 직설적으로 던졌다.

'너, 이를테면 말이다, 나를 광황의 환생, 혹은 광황이 몸 갈아타기를 통해 재림한 존재라고 상상한 거냐?'

[키이이향, 향향향~.]

어둠의 수호룡은 갑자기 발랑 드러눕더니 이탄에게 배를 드러내고는 강아지처럼 혓바닥을 할딱거렸다.

'하!'

이탄은 상대의 어이없는 애교질에 기가 막혔다. 지금 어둠의 수호룡이 보여주고 있는 몸짓은 이탄의 질문에 대한 대답이나 다름없었다.

이탄을 향한 어둠의 수호룡의 눈빛은 [비록 너의 몸뚱어리는 다른 사람의 것이지만, 그 몸에 깃들어 있는 영혼은 나의 맹약자인 광황 이충이 분명해. 내 눈은 절대 속을 수 없지. 키하향.]이라고 주장하고 있었다.

"아우, 정말 어이가 없네."

이탄은 자신의 머리를 손톱으로 벅벅 긁었다.

그와 동시에 이탄의 머릿속에는 다음과 같은 일련의 공식들이 하나의 보고서처럼 촤라락 그려졌다.

1. 지금으로부터 23년쯤 전, 화염의 여제 이채민이 갑자기 임신을 함.

2. 공식적으로는 이채민이 밴 아이의 생물학적 부친이 목운 대장군이라고 알려져 있음.

3. 이탄이 알아낸 바에 따르면 목운은 그 아이의 생물학적 부친이 아님.

4. 어둠의 수호룡은 그 아이에게 광황 이충의 영혼이 깃들어서 몸 갈아타기를 한 것이라고 믿고 있음.

5. 그 빌어먹을 아이가 바로 나 이탄임.

이탄은 갑자기 한숨이 나왔다.

'푸하, 배배 꼬이고, 꼬이고, 또 꼬여서 이제 어디까지 꼬였는지 알 수도 없구나. 세상에 나처럼 기구한 팔자가 다 있을까?'

이탄은 머리가 딱 아팠다. 다만 한 가지 확실한 것은, 이탄은 분명히 이충이 아니라는 점이었다.

어둠의 수호룡에 밝힌 바에 따르면, 몸 갈아타기란 말 그대로 새 몸에 자신의 영혼을 옮겨서 영원히 살아가는 비술이었다.

그렇다면 당연히 다음 두 가지가 우선적으로 담보되어야만 하리라.

첫째, 새 몸으로 갈아탄 이후에도 기존의 정체성이 그대로 유지되어야만 했다. 그래야 몸 갈아타기를 한 의미가 있으니까.

'만약 내가 광황이라면, 내 영혼은 태아 때 이미 소멸되어 없어졌고, 지금의 나는 나 스스로를 이충이라고 확신해야만 하겠지. 그런데 그건 아니거든. 나는 어디까지나 이충이 아니라 이탄이거든.'

이탄은 속으로 이렇게 중얼거렸다.

둘째, 이탄이 곧 이충이라면 이탄의 머릿속에는 이충의 모든 기억들이 생생하게 남아 있어야만 했다.

'물론 몸을 갈아타는 와중에 일부 소소한 기억들은 훼손될 수도 있지. 하지만 굵직굵직한 기억들은 남아 있어야 하거든. 몸을 갈아타는 와중에 정체성도 잊어버리고 모든 기억도 싹 다 사라진다면 몸 갈아타기가 무슨 의미가 있겠어? 그러니까 나는 광황 이충이 아니야. 이건 분명해.'

여기까지는 분명했다.

문제는 이탄이 느끼는 묘한 기분이었다.

이탄이 처음 다크 시드를 접했을 때 받았던 묘한 느낌.

이탄이 처음 어둠의 수호룡을 만났을 때 받았던 묘한 느낌.

그리고 망령목과의 인연(혹은 악연).

광황이 세상에 남긴 씨앗(?)들은 묘하게도 이탄을 무척 좋아하는 것 같았다.

예를 들어서, 불쌍한 안토니오를 숙주로 삼아서 무럭무럭 자랐던 다크 시드도 이탄을 만나자마자 환호를 하면서 냉큼 이탄에게 깃들었다.

이러한 예는 하나만이 아니었다.

어둠의 수호룡은 한때 광황 이충을 태우고 세상을 활공했던 위대한 존재가 아니던가. 그 어둠의 수호룡이 지금 이탄을 바라보는 눈빛을 보라. 이건 마치 오랫동안 헤어졌던 주인을 다시 만난 강아지의 눈빛이다.

'게다가 광황이 무녀의 가문에 안배로 남겼던 망령목도 결국 나에게 연결되었지. 비록 그게 좋은 인연이 아니라 악연이라서 문제지만 말이야. 푸후우—.'

이탄은 고개를 절레절레 내저었다.

Chapter 7

그러다 문득 새로운 추측이 이탄의 뇌리에 작열했다.

'어라? 혹시 광황의 몸 갈아타기가 실패한 것 아냐?'

이 가능성이 섬광처럼 이탄의 뇌에 꽂혔다.

'23년쯤 전, 혼백만 남은 광황이 태아인 내 몸을 강탈하려고 시도했을지도 몰라. 그런데 무슨 이유 때문인지 몸 갈아타기가 실패한 거지. 때문에 광황의 혼백은 오히려 소멸되어 버렸고, 그자의 기운만이 내 몸에 깃들었을 수 있어. 가능성은 충분해.'

그 후 이탄의 영혼에 광황의 향기가 살짝 배어버린 거라면?

다크 시드나 어둠의 수호룡이 이탄으로부터 옛 주인의 향기를 맡고는 이탄을 옛 주인이라고 착각한 것이라면?

만에 하나 이 가설이 맞는다면, 지금 이탄에게 벌어지고 있는 모든 일들이 설명 가능했다. 이탄은 머리를 살짝 숙이고 깊은 생각에 잠겼다.

이탄이 이런 가정을 척척 해내는 밑바탕에는 그럴 만한 이유가 있었다. 사실 이탄은 '몸 갈아타기'에 대해서 이미 알고 있었다.

예전에 부정차원에서 여섯 눈의 존재와 싸우고 난 직후,

이탄은 손에 끼고 있던 귀장갑(鬼掌匣)에서 몸 갈아타기라는 비술을 찾아내었다.

비록 이탄이 이 비술을 직접 써먹어 본 적은 없지만, 비술에 대한 이해도는 이층보다도 오히려 더 높았다. 비술이 실패했을 때 발생할 수 있는 부작용에 대해서도 이탄은 깊이 있는 고찰이 가능했다.

이탄이 이런저런 생각에 잠긴 동안, 어둠의 수호룡은 여전히 땅바닥에 발랑 드러누워 초롱초롱한 눈으로 이탄을 곁눈질하는 중이었다.

한편 빛의 수호룡은 조금 떨어진 곳에서 이 모든 장면들을 지켜보았다. 빛의 수호룡의 표정은 갈수록 심각해졌다.

사실 빛의 수호룡에게는 이탄과 어둠의 수호룡 사이에 오가는 대화가 들리지 않았다. 이탄이 뇌파를 철저하게 차단했기 때문이었다.

결국 빛의 수호룡은 둘의 몸짓과 표정만 살필 수밖에 없었다.

처음에 어둠의 수호룡은 잔뜩 지치고 풀이 죽은 모습이었다. 그러면서도 그는 수호룡다운 존엄성을 어떻게든 유지하려고 애썼다.

그 모습을 보자 빛의 수호룡도 마음 한구석이 짠했다.

솔직히 빛의 수호룡은 어둠의 수호룡을 그다지 좋아하지

않았다. 근본적으로 빛과 어둠은 라이벌 관계인 까닭이었다.

비록 라이벌이라고 할지라도 빛의 수호룡은 어둠의 수호룡을 높이 평가했다. 이탄이라는 무지막지한 괴물 앞에서도 자존심을 버리지 않는 어둠의 수호룡을 보자 빛의 수호룡도 가슴이 뭉클했다.

'그래. 버텨라. 우리가 위대한 종족이라는 점을 네가 보여줘. 화이팅!'

빛의 수호룡은 자신도 모르게 어둠의 수호룡을 응원하였다.

그런데 그 응원은 그리 오래가지 못했다.

'위대하기는 개뿔.'

어느 순간부터 빛의 수호룡의 안색이 돌변했다.

아마도 빛의 수호룡이 얼굴을 구긴 것은, 어둠의 수호룡이 이탄 앞에서 배를 발랑 까뒤집는 충격적인 장면을 목격한 직후부터였을 것이다. 빛의 수호룡은 해머로 뒤통수를 한 대 얻어맞은 듯한 기분이었다.

기가 막힌 꼴은 거기서 끝나지 않았다. 어느 순간부터 어둠의 수호룡은 이탄과 눈을 마주치려고 애썼다. 이탄을 향해서 혓바닥도 츄루룩 츄루룩거렸다.

'크악! 이런 망할 놈아, 도대체 어디까지 추락할 셈이냐? 상대가 아무리 가늠이 불가능한 괴물이라고 해도 그렇지, 위대한 드래곤의 자존심은 어디다 팔아먹은 거냐? 어디서 그런 되도 않는 애교질이야? 수호룡 알리어스라는 이름이 아깝다. 크악.'

빛의 수호룡이 버럭했다.

다른 한편으로 빛의 수호룡은 강력한 위기감을 느꼈다.

'아뿔싸! 이거 이러다가 저 얍삽한 까망이 녀석이 괴물의 총애를 독차지하는 것 아냐? 자칫하다가는 나와 흙의 수호룡은 꿰다 놓은 보릿자루 신세로 전락하고, 저 얍삽이 녀석만 총애를 받는 것 아니냐고.'

이런 상상을 하자 빛의 수호룡은 머리가 아찔해졌다.

'이거 나도 애교를 연습해야 하나?'

심지어 빛의 수호룡은 이런 고민까지 하게 되었다.

시간이 좀 흘렀다. 이탄은 어둠의 수호룡의 안내를 받아 제단 아래에 숨겨진 비밀통로로 내려갔다.

어둠의 수호룡은 새까맣고 앙증맞은 날개를 팔락거리며 앞장섰다.

[끼햐하항—.]

이탄을 안내하는 게 자랑스럽기라도 한 것인지 어둠의 수호룡은 조그만 목을 길게 뽑아 우렁찬 포효를 터뜨렸다.

그 모습이 마치 주인과 함께 의기양양하게 산책을 나온 강아지 같았다.

이탄은 횃불 하나를 들고 수호룡의 뒤를 따랐다.

이탄의 시력이라면 굳이 횃불은 필요가 없었으나, 분위기상 이런 것 하나쯤은 들어줘야 할 것 같았다.

이탄과 어둠의 수호룡이 비밀통로로 내려가는 동안, 빛의 수호룡은 제단 앞에 홀로 남겨졌다.

'크윽. 나 혼자 이곳에 남겨지다니, 역시 저 얍삽한 까망이 놈이 수를 쓴 거야. 제기랄.'

빛의 수호룡은 질투 때문에 속이 부글부글 끓었다. 그러면서도 빛의 수호룡은 자신이 어둠의 수호룡을 질투한다는 사실을 애써 부인했다.

제단 아래 통로로 내려가자 꽤 넓은 공간이 나왔다. 이곳 또한 빛 한 점 들지 않는 암흑 천지였다.

이탄은 횃불을 들어 공간 내부를 살폈다.

[키햐항. 여기가 바로 과거의 네가 현재의 너를 위해서 준비한 장소다. 아직 기억이 전부 돌아오지 않아서 잘 모르겠지? 그렇다면 내가 설명을 좀 해줄까?]

어둠의 수호룡은 의외로 수다쟁이 기질이 넘쳤다.

이탄이 어둠의 수호룡을 빤히 바라보았다.

'이곳이 광황이 준비한 장소라고?'

[그래. 과거의 너는 현재의 너를 위해서 이 자리에 황릉을 건축한 다음, 총 네 가지 안배를 남겼다.]

'네 가지 안배?'

[그렇다. 그 가운데 첫 번째 안배는 바로 나다. 너의 맹약자인 이 알리어스 님이시다.]

어둠의 수호룡은 '너의 맹약자'라는 단어를 유독 강조하면서 무척이나 뿌듯한 표정을 지었다.

[자, 어떠냐? 나와 같은 대단한 선물을 받았으니 기뻐 죽겠지?]

어둠의 수호룡은 한 가닥의 기대를 품고서 이탄을 올려다보았다.

이탄의 반응은 심드렁했다.

'그럼 두 번째는 뭐지?'

[큭.]

어둠의 수호룡은 이탄의 무심한 태도 때문에 마음의 상처를 입었다. 어둠의 수호룡은 풀 죽은 눈빛으로 향로를 가리켰다.

[체엣. 과거의 네가 지금의 너에게 두 번째로 남긴 안배는 바로 저 향로다. 저 골동품 향로야말로 이충이 보물단지처럼 아끼던 신의 유품이지.]

'호오?'

이탄은 황릉 중앙에 놓여 있는 향로로 다가섰다.

향로의 크기는 생각보다 아담했다. 향로의 표면에 화려한 장식 같은 것도 없어서 그냥 낡고 볼품없어 보였다.

Chapter 8

"어디 보자."

이탄은 향로를 조심스럽게 손에 쥐었다. 그러면서 이탄은 아주 조금이나마 뭔가를 기대해 보았다.

'혹시 먼 과거에 이 향로를 사용했던 신의 기억이 내 머릿속에 파노라마처럼 떠오르려나? 광황 이충은 사물에 접촉한 즉시 그 사물이 겪었던 모든 과거를 읽어낸다잖아. 내가 만약 광황이라면 나에게도 그런 권능이 있을 테지.'

아쉽게도 이탄의 기대는 무너졌다. 이탄은 과거를 읽는 능력이 없었다. 전혀 없었다.

'푸흥. 역시 나는 이충이 아니군.'

이탄은 향로를 통해서 자신이 이충이 아니라는 사실만 재확인했다. 이탄은 향로를 내려놓은 뒤, 어둠의 수호룡을 돌아보았다.

'광황이 남긴 세 번째 안배는 뭐냐?'

[키향? 정말 아무런 기억도 떠오르지 않는단 말이냐? 향로 옆의 석관을 보고도 모르겠어?]

'석관이라고?'

향로 옆에는 분명히 아무것도 없었다.

이탄이 고개를 갸웃하는 사이, 구구구궁 소리와 함께 바닥이 밀려 올라왔다. 그 속에서 등장한 것은 가로 10 미터, 세로 30 미터 크기의 커다란 석관이었다.

드르륵—.

이탄은 묵직한 관 뚜껑을 가볍게 들어서 옆에 세워놓았다.

석관 안에는 창백해 보이는 시체 한 구가 검은 곤룡포를 입은 채 누워있었다. 시체의 두 팔은 X자로 포개어 가슴에 놓여 있었다. 두 다리는 일자로 가지런히 뻗었다.

이탄은 시체의 얼굴 부분을 유심히 살폈다.

'음침한 인상이네. 아마도 이 시체가 광황 이충의 것이겠지?'

이탄이 이런 추측을 하는 동안, 어둠의 수호룡은 수백 년 전의 추억을 반추하는 듯 물끄러미 시체를 내려다보았다.

석관 앞에서 한동안 침묵이 감돌았다.

조금 뒤, 어둠의 수호룡은 먹먹한 말투로 뇌파를 다시 열었다.

[그가 바로 과거의 너다. 또한 그 시체가 바로 과거의 네가 현재의 너에게 남긴 세 번째 선물이기도 하지.]

'이 시체가 선물이라고?'

이탄이 고개를 갸웃했다.

어둠의 수호룡은 이탄을 위해서 조금 더 상세한 설명을 해주었다.

[과거의 너는 몸 갈아타기를 준비하면서 한 가지 사실을 못내 아쉬워했다. 그동안 망령목을 통해서 쌓인 막대한 싸이킥 에너지! 그리고 다크 시드를 통해서 축적해온 어둠의 파워! 이 힘들은 네가 기존의 몸을 버리고 새 몸으로 혼백을 옮기고 나면 아깝게 버려질 것이 아니겠는가.]

'그럴 테지.'

[과거의 너는 수십 년 이상 애써 연마해온 힘을 그냥 버릴 수 없다고 판단했다. 그래서 자신의 힘이 흩어지지 않도록 석관 안에 흑마법진을 하나 설치하였다.]

'진짜?'

이탄은 눈을 반짝이며 석관 안쪽을 살폈다.

과연 석관 안에는 의미 모를 복잡한 도형들이 새겨져 있었다.

[석관에 새겨진 흑마법진은 에너지를 보관하고 농축하는 기능을 가지고 있다. 그러니 지금쯤 그 석관 안에는 망령

목의 싸이킥 에너지와 다크 시드의 파워가 가득 차 있을 거다. 지금부터 너는 석관 안에 쌓여 있는 기운을 다시 회수하여라. 그러면 단숨에 과거의 너만큼 강해질 테지.]

'그러니까 뭐야. 광황은 몸 갈아타기 비술로 부활한 이후에 이곳에 와서 석관 속에 농축된 기운을 다시 흡수할 계획이었구나. 오오오. 역시 머리가 비상하네.'

이탄은 시험 삼아 석관 안에 손을 집어넣었다.

그러자 광황의 시체로부터 검은 젤리 같은 물질이 뭉클뭉클 쏟아져 나왔다. 그 기분 나쁜 물질은 이탄의 손을 타고 빠르게 체내로 유입되었다.

붉은 금속 적양갑주가 이탄을 보호하려는 듯 거창하게 일어났다.

검은 젤리는 적양갑주에 놀란 듯 멈칫했다.

'괜찮아. 길을 열어줘.'

이탄이 적양갑주를 달랬다.

붉은 금속이 길을 터주자 검은 젤리들은 빠르게 이탄의 혈관 속으로 파고들었다.

"후우우웁―."

이탄은 입술을 동그랗게 모아서 숨을 크게 들이마셨다. 그러자 검은 젤리가 한꺼번에 와르르 일어나더니 뭉텅이로 흡수되었다.

'오호? 이것 봐라? 제법 톡 쏘는 맛이 있는데?'

이탄이 씨익 웃었다.

광황이 남긴 검은 젤리의 기세가 제법이었다.

그렇다고 해서 이탄이 놀랄 수준은 아니었다. 검은 젤리는 적양갑주나 언령, 그리고 만자비문에 비할 바는 못 되었다. 대신 기존에 간철호가 보유하고 있던 싸이킥 에너지나 마나보다는 훨씬 더 강했다.

한편 어둠의 수호룡은 깜짝 놀랐다.

[뭐, 뭐얏? 그렇게 한꺼번에 어둠의 기운을 흡수하면 위험하다고. 그러다 몸이 터져버린단 말이다. 키하항.]

어둠의 수호룡은 이탄이 걱정 되었는지 이탄의 주위를 뽀로롱 맴돌았다.

'걱정 마라. 이 정도는 아무것도 아니니까.'

이탄이 손가락으로 어둠의 수호룡의 콧잔등을 톡 쳤다. 그리곤 이탄은 숨을 한 번 더 들이마셨다.

"후우웁."

단 두 번의 호흡만으로도 이탄은 석관 속에 농축된 검은 젤리를 모조리 빨아들였다.

쪼르륵, 쪼옥—.

이탄이 검은 젤리를 마지막 한 방울까지 모조리 빨아들이자 광황의 시체가 푸스스스 검은 연기로 흩어졌다.

단지 시체만 사라졌을 뿐 아니라 석관에도 금이 쩍쩍 갔다. 이내 석관도 후두둑 허물어졌다.

어둠의 수호룡이 눈을 동그랗게 떴다.

[키향? 벌써 다 흡수했다고? 과거의 힘을 다시 흡수하는 데 최소한 1년 넘게 걸릴 줄 알았는데?]

어둠의 수호룡은 괴물을 보는 듯한 눈으로 이탄을 살폈다.

Chapter 9

이탄은 검은 젤리를 체내로 쫙 빨아들여 단숨에 자신의 것으로 만들었다.

처음에 검은 젤리는 이탄의 몸을 독차지하려는 듯이 거칠게 날뛰었다.

하지만 그런 하찮은 시도는 적양갑주가 나서자마자 곧바로 진압당했다. 게다가 언령과 만자비문까지 툭툭 튀어나오자 검은 젤리는 깨갱하고 엎드릴 수밖에 없었다.

이건 마치 조그만 새끼여우가 동굴을 하나 발견하고는 "이 동굴의 주인은 나다. 불만 있는 놈들은 다 나와."라고 외쳤는데, 동굴 속에서 무시무시한 드래곤과 마족과 신족이 불쑥 등장한 것과 비슷한 상황이었다.

그러는 와중에 이탄이 안토니오로부터 빼앗은 다크 시드한 방울이 쪼르륵 마중을 나와 검은 젤리와 하나로 합쳐졌다. 간철호가 보유한 싸이킥 에너지도 저절로 움직여 검은 젤리와 하나가 되었다.

다크 시드도 그러하지만, 망령목을 통해 모은 싸이킥 에너지도 지류나 다름없어서 본류, 즉 광황의 검은 젤리를 만나면 즉시 하나로 합쳐지는 모양이었다. 이건 마치 졸졸 흐르는 실개천이 대하를 만나면 즉시 합류하는 것과 마찬가지 이치였다.

이 점을 보면 확실히 광황은 음흉했다.

"후훗. 그 엉큼한 속셈이 훤히 보이는구먼. 광황은 세상에 다크 시드와 망령목을 뿌려놓은 다음, 700여 년 뒤에 다시 등장하여 다크 시드와 망령목의 에너지를 싹 거둬들일 꿍꿍이였나 봐."

이탄의 예상대로였다. 광황이 몸 갈아타기에 성공하여 세상에 다시 등장하는 순간, 망령목에 의존하던 간씨 세가의 혈족들은 그 즉시 광황의 노예가 되거나 광황에게 모든 에너지를 빼앗긴 채 미이라처럼 말라죽을 게 뻔했다.

안토니오의 경우도 마찬가지.

안토니오는 남몰래 광황의 벽을 연마하다가 자신도 모르

는 사이에 체내에 어둠의 씨앗, 즉 다크 시드를 품게 되었다.

"그럼 끝이지. 안토니오도 간철호와 마찬가지로 부활한 광황의 노예가 되었거나, 아니면 광황에게 모든 힘을 갈취당하고 죽었을 거야."

이탄은 광황의 야심 찬 계획에 내심 탄복했다.

"어쨌건 간에, 이제 광황이 남긴 모든 안배가 다 내 것이란 말이지. 하하하."

이탄의 얼굴에 환한 미소가 걸렸다.

[자, 이제 과거의 네가 현재의 너에게 남긴 네 번째 안배를 소개하마.]

어둠의 수호룡은 석관 저편의 벽을 가리켰다. 수호룡의 앞발에서 방출된 시커먼 안개가 벽을 건드렸다.

그 즉시 고풍스러운 벽돌들이 서로 엇갈려 갈라지더니, 그 속에서 한 그루의 커다란 고목이 드러났다.

"설마 망령목?"

이탄이 펄쩍 뛰었다.

벽 속에서 드러난 것은 바짝 마른 머리통들이 열매처럼 주렁주렁 매달린 망령목이었다. 그런데 머리통의 숫자가 장난이 아니었다.

"이게 대체 몇 개야? 광황은 도대체 얼마나 많은 가지를 쳤던 거냐고."

간씨 세가에서는 망령목의 가지가 몇 개나 되느냐를 가지고 그 사람의 재능을 평가했다. 망령목의 가지 수가 많으면 그만큼 많은 망령을 매달 수 있고, 그만큼 많은 양의 싸이킥 에너지를 모아서 단숨에 강해지기 때문이었다.

역대 간씨 세간의 선조들 가운데 최강자로 꼽히던 검성 간무벽은 총 199개라는 엄청난 숫자의 망령들을 부렸다.

간씨 세가의 가주인 간성주는 총 38개의 망령목 가지를 가졌다.

간철호는 부친보다 나뭇가지 수가 더 많아서 56개나 되는 망령으로부터 싸이킥 에너지를 채굴했다.

간철호의 장남인 간민수는 34개, 둘째 아들인 간영수는 31개, 그리고 간철호의 손자인 간세진(이탄의 머리통이 처음 매달렸던 망령목의 주인)은 16개의 가지를 소유했다.

그런데 광황 이충의 망령목은 차원이 달랐다.

"하나, 둘, 셋, 넷. 이게 도대체 몇 개냐고."

이탄이 셈한 바로는, 광황의 망령목은 무려 899개의 나뭇가지를 뻗고 있었다. 그 나뭇가지에 대롱대롱 매달린 머리통도 899개나 되었다.

어둠의 수호룡이 이탄을 부추겼다.

[뭐해? 어서 저 망령목에 네 정신을 연결하지 않고. 네가

연결을 하는 순간, 수백 년 동안 중단되었던 싸이킥 에너지 채굴이 다시 재개될 거야.]

이탄이 물었다.

'채굴이 재개된다고? 그럼 700년도 더 전에 저쪽 세상으로 보내진 망령들이 아직까지도 살아 있단 뜻인가?'

[당연하지. 그들은 생명체가 아니라 망령이잖아. 저쪽 세상에서 빙의했던 몸이 죽어서 나자빠져도 망령들은 쉽게 소멸되지 않는다고. 그들은 새로운 몸을 찾아서 계속 살아가는 거야. 그리곤 영원토록 노예의 굴레를 쓰고 싸이킥 에너지나 채굴하는 거지. 키히히힛.]

어둠의 수호룡이 짧은 앞발로 입을 가리고 사악하게 웃었다.

'닥쳐!'

이탄이 발끈했다.

[응?]

어둠의 수호룡은 어리둥절하여 이탄을 올려다보았다.

이탄은 숨을 몇 차례 고른 다음 화제를 돌렸다.

'어휴, 되었다. 내가 너에게 뭔 말을 하겠냐. 하여간 저 망령목과 정신을 연결하란 말이지? 그 작업을 어떻게 하면 되지?'

[간단해. 네 피를 망령목에 적시라고. 그럼 망령목이 너

를 알아볼 거야. 저 기괴한 나무는 원래 네 것이었으니까.]

'그런가?'

이탄은 긴가민가하는 심정으로 어둠의 수호룡의 조언을 따랐다. 이탄은 이충이 아니므로 망령목이 연결을 거부할 지도 몰랐다.

그런데 웬걸?

망령목은 이탄이 피를 한 방울 떨어뜨리자마자 곧바로 이탄과 연결이 되었다. 망령목에 매달린 899개의 머리통들 도 갑자기 흑단처럼 검은 빛을 내뿜었다.

"으으음!"

이탄은 눈을 지그시 감았다.

이탄의 망막 속에 새로운 정보들이 물밀 듯이 파고들었 다. 이것은 언노운 월드로 넘어간 망령들이 수백 년 동안 수집한 정보들이었다.

이충의 망령들은 간철호의 망령들보다 훨씬 더 오래 전 에 언노운 월드로 보내졌다. 그 망령들이 긴 세월을 살아내 면서 수집한 정보는 양이 방대할 뿐 아니라 질도 우수했다. 이탄은 망막에 맺힌 다양한 정보들을 빠르게 머릿속에 욱 여넣었다.

그렇게 30분쯤 시간이 지났다.

이제 광황의 망령목은 온전히 이탄의 것이 되었다. 여기에 간철호의 망령을 더하면 이탄이 보유한 망령은 총 955 마리.

그중 이탄 본인을 빼더라도 954마리나 되었다.

이것은 역대 간씨 세가의 그 어떤 선조도 달성하지 못한 숫자였다. 감히 비교도 할 수 없는 업적이었다.

제2화
열 번째 세계의 파편

Chapter 1

이탄은 광황의 망령목을 얻은 것만으로 만족하지 않았다.

"혹시 모르니까 이것도 챙겨둬야지."

이탄은 광황이 애지중지 아끼던 향로를 아공간 속에 챙겨넣었다. 이어서 이탄은 어둠의 수호룡과도 맹약을 맺었다.

'자.'

이탄이 피 한 방울을 짜내서 내밀자 어둠의 수호룡은 반색을 하며 조그만 아가리를 쩍 벌렸다.

이탄은 수호룡의 새까만 아가리 속에 피 한 방울을 똑 떨어뜨렸다.

그 즉시 고대로부터 각인된 용족의 언어가 흘러나왔다. 이 언어는 특이하게도 귀로 들리지 않고 눈으로 보였다.

고대 용족의 언어가 어둠의 수호룡과 이탄 사이를 단단히 연결했다.

[키햐!]

순간, 어둠의 수호룡이 두 눈을 부릅떴다.

이탄이 선심을 쓰듯이 넘겨준 피 한 방울은 보통의 피가 아니었다. 그 고귀한 피를 맛본 순간 어둠의 수호룡의 드래곤 하트는 미칠 듯이 펌프질했다. 수호룡의 날개와 발톱이 쑥쑥 자랐다. 4개의 뿔도 한 뼘은 더 커졌다.

무엇보다도 피 한 방울에 담긴 그 힘!

세상을 부숴버릴 듯한 그 가공할 에너지!

[이런 미친!]

어둠의 수호룡은 기겁을 하여 이탄을 바라보았다. 수호룡의 새까만 눈알은 지진이라도 만난 듯이 와르르 흔들렸다.

다음 날 아침, 이탄은 빛의 수호룡과 어둠의 수호룡을 데리고 간씨 세가로 복귀했다.

그즈음 한 가지 반가운 소식이 이탄을 맞이했다.

[찾았습니다. 드디어 제가 밥값을 해내고야 말았습니다. 크허허헝.]

흙의 수호룡, 혹은 대지의 수호룡이라 불리는 위대한 존재가 촐랑거리며 등장하더니 이탄 앞에 철퍽 주저앉았다. 흙의 수호룡은 주인을 반기는 강아지처럼 꼬리를 좌우로 살랑살랑 흔들었다.

[이건 또 뭐야?]

어둠의 수호룡이 황당한 표정으로 흙의 수호룡을 바라보았다.

[얼랄라?]

흙의 수호룡은 그제야 어둠의 수호룡을 발견하고는 우멍한 눈을 끔뻑거렸다.

이탄이 두 수호룡 사이에 끼어들었다.

'인사는 나중에 하고, 흙둥아, 지금 뭔 호들갑이냐? 네가 밥값을 했다니, 그게 무슨 뜻이냐고.'

[아아, 그게 말입니다. 계속해서 제게 밥값 좀 하라고 채근하셨지 않습니까. 드디어 제가 밥값을 해냈습니다. 세상에 새로 등장한 열 번째 세계의 파편을 찾았단 말입니다.]

흙의 수호룡이 가슴을 쫙 펴고 상황 설명을 했다.

이탄은 당연히 반색했다.

'뭐? 열 번째 세계의 파편이 새로 등장했나고'? 언제? 어

디서?'

[여기서 그리 멀지 않습니다. 아시아 쪽에서 새로운 세계의 파편이 감지되었지 뭡니까. 이른바 열 번째 파편입니다. 음화화핫.]

흙의 수호룡은 자랑스러운 듯 앞발로 자신의 가슴을 탕탕 두드렸다.

순간 이탄은 눈매를 가늘게 좁혔다.

'아시아 지역이라면…… 혹시 얘 아냐? 내가 새로 데려온 이 까망둥이 말이야.'

이탄은 손가락으로 어둠의 수호룡을 가리켰다.

빠직!

어둠의 수호룡의 이마에 핏줄이 돋았다. 그는 이탄의 뇌에서 튀어나온 '까망둥이'라는 하찮은 표현에 발끈한 것이었다.

이탄은 어둠의 수호룡이 기분 나빠하거나 말거나 신경을 쓰지 않았다. 지금 이탄의 관심은 오로지 세계의 파편에만 꽂혔다.

흙의 수호룡은 멀뚱멀뚱 어둠의 수호룡을 살펴보았다.

확실히 어둠의 수호룡은 알에서 부화한 지 얼마 되지 않아 보였다. 그러니까 최근에 그 기운이 감지되었을 가능성이 다분했다.

흙의 수호룡이 당황했다.

[어엇? 그러니까 그것이…….]

이탄은 눈매를 좀 더 가늘게 찌푸렸다.

'너, 정신 똑바로 안 차릴래? 너는 예전부터 좀 어리바리한 면이 있었어.'

[제, 제가 말입니까?]

흙의 수호룡이 당황하여 뇌파를 더듬었다.

이탄은 손가락으로 흙의 수호룡을 쿡 찔렀다.

'네가 예전에 나한테 뭐라고 했지? 천산산맥에 아홉 번째 세계의 파편이 등장했다고 했지? 그러면서 그 파편은 지금까지 세상에 한 번도 등장한 적이 없는 신삥 파편이라고 했잖아. 그런데 그 파편에서 튀어나온 게 누구야? 여기 이 빛둥이 아니야.'

이탄이 엄지로 빛의 수호룡을 가리켰다.

빠직!

이번에는 빛의 수호룡의 이마에 핏줄이 돋았다. 빛둥이라는 표현에 상처를 받은 탓이었다.

하지만 빛의 수호룡은 속으로 [끄응.] 소리만 삼킬 뿐 감히 이탄에게 뭐라고 반박하지 못했다.

[키향.]

그 모습을 보고는 어둠의 수호룡은 고소하다는 표정을

지었다.

어쨌거나 지금 빛과 어둠 사이의 경쟁심이 문제가 아니었다. 확실히 흙의 수호룡은 예전에 이탄에게 그릇된 정보를 주었다.

흙의 수호룡이 언급한 아홉 번째 세계의 파편 속에서는 빛의 수호룡이 깨어났다. 그런데 그 빛의 수호룡은 세상에 처음 등장한 새로운 드래곤이 아니었다. 그는 800년도 더 전에 패황 이군억을 태우고 다녔던 헌삥(?) 드래곤이었다.

'자, 봐라.'

이탄이 양손을 좌우로 쫙 펼쳤다. 이탄의 손바닥 사이에서 영롱한 빛이 솟구쳤다. 그 빛 속에서 홀로그램 영상이 하나 떠올랐다.

영상 속에는 아홉 마리 드래곤들이 미니어처럼 작은 모습으로 등장했다. 각각의 드래곤 아래쪽에는 간략한 설명이 붙었다.

Chapter 2

각 드래곤에 대한 내용은 설명은 같았다.

1. 불의 수호룡: 건국황 이관과 맹약, 현재는 쥬신 잔당 화염의 여제와 맹약 (확인 완료)

2. 물의 수호룡: 에디아니 군벌과 맹약 (추정)

3. 번개의 수호룡: 발렌시드 군벌 빅토리아 여왕과 맹약 (추정)

4. 얼음의 수호룡: 코로니 군벌 빙제 알렉세이와 맹약 (추정)

5. 수목의 수호룡: 카르발 군벌과 맹약 (추정)

6. 대지의 수호룡: 간씨 세가 간철호와 맹약 (확인 완료)

7. 미확인

8. 미확인

9. 빛의 수호룡: 패황 이군억과 맹약, 현재는 간씨 세가 간철호와 맹약 (확인 완료)

10. 어둠의 수호룡: 광황 이충과 맹약, 현재는 간씨 세가 간철호와 맹약 (확인 완료)

이탄이 흙의 수호룡을 향해서 보란 듯이 이야기를 꺼냈다.

'여기 이 홀로그램은 그동안 내가 너에게 들은 정보와 주작대를 통해서 모은 정보를 합쳐서 재구성한 것이다. 네 말대로 기존에 여덟 마리 수호룡이 존재했고, 빛둥이가 아홉 번째 세계의 파편이라면, 7번과 8번 자리가 비는 셈이지. 그리고 열 번째 세계의 파편은 바로 요 까망둥이고.'

흙의 수호룡이 고개를 갸웃했다.

[어? 아닌데요. 아닙니다.]

'아니라고?'

[저 까망둥이…… 아니 어둠의 수호룡은 이미 제 기억 속에 존재하고 있었습니다. 그는 10번이 아니라 8번입니다.]

'응? 그게 뭔 소리야?'

이번에는 이탄의 눈이 휘둥그레졌다.

흙의 수호룡은 우물쭈물하다가 뇌파를 이었다.

[죄송합니다. 저도 기억이 확실치 않아서 뭐가 뭔지 모르겠습니다. 하지만 제 기억 속에 존재하는 기존의 세계의 파편은 8개이며, 그 가운데 어둠의 파편은 8번입니다. 그리고 새로 등장한 9번 파편으로부터 빛의 수호룡이 깨어난 것이고요.]

흙의 수호룡은 뭔가 석연치 않은 주장을 늘어놓았다.

그런데 주장이 허술하여 오히려 더 믿음이 갔다.

이탄이 상대의 눈을 빤히 들여다보았다. 흙의 수호룡이 거짓말로 둘러대는 것 같지는 않았다.

이탄은 빛의 수호룡과 어둠의 수호룡을 돌아보았다.

'혹시 너희들도 아는 이야기냐?'

[아닙니다.]

[키향? 처음 듣는 이야긴데?]

빛과 어둠의 수호룡은 어깨만 으쓱할 뿐이었다.

희한하게도 세 수호룡 가운데 세계의 파편에 대한 지식은 흙의 수호룡만 가지고 있는 듯했다.

이탄이 흙의 수호룡에게 확인하듯 물었다.

'어쨌거나 열 번째 세계의 파편이 새로 등장했단 거잖아? 그게 이 까망둥이는 아니고.'

[아, 네. 저…… 아닌 것 같습니다. 까망둥이, 아니 어둠의 수호룡은 8번이 확실합니다. 반면 제가 이번에 감지한 상대는 열 번째 세계의 파편입니다. 이유를 설명하기 힘들지만 저는 그렇게 확신하고 있습니다.]

흙의 수호룡이 당당히 대답했다.

이탄은 눈을 반짝 빛냈다.

'그렇다면 희소식이네. 네 주장이 좀 허술한 구석이 있기는 하지만, 어쨌거나 기존에는 존재하지 않던 열 번째 세계의 파편이 아시아 지역에 새로 등장했다는 소리잖아. 거기가 어디냐? 한번 속는 셈 치고 가보자꾸나.'

이탄은 홀로그램 지도를 허공에 띄웠다.

흙의 수호룡은 냉큼 한 지역을 지목했다.

[여기 이곳입니다.]

흙의 수호룡이 발톱으로 가리킨 장소는 예전에 이탄이 아홉 번째 세계의 파편을 손에 넣었던 천산산맥 아래쪽이었다.

조금 더 정확히 말하자면 타클라마칸 사막 북쪽.

'또 그 근처구먼. 좋아. 바로 가보지.'

이탄이 입맛을 다셨다.

이탄은 이전처럼 번거롭게 전용기를 동원하여 타클라마칸 사막으로 날아갈 생각은 없었다. 대신 이탄은 세 수호룡을 빛으로 휘감은 다음, 무한공의 권능으로 단숨에 공간을 뛰어넘었다.

잠시 후, 이탄과 세 수호룡의 눈앞에 이글거리는 사막의 풍경이 펼쳐졌다. 수호룡들은 모두 어질어질한 표정들이었다.

이탄이 수호룡들을 다그쳤다.

'여기 이 근처에서 동족의 기운이 느껴지나?'

잠시 후, 세 수호룡이 동시에 고개를 주억거렸다.

[엇? 확실히 신호가 느껴집니다.]

[진짜로 이 근처에 있군요.]

[키향!]

이탄이 호통을 쳤다.

'정확히 어디인데? 두루뭉술하게 말고, 정확한 좌표를 찍어보라니까.'

[이곳입니다.]

세 수호룡이 동시에 한 좌표를 읊었다.

'오케이.'

이탄은 한 번 더 무한공의 권능을 발휘하여 수호룡들이 언급한 곳으로 이동했다. 그러면서 이탄은 예전에 읽었던 열하고성일지를 떠올렸다.

간용음이 작성한 일지에는 다음과 같은 고대의 신화가 적혀 있었다.

태초 이전, 빛과 어둠이 탄생하기도 전 혼돈의 시기, 3명의 초월자와 2명의 신수가 이 세상에 내려왔으니 …… (중략) …… 이 가운데 알리어스가 빛과 어둠, 물과 불과 흙과 바람, 그리고 얼음과 번개 등을 창조하였으며, 콘은 영혼과 에너지를 창조 …… (중략) …… 남부 밀림의 조그만 부족만이 콘을 신으로 섬기었다.

이상이 열하고성일지의 한 단락이었다.

이것 말고도 세계의 파편과 연관된 또 다른 단락이 존재했다. 내용은 다음과 같았다.

오래 전, 세상에 두 초월자가 강림하였다. 그 중 알리어스라는 초월자가 …… (중략) …… 이를 질투한 태고의 도마뱀이 그의 여섯 자식들을 이끌고 지하세계에서 기어 올라와 알리어스를 죽였다.

초월자 알리어스는 달리 '세계'라고 불렸는데, 그 세계가 붕괴하면서 파편이 사방으로 흩어졌다. …… (중략) …… 8개의 파편이 기본적으로 존재한다. 하지만 파편의 개수가 몇 개인지는 아무도 모른다. 예를 들어 수목의 파편, 혹은 또 다른 신규 파편이 등장할지도 모른다.

이상 고대의 신화에 따르면, 초월자 알리어스가 창조한 8개의 속성, 즉 빛과 어둠, 불과 물, 흙과 바람, 얼음과 번개는 세계의 파편과 1대 1로 대응되는 것 같았다.

마침 수호룡들의 이름들도 몽땅 알리어스가 아니던가. 그러니까 고대의 신 알리어스와 세계의 파편들 사이에는 모종의 관련이 있는 게 분명했다.

다만 이 여덟 가지 속성 외에도 수목의 드래곤이 존재하는 점은 의문이었다. 또한 흙의 수호룡이 언급한 열 번째 수호룡의 등장도 여전히 수수께끼였다.

'흙둥이, 아니, 흙의 수호룡의 주장대로라면 7번과 10번에 빈 슬롯이 있잖아? 그 자리에는 또 어떤 드래곤들이 있을까? 고대 신화를 떠올려 보면 바람의 수호룡이 한 자리를 차지하고 있을 것 같긴 한데. 아니면 혹시 콘이 창조했다는 영혼이나 에너지도 드래곤의 형태로 존재할까?'

이탄의 머릿속에는 이런저런 상념들이 떠올랐다.

Chapter 3

"하! 이거야말로 데자뷰로구먼. 데자뷰야."

이탄이 한숨 섞인 푸념을 늘어놓았다.

타클라마칸 사막의 모래언덕 아래, 하얀 천으로 얼굴을 감싼 인부들이 무언가를 열심히 발굴 중이었다.

발굴 현장 바깥쪽에는 긴 창을 움켜쥔 전사들이 적들을 맞아서 치열하게 접전을 벌였다.

전사들도 인부와 마찬가지로 하얀 천으로 얼굴을 감쌌는데, 얼핏 드러난 그들의 피부는 칠흑처럼 검었다.

전사들은 몸에 일록달록한 체그부늬 천을 둘렀으며, 한

쪽 어깨에는 타원형의 가죽방패를 착용했다.

쭈웅— 쭝— 쭝—.

전사들이 창을 내지를 때마다 창끝에서 초록색의 광채가 뻗어 나왔다.

그 광채에 얻어맞아 헬기가 추락했다. 헬기에서 기관총을 난사하던 군인들도 비명을 지르며 온몸이 불탔다.

검은 전사들은 발굴 현장을 빙 둘러싼 채 빈 틈 없이 인부들을 보호했다.

그러자 적들도 가만히 있지 않았다. 헬기 부대가 요란한 소리를 내면서 뒤로 물러서고 잠시 후, 쩌저저적 소리와 함께 뜨거운 사막에 서리가 쫙 내렸다. 주변의 모든 것들이 거짓말처럼 얼어붙으며 검은 전사들을 포위했다.

검은 전사들이 날카롭게 소리를 질렀다. 전사들은 타원형 방패로 서리를 막고, 알록달록한 천을 몸에 둘러 체온을 유지했다.

전사들의 방패와 천에는 강력한 방어 주술이 걸려 있기에 얼음마법에도 곧잘 버텼다.

이탄은 모래 언덕 위에서 팔짱을 끼고서 전투 장면을 굽어보았다.

이탄의 등 뒤에는 세 마리 수호룡들이 자리했는데, 그들의 덩치는 작게 줄어들어 있어서 눈에 잘 띄지 않았다.

이탄은 어이가 없다는 듯이 독백했다.

"저것 좀 봐. 저것 좀 보라니까. 먼저 천산산맥에서도 내 것에 엉뚱한 도적놈들이 침을 바르더니만, 이번에도 또 이러네. 하! 정말."

이탄의 눈꼬리가 으스스하게 치켜 올라갔다.

바로 그 타이밍에 어마어마한 포효가 터졌다.

[꾸워어어억—.]

이 포효는 음파가 아니라 뇌파였다. 따라서 사람의 고막이 아닌 뇌 속으로 직접 파고들어 뇌신경을 뒤흔들어 놓았다.

이어서 타클라마칸 사막 상공에 환상처럼 새하얀 드래곤이 등장했다.

이 드래곤의 뿔은 숫양의 그것처럼 둥글게 아래로 휜 모습이었다. 하얀 깃털이 빼곡하게 돋은 날개는 총 녁 장이나 되었다. 드래곤의 새하얀 눈동자는 백색의 벼락을 품은 듯 휘황찬란하게 번쩍거렸다.

드래곤의 몸길이는 얼추 100 미터 안팎.

비늘은 눈처럼 하얀색.

이 커다란 생명체가 등장한 순간, 검은 전사들의 얼굴에 공포가 어렸다.

"젠장. 저런 괴물이 나타날 거라는 소리는 없었잖아."

"저건 우리 부대만으로는 막을 수 없어. 최소한 고골 님이나 엘시시 님이 오셔야 해."

"아니. 그 두 분만으로도 부족해. 이건 콜링바 님께서 직접 출전하셨어야 했다고."

검은 전사들이 당황해서 마구 떠들었다.

이탄은 먼 거리에서도 전사들의 이야기를 곧잘 들었다.

물론 서로 언어가 다르기에 이탄은 검은 전사들의 말뜻을 정확하게 알아듣지 못했다. 다만 이탄은 고골, 엘시시, 그리고 콜링바라는 이름을 알아들었을 뿐이다.

"콜링바라면 아프리카 카르발 군벌의 우두머리잖아? 또한 고골과 엘시시는 콜링바가 키우는 후계자들이고."

역시 저 검은 전사들은 아프리카 카르발 군벌 소속이었다. 한편 새하얀 드래곤을 타고 등장한 자는 시베리아 코로니 군벌 소속임이 분명했다.

아니다.

단지 코로니 소속이 아니라 그곳의 정점이 등장했다. 코로니의 서열 1위 빙제(氷帝) 알렉세이가 출현한 것이 틀림없었다.

"빙제가 아니라면 감히 얼음의 수호룡을 부리지 못하겠지. 후후훗. 빙제가 무척 조급했나 보군. 먼저 천산산맥에는 부하들만 보내더니, 이번에는 직접 납시셨어? 후훗."

이탄이 하얗게 이빨을 드러내었다.

이탄이 지켜보는 가운데 얼음의 수호룡이 아가리를 쩍 벌렸다.

[꾸워어어억―.]

우렁찬 뇌파와 함께 수호룡의 아가리에서 새하얀 브레스가 쏟아져 나왔다. 그 브레스가 지나는 모든 길목이 전부 다 얼어붙었다.

공기가 얼어서 얼음의 기둥을 이루었다.

태양에 달구어진 모래 바닥이 얼어서 빙판을 형성했다.

드래곤의 브레스에 노출된 검은 전사 3명이 꽝꽝 얼어서 얼음조각으로 변했다.

"제기랄. 피해라."

"우리가 감히 상대할 수 없는 초인이다."

검은 전사들은 메뚜기처럼 풀쩍 풀쩍 뛰어서 뒤로 후퇴했다.

얼음의 수호룡이 휘황찬란한 눈으로 적들을 노려보더니, 한 번 더 브레스를 쏟아내었다.

이번에는 카르발 군벌의 인부들이 대거 얼음조각으로 변했다. 인부들은 놀라서 엉덩방아를 찧거나 엉금엉금 기어서 도망치는 자세 그대로 얼어붙었다.

Chapter 4

얼음의 수호룡의 머리 위에서 사람의 목소리가 들렸다.

"흥. 아프리카의 미개한 것들이 어디서 감히 얼쩡거린단 말인가. 썩 물러가거라."

오만하기 이를 데 없는 목소리는 먼 거리를 뚫고 날아와 검은 전사들의 귓가를 쩌렁쩌렁하게 떨어 울렸다.

"크악."

"크허헉, 내 귀! 내 귀!"

목소리에 실린 힘이 어찌나 강했던지 아프리카의 검은 전사들은 손으로 고막을 틀어막고 주저앉았다. 전사들의 귀에서 피가 줄줄 흘렀다.

"드디어 등장하셨나?"

이탄은 눈매를 가늘게 좁혀서 하늘을 올려다보았다.

얼음의 수호룡의 머리 위에는 금발에 금빛 수염을 기른 중년 사내가 우뚝 서 있었다. 사내는 백곰 가죽으로 만든 하얀 털옷을 몸에 걸쳤으며, 머리에도 원통형의 털모자를 쓴 모습이었다.

사내의 체격은 살육하는 사제 예니세이를 연상시킬 만큼 위협적이었다.

대신 사내는 예니세이처럼 배불뚝이가 아니었다. 그는

허리가 가늘고 어깨가 떡 벌어진 역삼각형의 체형을 지녔다.

이탄이 사내의 정체를 알아보았다.

"역시 알렉세이가 맞네."

비록 이탄은 알렉세이와 초면이지만, 자료를 통해서 상대의 외모를 여러 번 봐온 터라 눈에 익었다.

"하하하, 이거 참. 내가 세계의 파편들을 수집 중이라는 사실을 알렉세이가 어찌 알았지? 대체 어떻게 알고서 이 궁벽한 사막까지 손수 왕림하셨을까? 얼음의 드래곤을 내게 바치려고 말이야."

이탄은 입꼬리를 옆으로 비틀었다.

이탄이 한 발을 앞으로 내딛자 그의 몸은 어느새 수백 미터를 가로질러 얼음의 수호룡 바로 앞에 등장했다.

[꾸워어어억?]

갑작스러운 이탄의 등장에 얼음의 수호룡이 깜짝 놀랐다. 얼음의 수호룡은 반사적으로 아가리를 벌려서 이탄에게 극빙의 브레스를 쏘았다.

이탄이 오른손을 부드럽게 앞으로 밀었다.

이탄의 손끝에서 빛의 알갱이가 강렬하게 응집된다 싶더니, 그 알갱이가 벼락처럼 전면으로 쏘아졌다.

이것은 광정(光精).

쥬신 황실의 절대 비기가 이탄의 손끝에서 구현되었다.

빠아아앙—.

공기 찢어지는 소리가 뒤늦게 귀청을 울렸다.

광정은 얼음의 수호룡이 토해놓은 극빙의 브레스를 단숨에 꿰뚫더니, 눈 깜짝할 사이에 수호룡의 입천장마저 관통했다.

[꾸웩?]

얼음의 수호룡이 허공에서 배를 까뒤집었다. 커다란 덩치가 뱅글뱅글 나선을 그리면서 지상으로 추락했다.

알렉세이가 재빨리 대응했다.

알렉세이는 엄청난 힘으로 수호룡의 뿔을 잡아당겨 균형을 잡아주었다. 다른 한편으로 알렉세이는 이탄을 향해서 공격도 퍼부었다.

알렉세이의 어깨 위에서 얼음의 창 수십 개가 형성되었다. 그 창들이 유도 미사일처럼 이탄을 향해서 날아왔다.

이탄이 다시 한 발을 내디뎠다.

이탄은 공간을 건너뛰어 알렉세이의 공격을 뒤로 흘려버렸다. 그런 다음 이탄은 다시금 손을 휘감아 앞으로 던졌다.

빠아앙—.

또 한 발의 광정이 날아가 얼음의 수호룡의 목을 뚫었다.

수호룡의 비늘이 제아무리 단단하다지만, 이탄의 광정을 막을 정도는 아니었다.

[꾸웨엑!]

얼음의 수호룡은 다시 한번 괴성을 지르며 추락했다. 수호룡의 머리와 목에서 피가 줄줄 뿜어졌다.

"크윽, 제기랄."

알렉세이가 어금니를 악물었다.

알렉세이가 제아무리 시베리아의 1인자라고 하지만 추락하는 드래곤을 마나로 떠받칠 만큼 괴물은 못 되었다. 대신 알렉세이는 마법으로 얼음바람을 일으켜서 수호룡의 배 아래쪽을 떠받쳤다.

덕분에 얼음의 수호룡은 무방비 상태로 땅바닥에 머리를 처박지는 않았다. 얼음의 수호룡은 얼음으로 만들어진 미끄럼틀을 타고 활공하듯이 지상으로 미끄러져 내려갔다.

쿠콰콰콰콰!

모래가 해일처럼 밀렸다. 얼음의 수호룡의 덩치가 어찌나 컸던지 모래가 밀린 양만 따져도 장난이 아니었다. 얼음의 수호룡은 연이은 타격에 정신을 못 차린 채 반쯤 모래 속에 파묻혔다.

그 속에서 알렉세이가 풀쩍 뛰쳐나왔다. 알렉세이는 무려 20미터 높이까지 점프한 다음, 양손을 높이 치켜들었다.

"흐아압!"

알렉세이가 강하게 기합을 넣었다.

알렉세이의 두 팔을 타고 새하얀 기운이 휘몰아쳤다. 그 기운이 눈덩이처럼 불어나더니 드래곤의 형상을 갖추었다.

물론 이것은 진짜 드래곤은 아니었다. 알렉세이가 자랑하는 마법의 일종이었다.

알렉세이의 머리 위에 30여 미터에 육박하는 드래곤이 형성되는가 싶더니, 이탄을 향해서 아가리를 쩍 벌렸다. 드래곤의 하얀 입으로부터 블리자드를 연상시키는 눈 폭풍이 휘몰아쳐 나왔다.

이것은 스노우 드래곤(Snow Dragon).

알렉세이가 가진 최강의 마법이 펼쳐졌다.

이탄은 예전에 블라디보스톡 전투에서 스노우 드래곤을 겪어보았다. 아나스타샤를 호위하던 노파 2명이 힘을 합쳐서 12미터 길이의 스노우 드래곤을 만들었던 것이다.

그런데 알렉세이가 만들어낸 스노우 드래곤은 그 당시 노파들이 만들어내었던 것보다 두 배는 더 컸다. 위력도 다섯 배는 족히 됨 직했다.

다만 이탄도 그 당시보다 훨씬 더 강해졌다.

이탄은 3개의 광정을 연달아 날렸다. 빛의 알갱이들이

눈폭풍을 뚫고 스노우 드래곤의 머리를 관통했다.

조금 전 얼음의 수호룡이 광정에 얻어맞아 추락한 것처럼, 스노우 드래곤도 광정 3개를 얻어맞고는 스르륵 흩어졌다.

그 사이 이탄은 강렬한 눈폭풍을 뒤로 흘려버리며 어느새 알렉세이의 코앞으로 다가왔다.

"헉!"

알렉세이가 눈을 부릅떴다.

Chapter 5

덥석.

이탄의 손바닥이 알렉세이의 얼굴을 움켜잡았다.

알렉세이는 마치 공작기계 바이스(절삭가공을 할 대상물을 꽉 고정하는 기계장치)에 얼굴이 통째로 물린 듯한 충격을 받아야 했다.

"끄악."

알렉세이가 반사적으로 손을 내뻗었다. 그의 손이 이탄의 가슴팍을 강하게 강타했다.

사람이 알렉세이의 공격을 무방비로 얻어맞으면 그 즉시

온몸이 얼음으로 변해야 정상이었다. 그리고 얼음으로 변한 몸이 다시 산산이 부서져야 마땅했다.

알렉세이의 일격은 그만큼 막강했다. 그는 10 센티미터 두께의 철벽도 얼려서 부숴버리는 위력을 지녔다.

그러나 이탄에게는 통하지 않았다.

이탄은 알렉세이의 공격을 일부러 한 방 얻어맞아 보았다. 그러고도 이탄은 끄떡도 안 했다. 오히려 알렉세이의 손만 피투성이로 으스러졌을 뿐이다. 알렉세이는 단지 손바닥만 까진 것이 아니라 뼈까지 부러졌다.

"이노옴, 죽어랏."

당황한 알렉세이가 비장의 한 수를 발휘했다.

츠츠츠츠츳.

순간적으로 알렉세이의 두 눈이 시커멓게 물들었다. 이어서 알렉세이의 몸 전체에서 시커먼 기류가 뿜어져 나왔다.

이 기류는 이내 단단한 벽이 되어 이탄을 후려쳤다.

이것은 광황의 벽.

쥬신 대제국의 미치광이 황제가 만든 비술이 코로니 군벌의 제1인자인 알렉세이의 몸에서 발현되었다.

에디아니 군벌의 안토니오에 이어서 이번이 두 번째 사례였다.

"재미있군."

이탄은 광황의 벽을 눈앞에서 보고도 피하지 않았다. 오히려 반갑게 미소를 지을 뿐이었다.

알렉세이는 그런 이탄을 향해서 비웃음을 흘렸다.

'미친놈. 이게 어떤 비술인지도 모르고 처웃고 지랄이구나. 네놈은 곧 피떡이 되어 죽을 게다.'

하지만 알렉세이의 웃음은 오래 가지 못했다.

꽝!

금속이 깨지는 듯한 굉음과 함께 알렉세이의 상체가 피투성이로 변했다. 그의 두 팔은 뼈째 으스러졌다.

더욱 놀랄 일은 그 후에 벌어졌다. 알렉세이의 몸 주변에 뭉쳐 있던 검은 기운이 단숨에 뭉쳐서 작은 물방울처럼 변했다. 그 검은 물방울은 허공에 둥실 떠올라 이탄의 손끝으로 흡수되었다.

"말도 안 돼."

알렉세이가 기함했다.

이탄은 그런 알렉세이의 얼굴을 가까이 잡아당겨 손가락에 힘을 주었다.

콰득.

알렉세이의 턱뼈가 세로로 부러졌다.

알렉세이는 그제야 이탄의 얼굴을 제대로 확인했다.

"커헉, 너는 대지의 소서러?"

이탄을 바라보는 알렉세이의 동공이 와르르 흔들렸다.

이탄은 시베리아의 언어를 알지 못했다. 그래도 지금 알렉세이가 무슨 말을 하는지는 짐작이 갔다.

"쯧쯧. 내가 누군지 이제야 알아보면 어떻게 하나. 아까 전에 알아보고 꽁지가 빠져라 도망을 쳤어야지. 쯧쯧쯧쯧."

물론 이것은 그냥 해본 말이었다. 설령 알렉세이가 이탄을 알아보고 즉각 도망을 쳤다손 치더라도 이탄은 그를 그냥 보내줄 생각이 없었다.

한편 알렉세이가 이탄의 손에 붙잡히자 코로니 병력들이 이탄에게 달려들었다. 한 발 뒤로 후퇴했던 전투 헬기들이 다시 기동하여 이탄을 향해서 로켓을 발사했다.

이탄이 손바닥을 앞으로 뻗었다. 그의 손짓에 따라 타클라마칸 사막의 모래 수십 톤이 우르르 일어났다.

이 모래들은 이탄 앞에 대형 샌드 월(Sand Wall: 모래벽)을 쳤다. 이것은 간철호의 소일 월(Soil Wall: 흙벽)을 모래로 대체한 마법이었다.

코로니 병력이 쏜 로켓은 수 미터 두께의 샌드 월을 뚫지 못했다. 로켓 포탄들이 두꺼운 모래 속에 퍽퍽 박혔다가 힘없이 불발되었다.

이탄이 코로니 군벌과 싸우는 동안, 카르발 군벌의 검은 전사들은 슬금슬금 빠져나가기 시작했다.

"도적놈들 주제에 그냥 가려고?"

이탄은 검은 전사들을 도적놈이라고 불렀다. 이탄은 카르발 병력도 순순히 돌려보낼 마음이 없었다.

"아시아에서 난 것들은 모두 다 간씨 세가의 소유이고, 간씨 세가의 것들은 몽땅 다 내 것이니라. 나는 감히 내 물건에 손을 대는 자들을 용서하지 않아."

이게 이탄의 의지였다.

이탄이 낮게 으르렁거리자 그 일대의 모래 바닥이 허물어지기 시작했다. 간철호의 툼(Tomb: 무덤) 마법이 작렬한 것이다.

아프리카의 검은 전사들은 피지컬이 뛰어나서 한 번 도약하면 수십 미터쯤은 그냥 뛰어넘곤 했다.

하지만 그 뛰어난 신체 능력도 뭔가를 딛고 점프해야 비로소 발휘되는 법.

발밑의 지반 자체가 허물어지자 카르발 군벌의 검은 전사들도 속수무책으로 모래 구덩이에 떨어졌다.

"으아악, 안 돼."

"살려줘."

검은 전사들이 모래 속으로 쑥쑥 빨려 들어가면서 비명을 질렀다. 이와 같은 일들이 이탄의 주변 수 킬로미터에 걸쳐서 대규모로 일어났다. 결국 검은 전사들은 단 한 명도 이탄의 손아귀에서 벗어나지 못했다.

코로니 병력도 후퇴가 불가능하기는 마찬가지였다. 이탄은 하늘에 떠 있는 헬기 부대를 향해서 턱짓을 했다.

'너희도 밥값 좀 해라.'

[아, 넵.]

[잔챙이들은 저희가 처리하겠습니다.]

빛의 수호룡과 흙의 수호룡이 동시에 출격했다.

Chapter 6

빛의 수호룡은 이탄의 명령에 따라 성인 남자 크기로 몸을 축소한 상태였다. 그러다 빛의 수호룡이 갑자기 제약을 풀자 어마어마한 광채가 솟구쳤다.

이윽고 얼음의 수호룡보다 몇 배는 더 거대한 드래곤이 모래를 박차고 하늘로 날아올랐다. 수호룡의 거센 날갯짓에 모래가 온 사방으로 휘날렸다.

빛의 수호룡은 그렇게 단숨에 허공으로 부상한 다음, 코로니의 헬기 부대를 향해서 그대로 육탄돌격했다.

"으아아아악."

헬기 조종사들이 두 팔을 X자로 교차하여 앞을 막았다.

일부 조종사들은 자신도 모르게 두 눈을 질끈 감았다.

수십 대의 헬기가 빛의 수호룡의 몸통 박치기 한 방에 우수수 추락했다. 모래에 처박힌 헬기들 가운데 대부분은 쾅! 쾅! 폭발했다. 헬기에 탑승 중이던 병력은 당연히 탈출도 하지 못하고 즉사했다.

일부 헬기들은 운 좋게 폭발하지 않았다. 대신 헬기의 프로펠러가 저 멀리 날아갔다. 꼬리도 뚝 부러졌다.

추락한 헬기 속에서 코로니 병사들이 엉금엉금 기어서 탈출했다.

쿵, 쿵, 쿵, 쿵.

그들 앞에 육중한 발소리가 울렸다. 짙은 그림자가 병사들의 머리 위에 드리웠다.

"아으으으."

코로니 병사들은 떨리는 눈을 들어 위를 올려다보았다.

큰 덩치로 햇빛을 가리고 병사들을 굽어보는 존재는 다름 아닌 흙의 수호룡이었다.

[크르르르.]

흙의 수호룡이 불덩이 같은 눈으로 적병들을 내려다보았다. 진흙 빛깔의 드래곤이 아가리를 쩍 벌리는 장면이 코로니 병사들의 망막에 각인되었다.

"아으, 아아아."

병사들은 공포에 질려서 가늘게 신음했다.

이윽고 흙의 수호룡의 아가리에서 무지막지한 진흙이 쏟아져 나와 코로니 병사들을 생매장시켰다. 끈적끈적한 진흙에 파묻힌 자들은 모두 빽빽한 흙 속에서 허우적거리다가 숨이 막혀 죽었다.

"이럴 수가."

알렉세이가 입을 쩍 벌렸다.

알렉세이는 간철호(이탄)가 대지의 수호룡과 맹약을 맺었을 거라고 짐작했다. 하지만 빛의 수호룡에 대해서는 전혀 몰랐다.

또한 알렉세이는 상대가 이처럼 압도적일 것이라고는 예상하지 못했다.

이탄이 알렉세이를 힐끗 내려다보았다.

"윽."

알렉세이가 움찔했다.

이탄은 상대의 경동맥을 꾹 눌렀다.

"알렉세이, 잠시만 기절해 있으쇼."

"끕! 꾸르륵."

알렉세이의 눈이 핑 돌아가는 데는 그리 오랜 시간이 걸리지 않았다.

이탄은 맛있는 먹이에 파리처럼 꼬인 코로니 군벌과 카

르발 군벌을 정리한 뒤, 다시 본래 목적에 집중했다.

이탄이 열사의 사막에 날아온 이유가 무엇이던가. 바로 열 번째 세계의 파편을 손에 넣기 위함이었다.

이탄은 세 수호룡으로부터 한 번 더 상세좌표를 확인한 다음, 목표지점으로 곧장 공간이동했다.

이때 이탄은 흙의 수호룡만 데려갔다.

'아무래도 세계의 파편에 대해서 가장 많이 알고 있는 녀석은 흙둥이인 것 같아. 나머지 두 놈은 영 미덥지가 않아.'

이상이 이탄의 판단이었다.

대신 이탄은 빛의 수호룡과 어둠의 수호룡에게 다른 임무를 맡겼다.

'너희들은 여기서 얼음의 수호룡과 알렉세이를 지키고 있어.'

[아 넵.]

빛의 수호룡이 절도 있게 대답했다.

이탄이 한 마디를 보냈다.

'만약에 저들이 깨어나려는 기미가 보이면, 즉시 뒤통수를 후려쳐서 다시 기절시켜 놔라.'

[넵.]

빛의 수호룡이 또 대답했다.

반면 어둠의 수호룡은 이탄의 눈치만 슬슬 볼 뿐 대답이
없었다.

'넌 왜 대답이 없어?'

이탄의 무저갱 같은 눈이 어둠의 수호룡에게 향했다.

어둠의 수호룡이 말을 더듬었다.

[끼향? 그, 그것은…….]

어둠의 수호룡이 대답을 망설인 이유는 다름 아닌 존칭
때문이었다. 조금 전까지만 하더라도 어둠의 수호룡은 이
탄에게 존칭을 쓰지 않았다.

이탄 = 광황 이충 = 내 친구

이러한 공식이 어둠의 수호룡의 머릿속에 박혀 있는 까
닭이었다.

하지만 빛의 수호룡과 흙의 수호룡은 이탄을 무척 어려
워했다. 그들은 이탄에게 무조건 깍듯한 존칭을 붙였다.

어둠의 수호룡도 그런 동족의 모습을 계속 접하다 보니
이탄을 편하게 대하기 껄끄러웠다. 어둠의 수호룡이 이탄
의 질문에 선뜻 대답하지 못하고 머뭇거린 것은 바로 이런
이유 때문이었다.

이탄이 한 번 더 다그쳤다.

'너는 왜 대답이 없냐니까.'

[알겠어……. 아니, 알겠습니다.]

결국 어둠의 수호룡도 이탄에게 높임말을 사용했다. 이탄의 동공 속에 펼쳐진 무한한 암흑을 접하자 어둠의 수호룡은 감히 이탄을 편하게 대할 수가 없었다.

빛의 수호룡은 '그래. 그렇게 숙이고 들어가는 게 당연한 거지.' 라는 표정으로 고개를 주억거렸다.

어둠의 수호룡도 이탄에게 존칭을 쓰자 마음이 한결 편해졌다.

'좋아. 그럼 너희들이 이곳을 지켜라.'

이탄은 이 말을 남기고는 빛의 입자로 변해서 어디론가 사라졌다. 흙의 수호룡은 이탄이 데려갔다.

[키향—.]

어둠의 수호룡은 그제야 한숨을 포옥 쉬었다.

[수백 년 전의 내 친구는 저렇게까지 무섭지는 않았는데…….]

어둠의 수호룡이 주변에 들리지 않도록 조그맣게 독백했다. 수백 년 만에 다시 부화한 수호룡의 표정은 무척 복잡해 보였다.

Chapter 7

이탄이 도착한 곳은 모래에 반쯤 파묻힌 오래된 유적이었다.

이 삭막한 사막에 대체 누가 이런 유적을 세웠는지 짐작도 가지 않았다. 바람에 긁히고 모래에 시달린 오래된 기둥들은 모래 속 여기저기에 나뒹굴었다. 한때 신전의 지붕 노릇을 했던 것으로 여겨지는 돌조각들도 기둥 옆에서 함께 뒹굴었다.

"이상하군. 분명히 타클라마칸 사막에서 번성했던 문명은 없었는데? 어떻게 이런 고대의 유적이 남아 있지?"

이탄은 고개를 갸웃거렸다.

어쨌거나 지금은 옛 유적이나 감상할 때가 아니었다. 이탄은 곧장 세계의 파편부터 찾았다. 흙의 수호룡이 사냥개처럼 코를 킁킁거리며 길 안내를 했다.

[저 모래더미 안쪽입니다. 깊이 방향으로 10 미터쯤 남았습니다.]

흙의 수호룡의 말이 떨어지기 무섭게 이탄이 손을 휘저었다. 무너진 기둥 사이에 잔뜩 쌓여 있던 모래가 이탄의 마법에 의해 스르륵 갈라졌다. 그 속에서 영롱하게 빛나는 보석 같은 물체가 드러났다.

자주색에 가까운 이 물체는 알이 아니라 보석을 연상시켰다. 또한 크기가 메추리알보다도 더 작아서 수호룡의 알 같지 않았다.

"어디 보자."

이탄은 엄지와 검지로 자주색 파편을 집더니 눈 가까이 가져와 요리조리 들여다보았다. 보석처럼 반투명한 자주색 파편의 모습이 영 어색했다.

'이게 열 번째 세계의 파편이란 말이지?'

이탄이 흙의 수호룡을 돌아보았다.

흙의 수호룡은 앞발로 자신의 가슴을 탕탕 두드렸다.

[네. 열 번째 파편이 분명합니다. 아시다시피 저뿐만이 아니라 다른 수호룡들도 파편의 기운을 감지하지 않았습니까.]

이탄이 손가락으로 턱을 쓰다듬었다.

'흐음. 빛둥이나 까망둥이의 알과는 크기나 생김새가 완전히 다르긴 하다만, 뭐 네가 그렇다면 그런 거겠지.'

이탄은 흙의 수호룡을 믿어 보기로 했다. 이탄은 자줏빛 세계의 파편을 부드러운 천에 감싸 품에 넣었다.

'여하튼 수고가 많았다. 이제 돌아가자.'

이탄이 모처럼 흙의 수호룡을 칭찬해 주었다.

[네넵. 히히히.]

흙의 수호룡은 부모에게 칭찬을 받은 어린아이처럼 어깨를 으쓱거렸다.

이탄과 흙의 수호룡이 세계의 파편을 회수하여 돌아올 무렵이었다. 그 일대에서는 한바탕 난리법석이 벌어지는 중이었다.

빛의 수호룡은 하늘에 떠올라 태양보다 더 환한 빛을 발산했다.

푸화화확—.

수호룡이 뿜어낸 광채가 난초 잎사귀처럼 사방으로 휘어져 뻗었다.

[키향! 키향!]

어둠의 수호룡은 연신 사납게 울부짖으면서 시커먼 안개를 사방으로 뿌려댔다.

두 수호룡에 맞서서 2명의 사내와 한 명의 여인이 격렬히 싸웠다.

그 가운데 가장 눈에 띄는 자는 염제 발로바였다. 코로니 군벌의 서열 2위인 염제가 직접 타클라마칸 사막으로 날아와 빛의 수호룡을 공격했다. 발로바가 마나를 내뻗을 때마다 시뻘건 불의 기둥이 솟구쳤다.

퍼퍼퍼펑! 펑펑!

지름이 20 미터가 넘는 불의 기둥은 무려 수백 미터 높이로 치솟으면서 빛의 수호룡을 강타했다.

[크롸롸롸왓.]

빛의 수호룡도 발로바에 맞서서 마법을 구현했다. 수호룡이 방출한 굵은 빛줄기들이 가로 세로로 엮여서 그물망을 형성했다.

발로바의 화염 기둥은 빛의 그물망에 걸려서 더 솟구치지 못하고 억제되었다.

대신 빛의 그물망도 금세 찢어질 것처럼 출렁거렸다. 화염의 기둥이 내뿜는 폭발력이 그만큼 강력하다는 뜻이었다.

발로바가 빛의 수호룡을 공격하는 동안, 또 한 명의 사내는 어둠의 수호룡을 맡았다. 얼굴에 철가면을 쓴 사내가 완드를 휘두를 때마다 하늘에서 굵은 쇠기둥이 슝슝 떨어져 어둠의 수호룡을 공격했다.

[키햐햐향—.]

어둠의 수호룡은 검은 안개로 온몸을 감싼 채 이리저리 도망 다니기에 급급했다.

솔직히 어둠의 수호룡은 알에서 깨어난 지 얼마 되지 않아 아직까지 힘이 미약했다. 그에 비해서 철가면이 쏟아내는 쇠기둥 다발은 끔찍할 정도로 무겁고 빨랐다.

그 증거로 하늘에서 낙하한 쇠기둥들은 사막 속 수십 미터 깊이까지 그대로 뚫고 내려갈 정도의 위력을 보였다. 이건 마치 인공위성에서 묵직한 쇳덩이를 레일건으로 쏘아내는 것 같았다.

철가면을 쓴 사내의 이름은 자고예프.

그는 코로니 군벌 서열 4위이자, 빙제 알렉세이가 가장 신뢰하는 심복이었다.

말이 서열 4위이지 사실 자고예프의 무력은 알렉세이나 발로바에 못지않았다. 예전에 자고예프가 수 미터 길이의 쇠기둥 수천 개를 하늘에서 낙하시켜 동유럽의 도시 하나를 초토화시킨 사건은 아직까지도 사람들 사이에 회자되곤 했다.

한편 발로바와 자고예프의 뒤에는 얼굴을 검은 면사로 가린 여인이 서 있었다.

이 여인은 화염의 여제 이채민을 연상시킬 만큼 머리카락이 붉었다. 비록 면사 때문에 얼굴이 보이지는 않았지만, 훤칠한 키와 굴곡진 몸매만 보더라도 특급 모델을 연상시키는 여인이었다.

여인은 그만큼 존재감이 뛰어났다.

여인은 비단 외모만 빼어난 것이 아니었다. 그녀의 도움 덕분에 발로바와 자코예프의 마법은 몇 배나 더 강화되었다.

동료의 마나를 순간적으로 뻥튀기시켜 주고 마법에 대한 이해도를 높여주는 것이 이 여인의 특성. 뛰어난 버프 특성 덕분에 코로니 군벌에서는 붉은 머리 여인을 무척이나 귀하게 대접했다.

코로니 군벌이 아끼는 2명의 공주들 가운데 한 명, 아이스 프린세스(Ice Princess: 얼음공주) 아나스타샤와 쌍벽을 이룬다는 플레임 프린세스(Flame Princess: 화염공주) 쁠라먀가 바로 이 붉은 머리 여인의 정체였다.

쁠라먀의 버프 덕분에 발로바와 자고예프는 마나가 고갈될 걱정을 전혀 하지 않고 무지막지한 광역 마법을 난사할 수 있었다.

Chapter 8

"크하하하. 뒈져라, 뒈져."

발로바가 손을 휘저을 때마다 수백 미터 높이의 화염의 기둥이 수십 개나 새로 등장하여 솟구쳤다.

[크롸롸. 제기랄.]

빛의 수호룡은 쉴 새 없이 솟구치는 화염의 기둥을 막아내느라 진땀을 뺐다.

자고예프도 수백 개의 쇠기둥을 연달아 소환하여 어둠의 수호룡을 단숨에 짓이겨 버리려고 들었다.

[키향, 키햐향.]

자고예프가 완드로 지목할 때마다 어둠의 수호룡은 기겁을 하면서 도망 다녔다.

바로 그 순간이 이탄이 복귀했다. 이탄은 공간이동을 끝마치는 것과 동시에 눈살을 깊게 찌푸렸다.

"이 잡것들은 또 뭐야?"

이탄의 목구멍 깊은 곳에서 저음의 으르렁거림이 튀어나왔다. 이탄은 어느새 제자리에서 사라졌다가 발로바의 등 뒤에 나타났다.

"넌 또 뭐냐?"

발로바가 즉각 반응했다. 발로바는 상대의 정체도 제대로 확인하지 않은 채 양손에 화염을 일으켜서 이탄을 후려쳤다.

이탄은 피하지 않았다. 이탄은 카운터펀치를 날리듯이 상대의 복부에 주먹을 꽂아 넣었다.

퍼엉!

발로바가 날린 화염은 이탄의 상체를 가격한 다음 공기 중으로 산산이 흩어졌다.

반면 이탄의 오른손은 발로바의 배를 뚫고 등으로 튀어 나왔다.

"커헉!"

발로바가 두 눈을 부릅떴다.

이탄이 발로바의 귀에다 대고 으르렁거렸다.

"얼마 전 몽고에서 내가 너를 도와준 것으로 기억하는데, 그 은혜를 이 따위로 갚아?"

이탄은 발로바의 내장을 쭉 뽑아 모래 위에 내팽개쳤다. 다른 한편으로 이탄은 왼손을 뻗어 빈 허공을 잡아당기는 시늉을 했다.

그러자 하늘에서 무섭게 떨어지던 쇠기둥들이 만유인력의 법칙을 무시하고 우뚝 정지했다. 그와 동시에 철가면 자고예프가 저절로 날아오더니 이탄의 왼손에 자신의 얼굴을 들이밀었다.

세상의 모든 금속은 이탄의 명령을 거역할 수 없는 법.

이탄이 보유한 만금제어(萬金制御)의 권능은 이번에도 백점만점의 효과를 발휘했다.

콰득.

이탄의 손에 닿기도 전에 자고예프의 철가면이 우그러졌다. 이탄은 상대의 가면을 작은 공처럼 뭉쳐서 바닥에 내팽개쳤다. 철가면 속에서 흉터투성이의 사내가 본 모습을 드러내었다.

"으윽."

자고예프는 본 얼굴을 드러내기 싫은 듯 고개를 옆으로
돌렸다.

이탄이 그런 자고예프의 얼굴을 다시 붙잡아 고정했다.

뿌드드득.

끔찍한 소리와 함께 자고예프의 얼굴이 뭉그러졌다. 이
탄의 손가락 5개가 단숨에 상대의 얼굴 살을 뭉그러뜨리고
파고든 것이다.

타인의 손가락이 살을 뭉개고 두개골에 직접 닿는 기분
이란!

"히이익? 끄악."

자고예프가 자지러졌다.

이탄은 왼손으로 자고예프를 붙잡은 채 오른손을 뻗었
다.

이번 목표는 플레임 프린세스 뽈라먀.

"허억? 안 돼애—."

붉은 머리카락의 뽈라먀가 기겁을 했다. 그녀는 수십 미
터나 되는 거리를 훨훨 날아와 이탄에게 목을 내주었다.

뽈라먀가 입고 있는 금속 아머가 문제였다. 갑옷을 구성
한 금속 재질이 이탄의 의지에 순응하여 뽈라먀를 이탄에

게 대령한 셈이다.

"으윽, 놔라. 이거 놓으라고."

당황한 쁠라먀가 발버둥 쳤다.

이탄은 쁠라먀의 목줄기를 틀어쥐고는 빙그레 미소를 지었다.

"너도 아나스타샤와 비슷한 특성을 지녔구나. 동료 마법사의 공격력을 버프시켜 주는 재미난 특성을 지녔어. 그러니까 코로니 군벌에서 너희 둘을 공주 대접을 해주면서 우대하는 것이겠지?"

쁠라먀는 아시아의 언어를 몰랐다. 그렇지만 이탄의 이야기 가운데 아나스타샤라는 이름은 알아들었다.

"헙, 아나스타샤!"

그 즉시 쁠라먀의 안색이 어두워졌다. 블라디보스톡에서 실종된 아나스타샤가 간씨 세가에 포로로 붙잡혀가서 각종 인체실험을 당하고 있을 것이라는 소문은 쁠라먀도 익히 들어서 알고 있었다.

'설마 나도?'

불길한 예감이 쁠라먀를 휘감았다. 코로니 군벌의 공주는 사시나무처럼 와들와들 몸을 떨었다.

터엉, 텅, 텅, 텅.

이탄의 손짓에 한 무리의 사람들이 땅바닥에 나뒹굴었다. 3명의 피투성이 사내와 한 명의 붉은 머리 여인이 그 대상이었다.

세 사내들과 달리 여인은 그리 험한 꼴은 아니었다.

하지만 새하얗게 질린 얼굴과 뺨에 가득한 눈물자국만 보아도 여인이 얼마나 겁을 집어먹었는지 짐작이 갔다.

주작대주와 백호대주는 멍하게 그 모습을 바라보았다.

"이것들을 챙겨둬라."

이탄이 무심하게 말을 내뱉었다.

주작대주가 반문했다.

"의장님, 이들은 누구입니까?"

이탄은 한심하다는 표정으로 주작대주에게 핀잔을 주었다.

"간씨 세가의 정보부처 총책임자가 이들의 얼굴도 못 알아보나?"

"네?"

"저기 금발머리 녀석이 코로니 군벌의 서열 1위 알렉세이잖아."

"으허헉? 빙제 알렉세이 말씀이십니까?"

"그래. 알렉세이 옆에 배때기에 구멍 뚫린 녀석은 코로니 군벌 서열 2위인 발로바, 얼굴이 피투성이로 뭉그러진 녀석은 서열 4위 자고예프, 마지막으로 저 여자애는 플레임 프린세스 쁠라먀라고 하더구나."

"발로바와 자고예프까지!"

주작대주와 백호대주가 펄쩍 뛰었다.

둘 다 까무러치게 놀랄 수밖에.

조금 전 이탄은 가볍게 산책을 다녀오는 것처럼 휙 나갔다 돌아오더니 타 군벌의 수뇌부들 여러 명을 질질 끌고 와 버렸다. 그것도 상대를 개 패듯이 때린 다음에 강제로 끌고 온 모양이었다.

'의장님께서 아무리 인외의 존재시라지만, 어떻게 이럴 수가.'

'이건 말도 안 돼.'

주작대주와 백호대주는 너무나도 비현실 같은 현실에 눈만 껌뻑거렸다.

제3화

콜링바의 불운

Chapter 1

이탄이 심드렁하게 말을 이었다.

"나는 당분간 연구할 게 있어서 바쁠 예정이니까 괜히 방해하지 마라. 저것들은 마나를 모두 제압해 놓았으니까 주작대와 백호대가 협력해서 뒤처리 좀 해."

"네? 아, 알겠습니다."

"의장님의 명을 받들겠습니다."

주작대주와 백호대주는 정신을 번쩍 차리고 대답했다.

떨거지(?)들을 부하에게 맡긴 다음, 이탄은 서둘러 지하 연무장으로 내려왔다. 지금 이탄은 살짝 들뜬 기분이었다.

"우훗. 타클라마칸 사막에서 언어온 수확이 세법 쏠쏠하

네. 열 번째 세계의 파편도 얻었겠다, 얼음의 수호룡도 붙잡았겠다, 여러모로 얻은 게 많아."

이탄은 기쁨에 입꼬리를 씰룩거렸다.

이것으로 이탄이 수집한 수호룡은 총 여섯 마리로 늘어났다.

이 가운데 대지의 수호룡(흙둥이)와 빛의 수호룡(빛둥이), 어둠의 수호룡(까망둥이)는 이미 이탄과 맹약을 맺었다.

이탄은 자줏빛 세계의 파편과 얼음의 수호룡도 손에 넣었다.

마지막으로 불의 수호룡은 이탄이 마음만 먹으면 언제든지 빼앗을 수 있는 대상이었다. 비록 지금은 이탄이 그냥 불의 수호룡을 내버려 두고 있지만 말이다.

"이제 다른 군벌이 소유한 수호룡들도 하나씩 거둬들여야겠어. 전 세계에 흩어져 있는 파편들을 전부 모으면 분명히 무슨 일이 벌어질 거야. 어쩌면 알리어스라는 고대의 신이 다시 깨어날지도 모르지."

이탄은 간용음이 남긴 신화의 끝을 보고 싶었다. 요새 이탄이 가장 신경 쓰는 존재가 있다면, 그것은 바로 고대의 신들이었다. 오로지 신들만이 이탄의 가슴을 뜨겁게 만들 수가 있었다.

'신격, 혹은 마격 존재가 아닌 자들은 결국 하찮은 먼지

에 불과할 뿐. 내 목표는 오로지 신이다.'

자줏빛 영롱한 파편을 내려다보는 이탄의 두 눈이 이글 거리는 열기를 품었다.

인도 남부의 고산지대.

하얀 지붕의 사원들이 처마와 처마를 맞대고 줄지어 늘 어서 있었다. 그 사원들 가운데 한 곳에서 비단을 찢는 듯 한 비명이 터졌다.

"꺄아악!"

비명의 주인공은 아리따운 소녀였다. 소녀는 섬뜩하게도 두 눈에서 피를 철철 흘리며 뒤로 넘어갔다.

"마마, 정신 차리시옵소서."

"마마, 제발."

주변에서 주문을 읊던 노파들이 황급히 소녀에게 달려왔 다.

"거기 아무도 없느냐? 마마께서 쓰러지셨느니라."

"어서 치료사를 불러오너라. 어서!"

노파들은 소녀를 부둥켜안고 목청을 높여 치료사를 불렀 다.

소녀는 노파들의 품에서 고통스레 퍼덕거렸다.

쓰러진 소녀의 정체는 이린.

그녀는 오늘 불안정한 천공안을 억지로 열어서 세 가지 미래를 엿보기로 마음먹었다.

첫 번째 미래.

과연 외조부인 폐하께서 앞으로 무사하시겠는가?

안타깝게도 이공의 미래는 확답을 할 수 없었다.

이린이 보기에 당분간은 이공의 은신처가 적들에게 발각될 일은 없어 보였다. 대신 석연치 않은 붉은 기운이 이공의 주변을 빠르게 잠식하는 중이었다. 그런데 이린의 능력으로도 도통 그 붉은 기운을 꿰뚫어 볼 수가 없으니 문제였다.

"휴우우. 어렵구나."

이린은 무겁게 한숨을 내쉬었다.

두 번째로 이린은 어머니와 아버지, 그리고 스스로의 미래를 엿보았다.

이린의 아버지인 호문평 대장군은 이공보다는 사정이 나았다.

'다행히 붉은 기운이 아버지에게까지 마수를 뻗쳐오지는 않는구나. 최소한 향후 몇 개월간은 괜찮을 듯 보여.'

이린은 겨우 가슴을 쓸어내렸다.

다만 이수민은 앞이 보이지가 않았다. 이린 본인의 미래도 안갯속이었다.

"휴우."

이린은 힘없이 고개를 가로저었다.

마지막으로 이린은 천공안을 한 번 더 열어서 이모인 이채민을 살폈다.

바로 이 대목에서 문제가 발생했다. 천공안이 이채민의 영상을 이린의 망막에 띄우려는 순간이었다. 영상 속에서 붉은 금속벽이 우르르 솟아나 이린에게 광채를 되쏘았다.

퍽!

벼락처럼 쏘아진 광채가 이린의 천공안을 뚫고 망막에 파고들었다.

"꺄아악!"

이린은 단말마를 내지르며 뒤로 쓰러졌다.

이린의 두 눈에서 붉은 피가 철철 흘렀다. 가까스로 회복되려던 이린의 천공안이 다시 한번 치명타를 입었다.

이린이 쓰러졌다는 소식에 이수민이 버선발로 뛰어왔다.

"린아, 린아. 으흐흑. 정신 좀 차려 보거라."

이수민은 얼굴에 붕대를 감은 딸을 끌어안고는 펑펑 울었다.

"흐흐흑. 린아, 엄마가 미안해. 아직 완전히 회복되지도 않은 너에게 자꾸 미래를 읽어보라고 부추겨서 미안해. 이제 다시는 그러지 않을게. 제발 무사해 줘. 흐흐흑."

이수민이 죄책감에 가슴을 쥐어뜯었다. 철혈의 여걸이라는 이수민도 외동딸 앞에서는 모성애 넘치는 엄마에 불과했다. 피도 눈물도 없는 암호랑이라는 이수민의 별명은 지금 이 순간만큼은 적용되지 않았다.

Chapter 2

같은 시각.

뽀글뽀글 파마머리로 여장을 한 학선생이 방콕 공항에 내렸다. 학선생은 택시를 잡아타고 방콕의 빈민가로 향했다.

원래 학선생은 간씨 세가 근처에 자리를 잡고 살아날 구멍을 찾던 중이었다.

'만약 화염의 여제가 20년 전의 진실을 알게 된다면? 나는 그 즉시 간씨 세가에 투항해서라도 목숨을 건져야 하리라. 개똥밭에 굴러도 이승이 낫다는 속담이 있지 않던가. 나는 절대로 죽기 싫어.'

학선생은 삶에 대한 집착이 강했다.

그런데 학선생이 아무리 기다려도 이채민의 소식이 들리지 않았다. 이린이 천공안으로 20년 전의 비밀을 들춰냈다는 이야기도 들리지 않았다. 학선생의 귀에는 오히려 다른 희소식이 들렸다.

원래 학선생은 이수민과 이린의 곁에 심복 몇 명을 심어 놓았다. 그 명단 중에는 이린을 돕던 주술사 노파도 한 명 포함되었다.

첩자 노파가 학선생에게 다음과 같은 메시지를 전송했다.

＊이린 마마께서 무리하게 천공안을 여셨다가 다시 쓰러지셨습니다.

＊마마께서는 눈에서 피를 철철 흘리셨습니다. 제 판단으로는 당분간 마마께서 천공안을 사용하는 것은 불가능합니다.

＊채민 미마의 소식은 여전히 들어오지 않고 있습니다. 수민 마마께서도 채민 마마의 실종 때문에 걱정이 크십니다.

쥬신의 복원 세력, 즉 유령조직의 입장에서 위 소식은 악재였다. 이린의 천공안이 막혔다는 것만큼 심각한 악재도 없었다.

게다가 조직의 제1 무력인 화염의 여제 이채민이 실종되었다니! 이 또한 천공안만큼이나 큰 문제였다.

그런데도 학선생은 손뼉을 치며 좋아했다.

"으헤헤헤. 되었구나. 역시 사람이 죽으라는 법은 없는 게야. 이린이 년이 당분간 천공안을 사용하지 못한다니, 20년 전에 내가 저지른 짓이 발각될 일은 없겠어. 게다가 그 일을 알고 있는 용설란도 간씨 세가에 붙잡혀 갔지? 큭 큭큭큭. 용설란이는 간씨 세가에서 뒈져버렸으면 좋겠구나."

이린뿐만이 아니라 학선생이 가장 두려워하는 이채민도 실종되었단다. 학선생은 이 틈을 놓칠 사람이 아니었다. 학선생의 두 눈은 먹이를 노리는 두꺼비의 그것처럼 야비하게 번들거렸다.

"이린이 눈이 멀고 이채민이 사라졌으니 이제 이수민 그 쌍년도 장님에 손발이 묶인 셈이로구나. 잘되었다. 이 기회에 그년을 쳐내야지."

학선생은 그날로 비행기표를 끊어서 방콕으로 향했다.

이공이 본거지를 떠나서 방콕의 빈민가로 자리를 옮겼다는 소식은 이미 학선생의 귀에 전해진 상황이었다.

솔직히 이공의 신하들 중에는 이공보다도 학선생을 더 따르는 자들이 존재했다. 특히 무신이 아닌 문신들, 그것도 회양당 출신의 신하들 중에 일부는 어리석은 이공보다 학선생을 더 믿고 의지했다.

그러다 보니 이공이 일거수일투족이 학선생의 귀에 고스란히 전달되는 것은 너무나도 당연한 일이었다.

환한 대낮임에도 어둑하게 그림자가 드리운 곳.

길이 미로처럼 복잡하여 한 번 들어가면 쉽게 빠져나올 수 없는 곳.

어쩌면 세상에서 가장 낮은 곳.

이공은 그 우범지역으로 몸을 피신했다. 오대군벌의 사나운 눈을 피하기 위해서는 불가피한 선택이었다.

이공은 그 사실을 잘 알면서도 어린애처럼 불평만 늘어놓았다.

"푸후우. 여긴 정말 불결하고 더럽구나. 대제국의 황제인 내가 이런 천박한 곳에 머물게 되다니, 이는 있을 수가 없는 일이 아닌가."

"폐하, 송구하옵니다."

승상 인국진이 연신 머리를 조아려 이공을 달랬다.

솔직히 인국진도 마음속으로는 부아가 치밀었다.

'쥬신 제국을 부활시키겠다는 우리의 꿈이 물 건너갈 수도 있는 상황이 아닌가. 이 엄중한 와중에도 폐하께서는 계속해서 열악한 환경이나 불평을 하시다니, 어찌 이러실 수

가 있단 말인가? 나는 아들의 생사조차 모르거늘.'

인국진은 이공 몰래 주먹을 꽉 말아 쥐었다.

인국진의 맏아들이자 남로군의 총사령권인 인유강은 최근 간씨 세가의 폭격을 받아 실종되었다.

솔직한 마음 같아서는 인국진도 이공이 아니라 아들의 행방부터 찾고 싶었다. 며느리인 이소민과 함께 말이다.

그런데 군주라는 자는 신하들의 아픈 마음을 전혀 어루만질 줄 몰랐다. 이공은 아들을 잃은 인국진을 위로하기는 커녕 불평불만만 늘어놓기에 급급했다.

사실 이공도 할 말이 많았다.

이곳 빈민가는 이공의 성격에 도무지 맞지 않는 장소였다. 한 폭의 산수화처럼 아름다운 곳에서 낚시 배를 타고 신선놀음을 즐기던 이공이 아닌가. 그런 이공에게 방콕의 빈민가는 최악 중의 최악이었다.

'세상은 넓고 피할 곳은 많거늘. 오대군벌의 눈이 닿지 않는 곳이 세상에 그렇게도 없단 말인가? 이를테면 유럽의 자그마한 포도농장으로 도망을 가도 되는 것 아닌가? 아니면 카리브해의 따사로운 햇볕을 쬐면서 몸을 숨겨도 될 일이거늘. 쯧쯧쯧. 신하라는 것들이 앞뒤가 꽉 막혔어. 이럴 때 학선생이 고의 곁에 있어야 하거늘. 융통성이 있는 학선생이라면 고를 이렇게 천박하고 더러운 장소에 내팽개치지 않았을 게야. 당연히 고를 유럽의 와인 창고 인근이나 카리브 해안의 고즈넉한 해안가 별장으로 모셨을 테지. 쯧쯧쯧.'

이공은 못마땅한 눈빛으로 인국진을 흘겨보았다.

인국진도 이공의 시선을 피하지 않았다. 군주와 신하의 시선이 허공에서 맞부딪치면서 스파크가 격렬하게 튀었다.

바로 그 타이밍에 반가운 소식이 들렸다.

"폐하, 기뻐하소서."

이공의 시중을 드는 늙은 환관이 후다닥 달려왔다.

이공이 부루퉁하게 되물었다.

"채신머리없이 웬 소란이냐? 그리고 밖에서는 고를 폐하라고 부르지 말라고 하였지. 그런데 너는 도통 고의 어명을 듣지 않는구나."

늙은 환관은 이공의 꾸중을 들은 체 만 체 했다.

"폐하, 기뻐하소서. 폐하께오서 애타게 찾으시던 상서령께서 오셨나이다."

"뭣이?"

환관의 한 마디에 이공은 자리를 박차고 일어섰다. 상서령이란 곧 학선생을 의미했다.

"상서령이 고를 찾아 왔다고? 그가 어디 있느냐? 당장 만나야겠다."

학선생이 어찌나 반가웠던지 이공은 직접 낡은 가옥의 문을 벌컥 열고 마당으로 뛰쳐나갔다.

Chapter 3

이윽고 마당 안으로 학선생이 들어왔다. 학선생은 이공을 보자마자 후다닥 달려와 이공의 두 다리를 부둥켜안았다.

"폐하. 크흐흐흑. 이게 무슨 황망한 모습이시옵니까? 대제국 쥬신의 황제께서 이리도 궁벽하고 처참한 곳에 머무시다니요. 이럴 수는 없나이다. 으흐흑. 이게 모두 소신이 어리석고 불충하여 폐하를 제대로 보필하지 못한 탓이옵니다. 폐하, 부디 소신을 벌하여 주시옵소서. 크흐흐흑."

학선생은 펑펑 눈물을 흘렸다.

이공이 그런 학선생을 부둥켜안았다.

"학선생, 그런 말은 하지 말게. 학선생이야말로 고의 충신이야. 학선생이 이제 내 곁에 왔으니 되었어. 이제 고는 안심이라네. 우우욱."

이공도 눈물을 뚝뚝 떨어뜨렸다.

학선생이 다짐을 하듯이 외쳤다.

"폐하, 걱정 마십시오. 이제부터는 소신이 직접 폐하를 모시겠나이다. 소신은 존귀하신 폐하께서 더 이상 이런 더러운 곳에 머무시는 꼴을 볼 수가 없사옵니다. 폐하를 위해서 소신이 새로운 거처를 마련해 보겠나이다."

역시 학선생이었다. 타고난 간신배답게 학선생은 이공의 가장 가려운 구석을 긁어줄 줄 알았다.

"으흐흑. 역시 고의 곁에는 학선생밖에 없구면. 크흑. 학선생은 다른 불충한 신하들과는 달라."

어이없게도 이공은 인국진이 듣는 앞에서 망령된 소리를 내뱉었다.

'역시 상서령에게 줄을 서기 잘했구나.'

주변의 환관들이 속으로 피식 피식 웃었다.

오직 인국진만이 못 들을 소리를 들은 듯이 얼굴을 구겼다.

다음 날 오전.

학선생은 방콕 시가지로 나가서 별 4개짜리 호텔 한 층을 통째로 빌렸다. 덕분에 이공과 일부 환관들, 그리고 조정의 늙은 문신들은 불쾌한 빈민가를 떠나 호텔로 숙소를 옮길 수 있었다. 이공의 호위 병력들도 덩달아 호텔에 자리를 잡았다.

"폐하, 이 시국에 호텔은 위험하옵니다. 부디 통촉하여 주시옵소서."

이공이 빈민가를 떠나기 전, 인국진은 이공 앞에 엎드려 간청했다.

"어허, 승상은 그만하시오. 듣기 싫소."

이공은 인국진의 간청을 단칼에 뿌리쳤다.

옆에서 학선생이 혀를 놀렸다.

"폐하, 승상께서는 폐하를 걱정하는 마음에서 하신 말씀일 것이옵니다. 하지만 승상의 걱정은 기우에 불과할 뿐, 폐하께오선 부디 소신만 믿으시옵소서. 소신이 폐하의 안전을 위해서 새로운 신분을 마련해 두었으니 그 신분으로 호텔에 묵으시면 아무런 문제가 없을 것이옵니다."

이공은 학선생의 말에 반색을 했다.

"그렇지? 학선생이 이미 준비를 해놓았을 테지? 어허허. 고가 학선생을 믿지 않으면 누구를 믿겠는고? 역시 학선생은 고의 충신이로다."

실제로 학선생은 계획이 다 있었다. 학선생은 환관 중 한 명에게 다음과 같은 문구가 적힌 깃발을 들려주었다.

<에이스 효도관광>

그렇다. 학선생은 이공과 환관들, 그리고 늙은 신하들까지 단체로 묶어서 관광객으로 꾸민 다음, 방콕 시내의 적당한 호텔에 투숙시킬 요량이었다.

당연한 말이지만, 막상 학선생 본인은 이공과 같은 호텔에 묵을 생각이 없었다.

'혹시 간씨 세가의 눈과 귀가 이공의 뒤를 쫓고 있을지 모르는 상황이 아닌가.'

학선생은 괜한 위험을 자초할 성격이 아니었다.

그렇다고 해서 이런 속마음을 이공에게 밝힐 수도 없을 터, 학선생은 적당한 핑계를 둘러대었다.

"폐하, 소신도 폐하를 곁에서 뫼시고 싶은 마음이 굴뚝같사옵니다. 하지만 소신이 젊다 보니 효도관광이라는 명목에 어울리지가 않습니다."

"응?"

"만약에 소신 때문에 효도관광이 의심을 받게 된다면 이무슨 낭패겠습니까? 그러니 소신은 인근의 다른 호텔에 숙소를 잡겠나이다. 부디 폐하께오선 너그러이 이해해주시옵소서."

이공이 곤란하다는 기색을 드러내었다.

"허어, 그래도 학선생이 곁에 없으면 고가 불안해서 어쩐단 말인가?"

"하오나 폐하의 안전을 위해서는 어쩔 수가 없사옵니다. 부디 통촉하여 주시옵소서."

이공이 몇 번을 권유해도 학선생은 완강하게 버텼다. 결국 이번에도 이공은 학선생의 뜻을 꺾지 못했다.

"허어어, 정 그렇다면 어쩔 수 없지. 하지만 약속을 해주게. 비록 숙소는 다른 곳에 잡더라도 최대한 고와 가까운 장소에 머물도록 해."

이공은 이런 말로 학선생에 대한 깊은 의존도를 드러내었다.

그가 이렇게 나올수록 주변의 환관들과 간신배들은 학선생의 뒤에 줄을 서게 마련이라는 사실을 이공은 깨닫지 못하였다.

학선생이 이공을 효도관광객으로 꾸밀 즈음, 이탄은 바람이 잘 통하는 마루에 앉아서 정원을 내다보았다.

늦가을의 바람은 서늘했다. 정원의 나뭇가지가 바람에 흔들려 살랑살랑 춤을 추었다. 처마 밑에선 풍경 소리가 그윽하게 울렸다.

"의장님, 차를 내왔습니다."

시녀 이서현이 이탄을 위해서 다과를 준비했다.

이탄의 눈길이 이서현의 옆모습을 더듬었다.

그 눈길을 느꼈기 때문일까? 이서현이 살짝 긴장했다. 이탄은 상대의 심장박동이 조금 빨라진 것을 감지했다.

이서현의 나이는 올해로 16세.

적당한 때가 되면 간철호가 이서현을 취할 것이란 점은 세가의 누구나 다 짐작하는 사실이었다.

막상 이탄은 이서현을 욕심내지 않았다. 이탄은 간철호처럼 쥬신 황실의 여인들에 대한 집착이 없었다.

그런 이탄이 조금 전 이서현을 물끄러미 응시한 이유는, 이서현의 옆모습에서 모친인 이채민의 얼굴을 보았기 때문이었다.

Chapter 4

그러다 이탄의 상념은 쥬신 황실로 거슬러 올라갔다.

'어쨌거나 내 외가는 쥬신 황실이잖아? 게다가 나는 광황의 유산을 물려받았기도 하고. 그렇다면 내가 이참에 쥬신 잔당들 흉내를 내봐?'

이것은 벼락처럼 이탄의 뇌리에 떠오른 아이디어였다. 이탄이 곰곰이 따져보니 이 아이디어가 꽤나 괜찮아 보였다.

요 근래 쥬신 제국의 복원 세력들은 잔뜩 위축되어 있었다. 그들은 이탄을 비롯한 오대군벌에 몇 방을 얻어맞더니 겁먹은 자라처럼 움츠러들었다.

반대로 오대군벌은 기세가 잔뜩 올랐다. 이탄은 오대군벌이 너무 기세등등해지는 것을 선호하지 않았다.

'다른 군벌을 내 뜻대로 움직이려면 적당히 긴장을 줄 필요가 있지.'

이탄은 손으로 자신의 코를 쓰다듬었다.

솔직히 이탄은 간씨 세가 하나만으로 만족하지 못했다. 이탄이 세계의 파편들을 모두 수집하려면 어차피 간씨 세가를 뛰어넘는 절대권력을 움켜쥘 필요가 있을 터, 이탄은 다른 군벌에 대한 영향력을 높일 방법을 찾던 중이었다.

그러다 반짝하고 아이디어가 떠올랐다.

'쥬신의 잔당인 척 꾸미고 다른 군벌들을 털어볼까?'

마침 이탄은 빛의 수호룡, 그리고 어둠의 수호룡과 맹약을 맺었다.

이 두 수호룡은 사람들의 뇌리에 쥬신 대제국을 떠올리게끔 만들 수밖에 없는 존재들이었다. 왜냐하면 쥬신 대제국의 전성기를 이끌었던 패황 이군억과 광황 이충의 맹약자가 바로 빛과 어둠의 수호룡들이기 때문이었다.

'만약에 패황이나 광황의 후계자가 세상에 다시 등장한

다면?'

그 파급력은 엄청날 것이다. 화염의 여제 이채민이 불의 수호룡을 세상에 다시 선보였을 때보다 몇 배는 더 큰 파문이 일어날 수밖에 없었다. 패황이나 광황의 무력은 그만큼 엄청나기 때문이었다.

솔직히 말해서 발렌시드 군벌이 본격적으로 이탄을 의지하기 시작한 것은 불의 수호룡이 세상에 등장한 이후부터였다.

이탄은 이 점을 곱씹어 보았다.

'당분간 불의 수호룡은 출격할 수 없지. 그럼 자연스럽게 다른 군벌들도 나에 대한 의존도가 약화될 것 아냐?'

하지만 그 타이밍에 빛의 수호룡이 세상에 모습을 드러낸다면?

패황의 후계자가 새로 나타나 군벌을 하나쯤 뭉개버린다면?

그럼 다른 군벌들은 또다시 이탄에게 도움의 손길을 요청할 수밖에 없을 것이다.

음흉한 계획을 세우는 동안 이탄의 눈동자 안에서는 무서운 빛이 어른거렸다. 이탄은 왼손으로 다른 군벌들의 뒤통수를 치면서 동시에 오른손으로는 그들에게 도움의 손길을 내밀 요량이었다.

'그렇게 밀고 당기다 보면 다른 군벌들은 어느새 내 손아귀에 들어와 있겠지. 그럼 세계의 파편을 모으는 일도 한결 수월할 거야.'

이탄은 세심하게 계획을 세웠다.

이 계획은 야비했다. 이런 계획을 떠올린다는 자체가 이탄의 인간성을 드러내 주었다. 지금 이탄은 음흉한 악당과 다를 바가 없었다.

그런데도 이탄은 전혀 양심의 가책을 느끼지 않았다.

"그래서 뭐 어쩌라고? 내가 하겠다는데."

이탄이 심드렁하게 뇌까렸다.

지금까지 이탄은 타인에게 폭력을 휘두를 때 단 한 순간도 망설여본 적이 없었다. 타인의 것을 빼앗을 때도 마찬가지였다. 이탄은 겉으로는 다정다감해 보이지만 사실은 감정이 메말랐다. 이탄은 온화한 듯하지만 사실 세상 그 누구보다도 폭력적이었다. 이탄은 양심과 비양심의 경계를 거침없이 오갔다.

이번에도 이탄의 양면성이 여실히 드러났다.

"자, 이제 계획은 세웠지. 그렇다면 과연 어느 군벌을 첫 번째 희생양으로 삼을까?"

이탄이 아무리 양심이 없다지만, 그래도 발렌시드 군벌을 첫 번째 희생양으로 지목하지는 않았다. 유럽의 발렌시드는 간씨 세가와 우호적 관계인 까닭이었다.

그렇다고 미주 지역의 에디아니 군벌을 친다?

"에이, 그곳도 아니야."

이탄은 고개를 가로저었다.

이탄의 머릿속에는 북미 시즈너 가문의 둘째 공자인 시어드가 떠올랐다. 서글서글하게 이탄을 따르던 시어드 시즈너를 떠올리자 에디아니 군벌을 칠 마음이 사라졌다.

결국 이탄의 목표는 아프리카의 카르발 군벌로 결정되었다.

시베리아의 코로니 군벌은 이미 이탄의 관심 밖이었다.

지금 코로니의 상위 서열들은 몽땅 다 이탄에게 포로로 잡힌 상태였다. 거기에 더해서 얼음의 수호룡까지 이탄의 손아귀에 들어왔다. 그러니 코로니 군벌은 이탄의 1차 목표에서 제외될 수밖에.

하면 남은 곳은 카르발 군벌뿐이었다.

마침 이탄은 검은 대륙 녀석들을 한번 손봐줄 생각이었다. 최근 카르발 군벌은 감히 이탄의 것에 손을 대려고 시도했다. 이탄은 녀석들이 타클라마칸 사막까지 쳐들어와서 세계의 파편을 훔쳐가려고 했던 일을 결코 잊지 않았다.

"도둑놈의 새끼들."

이탄이 이빨을 갈았다.

본디 타클라마칸 사막은 아시아로 분류되는 지역이고, 모든 아시아는 간씨 세가, 즉 이탄의 소유였다.

"그런데 감히 내 것을 건드려? 그 도적놈들에게 한 번 본때를 보여줘야겠어. 너희들이 먼저 내 파편을 노렸으니 나도 너희들의 수호룡을 가져와야겠다. 그래야 공평하지."

이탄은 이런 말로 수목의 수호룡을 강탈할 명분을 세웠다.

그날 자정.

밤하늘에는 쟁반처럼 둥그런 달이 떠올랐다. 달빛이 은은하게 퍼지는 가운데 빛의 수호룡과 흙의 수호룡이 날개를 활짝 펴고 간씨 세가를 떠났다.

두 수호룡은 이탄으로부터 특명을 받았다.

'너희는 검은 대륙으로 날아가서 수목의 수호룡부터 찾아라. 녀석의 위치를 발견하거든 즉각 내게 뇌파를 보내. 그럼 너희가 이번 달 밥값을 한 것으로 쳐주마.'

이탄의 명령은 지엄했다.

두 수호룡은 이탄에게 밥값 타령을 듣는 것이 짜증 났으나, 감히 그런 속마음을 이탄 앞에서 드러낼 용기는 없었다.

[넵. 수목의 수호룡을 찾은 뒤, 곧바로 보고를 올리겠습

니다.]

　[저희가 밥값을 하겠습니다.]

　빛의 수호룡과 흙의 수호룡은 절도 있게 대답한 뒤, 곧장 서쪽으로 날아갔다.

　이탄은 소슬바람이 부는 간씨 세가의 정원을 산책하면서 두 수호룡으로부터 연락이 오기만을 기다렸다.

Chapter 5

　11월 24일 밤.

　드디어 이탄이 기다리던 연락이 왔다. 이탄은 탁자 앞에서 책을 읽다 말고 두 눈을 번쩍 빛냈다.

　"결국 찾았단 말이지?"

　그 즉시 이탄은 간씨 세가를 떠났다.

　샤라랑~.

　빛의 입자로 흩어졌던 이탄이 다시 모습을 드러낸 곳은 검은 대륙 중심부에 위치한 대규모 밀림의 상공이었다.

　이탄이 지켜보는 가운데 밀림 저편에서 동이 터왔다. 이글거리는 태양이 동쪽 하늘을 붉게 물들였다.

　"오!"

대자연이 연출해낸 장엄한 광경을 보자 이탄의 뇌리에 홍염산하(紅染山河)라는 악보가 떠올랐다.

산과 강이 온통 홍색으로 물든다는 의미의 이 노래는 팔곡(八曲) 가운데 하나로, 이탄이 다른 차원에서 입수한 보물이었다.

비록 이탄이 아직까지는 홍염산하를 전투에 적용해 본 적이 없지만, 그 위력이 범상치 않음은 충분히 인지하고 있었다.

이탄이 동 트는 광경을 눈에 담는 와중에 빛의 수호룡과 흙의 수호룡이 이탄의 곁에 나타났다.

'왔느냐?'

이탄은 상념을 접어두고는 당면한 목표부터 챙겼다.

'그래서, 수목의 수호룡을 찾았다고?'

[넵. 녀석은 요 근처에 있습니다.]

[밀림 너머 넓게 펼쳐진 목화밭이 목표지점입니다.]

두 수호룡이 동시에 대답했다.

그들의 말처럼, 중앙아프리카의 밀림 너머에는 목화와 땅콩을 주로 생산하는 농경지가 광활하게 펼쳐져 있었다. 농경지의 주변은 가축이 뛰노는 대규모 목초지로 연결되었다.

"카르발 군벌은 원래 유목 부대에서 유래되었다지? 그들은 선조 때부터 내려온 떠돌이 풍습 때문에 한 지역에 진득하게 정착하지 못하고 이곳저곳을 떠돈다던데, 요새는 목화밭에서 주둔 중인가 보네."

이탄은 가벼운 독백과 함께 준비해온 가면을 얼굴에 착용했다. 번쩍번쩍한 황금빛 가면이었다.

"이것만으로는 부족하겠지?"

이탄은 가면으로 얼굴만 가린 것이 아니라 체격도 완전히 바꾸었다. 이탄이 피사노교의 사행술(蛇行術)을 펼치자 우두둑 소리와 함께 뼈가 자라났다. 이탄의 키도 단숨에 반 뼘은 더 커졌다. 어깨가 더 넓어졌을 뿐 아니라 근육도 탄탄하게 붙었다.

이탄은 눈 깜짝할 사이에 용모를 바꾼 다음, 빛의 수호룡의 뿔 사이에 올라탔다. 오늘 이탄은 쥬신의 최전성기를 이끌었던 패황 이군억의 흉내를 내볼 요량이었다.

'그러자면 너는 방해만 되겠지?'

이탄이 흙의 수호룡을 바라보았다.

흙의 수호룡이 간씨 세가의 맹약자임은 널리 알려진 사실이었다. 이탄은 흙의 수호룡을 거두어 아공간에 집어넣었다. 그러는 동안 빛의 수호룡은 이탄을 머리 위에 태우고 밀림 위를 빠르게 가로질렀다.

빛의 수호룡은 머리부터 꼬리까지 길이가 무려 350 미터에 달하는 대형 생명체였다. 언노운 월드나 부정 차원이면 모를까, 이곳 간씨 세가의 세상에서 수백 미터급의 병기는 항공모함 외에는 없었다. 다시 말해서 빛의 수호룡 자체가 하늘을 활공하는 항공모함이나 다름없다는 뜻이었다.

거대한 수호룡이 본격적으로 모습을 드러내자 카르발 군벌이 발칵 뒤집혔다.

"비상! 비상! 괴생명체가 접근 중이다."

"뭣들 하느냐? 즉각 대응하라."

쩌렁쩌렁한 명령이 확성기를 통해서 온 목화밭에 울려 퍼졌다. 목화밭 뒤편에서 카르발의 전투헬기 편대가 요란하게 프로펠러 소리를 내면서 떠올랐다. 그 뒤를 이어서 드론 편대도 출격했다.

솔직히 카르발의 기갑부대나 항공 무력은 다른 군벌들에 비해서 수준이 떨어졌다. 이는 카르발 군벌이 마도공학에 많은 재원을 투자하지 않기 때문이었다. 대신 카르발 군벌은 주술사와 전사 육성에 열심이었다.

전투헬기 편대와 드론 편대는 시간을 끌기 위한 방편일 뿐, 얼마 지나지 않아 긴 창으로 무장한 카르발의 전사들이 메뚜기처럼 뛰어나왔다.

검은 전사들은 알록달록한 천을 몸에 두르고 양손에 창과 방패를 움켜쥔 채 하늘을 휙휙 날았다.

"저기다. 저기 침입자가 있어."

전사들 가운데 몇 명이 손가락으로 빛의 수호룡을 가리켰다.

빛의 수호룡이 노여움을 토했다. 하찮은 인간들의 삿대질이 위대한 존재의 자존심을 건드린 탓이다.

[끄화라라라랏—.]

빛의 수호룡은 네 쌍의 날개를 활짝 펴고는 눈이 멀어버릴 듯한 브레스를 온 사방으로 쏘았다.

특이하게도 빛의 수호룡은 내쉬는 숨결, 즉 브레스조차 빛이었다.

"으악!"

헬기 조종사들이 강렬한 브레스에 노출되어 눈이 멀었다. 조종사들은 눈에서 피를 철철 흘리며 고개를 옆으로 돌려야 했다. 그 바람에 몇몇 헬기들이 중심을 잡지 못하고 지상으로 추락했다.

막 하늘로 솟구쳤던 검은 전사들도 빛의 수호룡이 토해 놓은 빛의 브레스를 감당하지 못했다. 전사들은 황급히 천으로 얼굴을 가려 시력을 보호했다.

그러는 동안 빛의 수호룡은 검은 전사들의 머리 위까지 날아오더니 4개의 뿔 사이에 빛의 입자들을 잔뜩 충전했다.

츳츳츳츳츳—.

수호룡의 뿔 사이로 빛의 입자들이 미친 듯이 모여들었다. 그렇게 모이고 또 압축된 빛의 입자들이 한순간에 화려하게 폭발했다.

푸화확!

눈부신 빛의 향연 속에서 튀어나온 것은 빛으로 이루어진 사슬들이었다.

빛의 사슬은 난초의 잎사귀처럼 곡선의 궤적을 그리며 사방팔방으로 휘어져 뻗어 나갔다. 이 사슬들은 조금 전 헬기 조종사들의 눈을 멀게 만든 빛의 브레스와는 차원이 달랐다. 전자가 강한 불빛으로 상대의 시야를 멀게 만드는 공격이라면, 후자는 고에너지 레이저 무기로 직접 살상을 하는 것이나 다름없었다.

빛의 사슬에 가격을 당한 즉시 전투헬기의 유리창에 구멍이 뚫렸다. 헬기 조종사들도 빛의 사슬에 관통당해 죽었다. 전투헬기를 뒤따르던 드론들도 수많은 사슬들에 의해서 우수수 추락했다.

검은 전사들도 빛의 사슬을 피해 가지는 못했다.

빛의 수호룡이 퍼뜨린 무수히 많은 사슬들은 검은 전사의 방패는 물론이고 몸통까지 단숨에 꿰뚫었다.

Chapter 6

빛의 사슬이 내리꽂히는 속도가 어찌나 빨랐던지 검은 전사들은 피할 엄두도 내지 못했다.

"크악."

"끄억."

여기저기서 동시에 비명이 터졌다. 카르발 군벌이 자랑하는 검은 전사들이 피를 무수히 흘리며 낙하했다.

빛의 수호룡은 이번 공격 한 방으로 다수의 적들을 궤멸시켰다. 그리곤 유유히 날개를 펄럭여서 목화밭 상공으로 이동했다.

목화밭 일대에서 비상벨이 울렸다. 밭 곳곳에서 일정한 간격으로 둥그런 돔이 솟구쳤다. 지이잉— 소리와 함께 돔이 열리고, 그 속에서 번들거리는 포신이 모습을 드러내었다. 수백에 달하는 로켓이 빛의 수호룡을 향해서 일제히 불을 뿜었다. 카르발 군벌의 방어체계가 자동으로 동작한 것이다.

이탄이 기다렸다는 듯이 나섰다.

"흥. 고작 이게 다냐?"

이탄은 양 손바닥 사이에서 빛의 씨앗, 즉 광정을 키워낸 다음, 그 광정을 부드럽게 앞으로 밀었다.

빠아아아앙—.

광정이 무섭게 대기를 갈랐다. 쥬신의 역대 황제들이 자랑하던 수법이 이탄의 손끝에서 발휘되었다.

이탄의 손을 떠난 광정은 눈 깜짝할 사이에 주변을 한 바퀴 돌았다. 목화밭에서 쏘아진 로켓 수백 발이 상공으로 솟구치다 말고 중간에 허무하게 폭발했다. 광정에 로켓탄두가 관통당한 탓이었다.

조금 전 빛의 수호룡의 공격과 달리 이탄의 광정은 눈에 보이지도 않았다.

"이게 대체 어찌된 일이냐? 혹시 불량 로켓들 아냐?"

카르발의 방위사령관은 영문을 몰라 화만 내었다.

그러는 사이 빛의 수호룡이 다시 한번 숨을 들이쉬었다. 수호룡의 뿔 사이로 빛의 입자들이 강렬하게 모여들었다.

푸화확!

2차 폭격 감행.

고압으로 충전된 빛에너지는 기다란 사슬 형태로 뭉치더니 사방팔방으로 휘어져 날아갔다. 빛의 수호룡이 내뿜은 수백 다발은 사슬들이 카르발 군벌의 로켓 돔만 정확하게 찾아서 폭격했다.

이번 폭격 한 방에 카르발 진영의 방어체계가 허물어졌다.

[크후롸롸롸].

빛의 수호룡은 대규모 폭격이 자랑스러운 듯 목을 길게 뻗어 우렁찬 포효를 터뜨렸다. 이탄의 뇌에는 마치 이 포효가 [나 잘했죠?]라고 자랑하는 소리처럼 들렸다.

'그래. 잘했다, 잘했어.'

이탄이 가면 속에서 피식 웃었다.

로켓 방어망이 붕괴하자 카르발 군벌은 새로운 전사들을 출격시킬 수밖에 없었다. 검은 전사들이 목화밭 지하에서 우수수 뛰쳐나왔다. 전사들은 몇 번의 도약을 통해 탄력을 받은 다음, 빛의 수호룡을 향해서 곧장 창을 던졌다.

벼락처럼 쏘아진 창은 놀랍게도 로켓보다도 속도가 빨랐다. 오러를 동반한 창 수천 개가 한꺼번에 솟구쳐 날아오는 모습은 실로 위협적이었다.

[크랏.]

빛의 수호룡은 숨을 훅 들이쉬었다가 한꺼번에 내뱉었다. 수호룡의 숨결이 퍼지면서 허공에 빛의 장막을 만들었다.

텅텅텅텅텅!

검은 전사들이 던진 수천 자루의 창날이 빛의 장막을 연속해서 두들겼다.

안타깝지만 그 어떤 창도 빛의 장막을 찢지 못했다.

빛의 수호룡이 빛의 장막으로 방어를 하는 사이, 이탄은 수호룡의 머리 위에서 풀쩍 뛰어내렸다.

이탄은 빛의 장막을 그대로 통과하여 목화밭으로 낙하했다. 높은 허공에서 이탄이 양손을 X자로 교차하여 뻗었다.

어느새 이탄의 양손에는 환한 빛 덩어리가 응집되었다.

바웅! 바웅!

이탄이 양손을 교차하듯 뻗자 2개의 빛 덩어리가 지상으로 쏘아졌다. 각각의 빛 덩어리들은 지상으로 날아오면서 점점 더 크게 부풀었다. 그러다 마침내 지상에 도착할 즈음엔 빛 덩어리의 하나하나의 직경이 무려 수십 미터에 육박할 만큼 커졌다.

커다란 광구(光球: 빛으로 이루어진 구체) 속에서 거인의 그림자가 어른거렸다.

특이하게도 이 거인들은 하체가 없이 상반신만 존재했다. 또한 거인들의 손은 헤아릴 수 없이 많았다. 손의 개수만 무려 1,000개씩은 되는 듯했다.

이 거인들은 이 세계의 생명체가 아니었다. 쥬신 제국의 마법으로 소환한 소환물도 아니었다.

이것은 피사노교의 셰입 오브 싸우전드(Shape of Thousand: 천의 형상)에 이탄이 환각마법을 더해서 만들어낸 독특한 생명체였다.

이탄은 그릇된 차원에서 마주쳤던 천수악마종을 흉내 내어 1,000개의 팔을 가진 빛의 거인을 만들어 보았다.

"λ ζ ε ε ε , ζ ε ε . ζ ε ε ."

"ε ε , λ ζ λ λ ζ ."

수십 미터 크기의 광구 속에서 1,000개의 손을 가진 거인들이 가슴을 앞으로 쭉 내밀었다. 거인들은 알아들을 수 없는 언어로 괴성을 지른 다음, 카르발 군벌의 전사들을 그대로 덮쳤다.

검은 전사들은 가죽방패로 앞을 막고 등 뒤에서 새 창을 뽑아들었다.

광구가 펄쩍 뛰어올랐다가 전사들 사이로 떨어졌다. 눈부신 광구 속에서 거인들이 손을 마구 휘둘렀다. 거인의 팔뚝 주변으로 빛의 폭풍이 휘몰아쳤다.

이런 손이 한두 개면 모르겠는데, 거인 한 명당 무려 1,000개나 되었다. 검은 전사들이 가죽방패로 거인의 주먹질을 겨우 막아내는 사이, 또 다른 거인의 손이 위에서 내려와 전사들의 머리통을 붙잡았다. 혹은 전사의 옆구리로 파고들어 허리를 낚아채는 거인의 손도 존재했다.

"아아악, 안 돼애—."

지금도 검은 전사 한 명이 거인의 손에 붙잡혀 하늘로 높이 솟구쳤다가 허공에서 사지가 둘로 찢겨서 죽었다.

일부 전사들은 목숨을 돌보지 않고 광구로 파고들어 창을 찔렀다. 창에 어린 오러가 섬뜩하게 뻗어 거인들의 복부를 찔렀다.

문제는 이 거인들이 실체가 있는 존재가 아니라는 점이었다. 이탄이 만들어낸 거인들은 빛의 입자로 이루어졌다. 따라서 검은 전사들이 아무리 창으로 찔러 봤자 전혀 피해를 입지 않았다.

"말도 안 돼."

공격이 먹히지 않자 검은 전사들이 당황했다.

Chapter 7

빛의 거인들은 당황한 적들을 여러 개의 손으로 붙잡아 찢었다. 혹은 여러 개의 주먹으로 후려쳐서 피곤죽으로 만들었다.

빛의 거인들이 거칠게 날뛰는 사이, 이탄이 지상에 안착했다.

평소 이탄이라면 이쯤 해서 어쓰퀘이크(Earthquake: 지진)를 한 방 때려 박아주었을 것이다. 그런 다음 지진에 의해 쓰러진 적들을 대규모로 학살했을 테지.

하지만 지금은 이런 콤비네이션이 불가능했다. 왜냐하면 이탄은 간철호가 아닌 쥬신의 잔당 흉내를 내야만 하기 때문이다.

"콜링바. 역적 콜링바는 어디 있느냐?"

이탄이 우렁차게 물었다.

이탄은 일부러 옛 쥬신 제국의 언어를 사용했다. 그 목소리가 검은 전사들 전원의 귀에 똑똑히 들렸다.

카르발의 전사들 가운데는 쥬신 제국의 언어를 아는 자들이 꽤 되었다. 그들은 이탄이 카르발의 총수를 찾자 흠칫했다. 동시에 전사들은 이탄이 콜링바를 "역적"이라고 표현한 점에 주목했다.

역적이라는 말은 아무나 쓰는 것이 아니었다. 특히 카르발 군벌의 총수를 역적이라고 표현할 만한 자는 옛 쥬신 제국의 황족들 외에는 없었다.

검은 전사들은 두 눈을 부릅떴다.

"설마 저자가 쥬신의 황족이란 말인가?"

"헉? 그러고 보니 하늘의 저 드래곤은!"

검은 전사들은 떨리는 눈으로 하늘을 올려다보았다. 그곳에는 네 쌍의 날개를 가진 어마어마한 생명체가 유유히 떠 있었다.

검은 전사들은 그제야 저 거대한 존재의 정체를 알아차

렸다.

"저건 빛의 수호룡이다."

"패황 이군억이 타고 다녔다는 빛의 수호룡이야."

전사들 가운데 일부가 손가락으로 빛의 수호룡을 가리키면서 펄쩍 뛰었다. 이윽고 검은 전사들 전체가 웅성거리기 시작했다.

다들 기겁할 수밖에.

건국황이 타고 다녔다는 불의 수호룡도 유명하지만, 그보다 더 명성이 드높은 존재가 바로 빛의 수호룡이었다.

과거 패황 이군억이 빛의 수호룡을 타고 전 세계를 누빌 때만 해도 카르발 군벌의 선조들은 감히 이군억의 그림자도 함부로 올려다보지 못하였다. 다들 코를 땅에 처박았어야만 했다. 패황이 어찌나 두려웠던지 오대양 육대주의 신하들 가운데 그 누구도 패황의 패자도 입에 담지 못했다.

그런데 그 전설적인 드래곤이 세상에 다시 나타났다. 드래곤을 타고 등장한 가면인(이탄)도 범상치 않아 보았다.

검은 전사들은 빛의 수호룡이 두려운 듯 주춤주춤 뒷걸음질 쳤다.

이탄이 성큼 발을 내디뎠다.

빛의 거인들은 이탄을 호위하듯 양옆에 자리를 잡았다.

"으으윽."

검은 전사들은 더욱 기가 질려 몇 걸음 더 물러섰다.

부하들이 동요하자 아프리카의 늙은 제왕 콜링바가 직접 모습을 드러내었다.

뿌우우우우.

목화밭이 한눈에 내려다보이는 나무 망루 위에서 묵직한 뿔피리 소리가 울렸다. 이 소리는 콜링바의 등장을 알리는 예고음이었다.

"콜링바 님을 뵙습니다."

"저희가 콜링바 님을 뵙습니다."

콜링바가 나타나자 검은 전사들이 일제히 무릎을 꿇었다.

"호오?"

이탄도 흥미로운 눈빛으로 콜링바를 훑어보았다.

콜링바와 이탄 사이의 거리는 100미터가 넘었으되, 이탄은 상대의 표정 하나까지 놓치지 않고 빤히 관찰했다.

콜링바는 대족장을 연상시키는 화려한 깃털 왕관을 머리에 쓰고, 목에는 주렁주렁 목걸이를 두른 모습이었다. 콜링바는 한 손에 두꺼운 나무지팡이를 들었다. 다른 손에는 기다란 곰방대를 쥐었다.

콜링바의 나무지팡이는 은색 선이 쭉쭉 그어져 있어서 신비로운 느낌을 자아내었다. 콜링바의 곰방대 끝에서는 몽롱한 연기가 모락모락 피어올랐다.

콜링바가 팔을 흔들 때마다 그의 팔뚝에 찬 각양각색의 팔찌들이 서로 부딪쳐 짤랑짤랑 소리를 내었다.

콜링바는 나이가 꽤 들어 보이는 늙수그레한 외모였다. 그러나 그의 눈빛만큼은 젊은이들보다 더 형형하게 빛났다.

"네놈은 누구냐?"

콜링바가 무서운 눈으로 이탄을 노려보았다.

이탄이 천천히 입술을 떼었다.

"역적 콜링바여."

"역적? 지금 네가 나를 역적이라 칭하였느냐?"

한순간 콜링바의 눈이 샛노랗게 물들었다. 놀랍게도 그 노란 눈알이 뽑히듯이 날아오더니 단숨에 이탄을 공격했다.

물론 콜링바의 눈이 실제로 뽑혀 나온 것은 아니었다. 눈에 어린 노린 광채가 단검처럼 뭉쳐서 튀어나왔을 뿐이었다.

이것은 콜링바의 비술. 아프리카의 제왕 콜링바는 눈빛을 쏘아 사람을 죽일 수 있는 초인이었다.

이탄은 상대의 공격에 자못 놀랐다.

'눈에서 쏟아진 안광이 살상 무기가 된다고?'

콜링바의 공격 스타일은 이탄을 흠칫하게 만들 만큼 참

신했다.

하지만 그뿐.

이탄이 콜링바의 공격에 당할 리는 없었다. 이탄은 능숙하게 광정을 쏘아서 상대의 공격에 맞대응했다.

퍼엉, 펑!

콜링바가 쏘아낸 샛노란 안광들은 이탄의 광정에 요격을 당해 허공에서 폭발했다.

"광정!"

콜링바는 이탄의 수법을 곧바로 알아보았다. 그 전에 이미 콜링바는 하늘을 장악하고 있는 커다란 드래곤의 정체도 파악한 상태였다.

'으으으. 저자가 정말 쥬신의 황족, 아니 패황의 후계자란 말인가? 수백 년 전에 자취를 감추었던 위대한 존재를 다시 세상에 끌고 나온 것만으로도 놀라운데, 거기에 더해서 광정까지 사용해?'

제아무리 콜링바가 아프리카의 군주를 자처하는 절대자라 할지라도 패황 이군억의 후계자 앞에서는 살이 떨릴 수밖에 없으리라. 실제로 지팡이를 움켜쥔 콜링바의 손이 미세하게 흔들렸다.

Chapter 8

이탄이 성큼 발을 내디뎠다.

수백 년 전 패황 이군억은 만사에 거침이 없었다. 그는 자신의 앞에서 감히 대가리를 꼿꼿이 든 자를 용납한 사례가 없었다. 전 세계의 그 누구도 감히 패황과 얼굴을 마주보지 못했다. 패황이 내린 결정에 꼬투리를 다는 이도 없었다.

지금 이탄은 스스로를 패황의 재림이라고 최면을 걸었다. 그러자 어떻게 행동해야 할지 길이 보였다.

이탄은 콜링바를 향해서 거침없이 주장했다.

"이런 시건방진 놈. 한낱 역적 따위가 감히 뉘 앞에서 꼿꼿이 서 있는 것이냐?"

단지 말뿐만이 아니었다. 이탄이 오른손을 머리 위로 치켜들자 무지막지한 마나가 용솟음쳤다.

콰르르르르ㅡ.

이탄의 마나는 여름철 적도 해상에서 일어나는 적란운처럼 뭉클뭉클 솟아났다. 이탄이 뿜어내는 기세만으로도 주변의 공기가 와락 일그러졌다. 공기 굴절률이 왜곡되면서 공간 전체가 찌그러지는 듯한 느낌이 들었다.

콜링바의 몸이 저절로 이탄에게 딸려갔다.

"으윽."

놀란 콜링바가 나무지팡이로 땅을 콱 찍어 버렸다.

그래도 이탄이 발휘한 인력을 거스를 수는 없었다. 콜링바의 발 아래로 고랑이 길게 팼다. 바람도 불지 않는데 콜링바의 의복은 사정없이 펄럭거렸다. 콜링바의 이마에서 땀방울이 뚝뚝 떨어졌다.

처음에는 천천히, 하지만 시간이 갈수록 점점 더 빠르게.

콜링바는 어느새 20 미터 이상 이탄을 향해서 끌려왔다. 콜링바가 아무리 마나를 쥐어짜서 벗어나려고 해도 이탄이 발휘한 인력을 벗어나지 못했다.

"크으윽, 크아!"

결국 콜링바는 버티기를 포기했다. 대신 콜링바는 이탄을 향해서 거꾸로 달려들었다.

휘익―.

콜링바의 몸뚱어리는 어느새 수십 미터를 뛰어넘어 이탄에게 달려들었다. 이는 이탄이 발휘한 인력에 콜링바의 도약력이 더해지면서 발생한 결과였다.

"이놈, 죽어랏."

콜링바가 이탄을 향해서 나무지팡이를 휘둘렀다. 동시에 콜링바의 눈에서는 샛노란 안광이 단검 모양으로 뭉쳐서 튀어나왔다.

그게 전부가 아니었다.

콜링바는 곰방대를 입에 물었다가 하얀 연기를 훅 뿜어 내었다. 콜링바의 입에서 뿜어진 몽롱한 연기가 크게 부풀어 야수의 형상을 갖추었다.

콜링바가 소환한 야수는 갈기가 풍성한 숫사자를 닮았다. 연기로 만들어진 사자 말이다.

콜링바의 공격들 가운데 샛노란 안광이 가장 먼저 이탄에게 도달했다.

"흥."

이탄은 이번에도 광정을 날려서 상대의 공격을 무산시켰다.

이어서 연기로 이루어진 커다란 숫사자가 이탄을 덮쳤다.

이 숫사자는 일종의 정령이나 다름없었다. 때문에 이 숫사자에게 물리적인 공격은 통하지 않았다.

또한 숫사자의 공격을 막을 방법도 많지 않았다. 상대가 방패로 막더라도 숫사자는 방패를 그대로 통과할 것이며, 벽 뒤에 숨더라도 숫사자는 벽을 그냥 관통해버릴 것이기 때문이었다.

'물어뜯어라. 적의 손을 통과하여 적의 목덜미부터 물어뜯어.'

콜링바는 마음속으로 숏사자를 응원했다. 그러면서 콜링바는 상대가 숏사자의 공격에 당황하기를 기다렸다.

그 기대가 물거품처럼 무너졌다.

원래 이탄은 유령, 혹은 정령들과 싸우는 데는 도가 튼 언데드였다. 왜냐하면 이탄은 북명 디모스 가문의 유령들과 싸워본 경험이 많기 때문이었다.

이건 시작에 불과했다. 전에 이탄과 드잡이질을 했던 인과율의 여신은 신체가 파동으로 이루어져 있기에 정령과 흡사한 면이 많았다.

이러한 전투 경험들이 이탄을 유령들의 천적으로 만들어 주었다.

설령 그런 경험이 없다고 하더라도 이탄은 기본적으로 유령이나 정령들에게 강했다. 이탄의 권능인 언령은 유독 유령이나 정령들에게 잘 먹혔다.

오늘 이탄이 꺼내든 언령은 다음과 같았다.

엑시큐션(Execution: 집행).

이탄은 인과율의 여신에게서 빼앗은 최상격의 언령을 아주 살짝만 발휘하였다. 말 그대로 아주 살짝이었다.

이탄은 언령의 제대로 된 힘을 끌어낸 것도 아니었다. 그는 그저 권능의 아주 작은 일부만 선보였다.

그럼에도 불구하고 '엑시큐션'의 파괴력은 어마어마했다.

조금 전 콜링바가 소환한 숫사자는 이탄의 손을 유령처럼 통과한 뒤 이탄의 머리통 전체를 물어뜯으려 들었다.

크아앙—.

이탄의 귓가에 아스라이 사자의 포효가 울렸다.

그 순간 엑시큐션의 언령이 발동했다. 숫사자의 머리를 자르며 커다란 단두대의 칼날이 스쳐지나가는 듯한 환영이 얼핏 보였다.

연기로 이루어진 숫사자는 이탄을 덮치다가 말고 끔찍한 비명을 토했다. 그리곤 존재 자체를 부정당한 것처럼 산산이 허물어졌다.

엑시큐션의 위력은 거기서 끝나지 않았다. 이 절대적인 언령은 숫사자를 소멸시킨 것에 만족하지 못하고, 그 숫사자를 소환했던 콜링바의 마나홀까지 뒤흔들어 놓았다.

"쿨럭, 이게 무슨!"

콜링바가 입에서 검붉은 피를 뿜었다. 콜링바의 마나홀이 통째로 깨지면서 그 여파가 내장 전체로 퍼졌다.

순간적으로 콜링바의 심장이 멎었다가 다시 간헐적인 맥동을 했다. 콜링바의 위장도 쭉 찢어졌다. 그의 간이 뭉그러졌다. 폐가 터졌다. 대장과 소장도 갈가리 갈려 나갔다.

"끄어억."

결국 콜링바는 이탄을 향해서 나무지팡이를 휘두르다 말고 앞으로 고꾸라졌다.

이탄은 그 타이밍에 미끄러지듯이 접근했다.

콰악.

이탄의 손이 콜링바의 뽀글뽀글한 머리카락을 우악스럽게 움켜잡았다.

Chapter 9

콜링바가 이탄의 손에 붙잡힌 순간, 수 킬로미터 떨어진 곳에서는 엘시시가 주술이 적힌 종이를 불태우고 있었다.

엘시시는 콜링바가 최근에 거둔 애첩이었다.

콜링바는 세상 그 누구에게도 곁을 내주지 않는 철혈의 군주로 알려져 있었으나, 오직 두 사람만은 예외로 두었다.

그 첫 번째 예외가 바로 콜링바의 후계자인 고골이었다.

아쉽게도 고골은 얼마 전 쥬신의 잔당들에게 기습테러를 당하면서 왼팔을 잃었다. 고골의 마나홀에도 큰 문제가 생겼다.

이런 연유 때문에 고골은 지금 콜링바의 곁을 떠나 남아프리카의 은신처에서 상처를 치유 중이었다.

　고골에 이어서 콜링바가 마음을 열어준 두 번째 인물이 바로 엘시시였다.

　엘시시는 천부적인 주술사였다. 엘시시의 어머니는 카르발 군벌에서도 유명세를 떨쳤던 무녀로, 각종 주술과 저주에 정통했다. 엘시시도 죽은 모친의 피를 물려받아 태어날 때부터 주술적 힘을 타고났다.

　엘시시가 성장하면서 그녀의 능력은 점점 더 빛을 발했다. 심지어 카르발의 주술사들은 "주술적 능력만 놓고 보면 고골 님보다 엘시시 님이 더 뛰어나지 않을까?"라는 추측을 조심스럽게 할 정도였다.

　콜링바도 엘시시를 특별히 여겨서 그녀를 늘 곁에 두었다. 그러다 최근에 콜링바는 아예 엘시시를 연인으로 삼아서 그녀를 자신의 곁에 묶어두었다.

　바로 그 엘시시가 콜링바를 위해서 종이를 태웠다.

　재로 변한 종이가 바람에 흩날리자 놀랍게도 콜링바의 몸도 한 줌의 재처럼 푸스스 흩어져 이탄의 손아귀에서 벗어났다.

　이건 마치 이탄이 무한공의 권능으로 공간을 뛰어넘을 때 그의 몸이 빛의 입자로 흩어지는 현상과 비슷했다.

다만 콜링바는 이탄처럼 환한 빛의 입자가 아니라 검은 잿가루로 흩어진다는 점만이 다를 뿐이었다.

이탄은 흥미롭다는 듯이 고개를 갸웃했다.

"어랍쇼?"

이탄은 손아귀에서 빠져나간 콜링바의 행방을 찾는 대신 정확하게 엘시시가 머무는 곳을 노려보았다.

이탄은 무한공의 권능을 가진 공간의 주인.

그런 이탄이기에 엘시시가 펼친 놀라운 이적을 단숨에 간파해내었다.

샤라랑~.

이번에는 이탄이 빛의 입자로 흩어졌다. 그렇게 흩어졌던 이탄이 어느새 수 킬로미터를 뛰어넘어 엘시시의 코앞에 나타났다.

"이놈!"

"죽어랏."

엘시시를 호위하던 검은 전사 2명이 이탄에게 오러가 실린 창을 내질렀다.

이 2명은 이탄에게 접근도 해보지 못하고 머리통이 터져서 즉사했다. 엘시시는 도대체 이탄이 무슨 수법으로 호위 전사들을 격살했는지 보지도 못했다.

"까악."

깜짝 놀란 엘시시가 비명을 지르는 순간, 이탄이 어느새 오른손으로 그녀의 목을 움켜쥐었다. 이어서 이탄은 왼손으로 허공에 둥그런 원을 그렸다.

후웅!

원의 테두리에 빛이 뭉쳐서 환하게 발광했다. 그 원 속에서 재로 흩어졌던 콜링바가 다시 본래 모습으로 돌아오는 장면이 비쳐졌다.

'말도 안 돼!'

엘시시가 경악했다.

조금 전 엘시시는 주문이 적힌 종이를 태워서 콜링바를 먼 곳으로 보내버렸다. 엘시시의 도움 덕분에 콜링바는 종이에 미리 저장된 곳, 즉 수백 킬로미터나 떨어진 남쪽의 오두막으로 이동한 상태였다.

한데 이탄은 허공에 원을 하나 그려서 수백 킬로미터 남쪽의 콜링바를 눈앞에 대령했다.

"어딜 도망가려고?"

이탄이 가면 속에서 히죽 웃었다. 이탄은 원 안으로 왼팔을 불쑥 집어넣더니 콜링바의 멱살을 꽉 움켜잡았다.

콜링바는 감히 저항도 하지 못했다.

그럴 만도 한 것이, 콜링바는 조금 전 이탄의 언령에 의해서 마나홀과 내장이 다 터져버린 상태였다. 지금 콜링바는 손가락 하나 까딱할 기운도 없었다. 아니, 솔직히 말해서 콜링바는 숨이 꼴깍 넘어가지 않은 게 용했다.

이탄은 축 늘어진 콜링바를 강제로 원 밖으로 잡아끌었다. 수백 킬로미터 남쪽으로 도망쳤던 콜링바가 다시 이탄 앞에 끌려온 것이다.

'이런 미친!'

엘시시는 괴물을 보는 듯한 눈빛으로 이탄을 바라보았다.

카르발의 군주인 콜링바가 이탄의 손에 붙잡혔다. 카르발의 3인자인 엘시시도 이탄의 포로가 되었다.

"으으, 이걸 어쩐단 말인가."

검은 전사들은 감히 이탄을 공격하지 못했다. 그들의 능력으로는 이탄을 이길 수도 없거니와, 이탄의 손에 콜링바와 엘시시가 붙잡혀 있으니 더더욱 행동에 제약을 받았다.

"이럴 때 고골 님이라도 계셨어야 했는데."

검은 전사들은 발만 동동 굴렀다. 전사들은 수백 미터 밖에서 이탄을 둘러싸기만 한 채 이러지도 못하고 저러지도 못했다.

카르발 군벌이 우왕좌왕하는 사이, 이탄은 빛의 수호룡에게 뇌파를 보냈다.

'찾았냐?'

이탄의 질문은 '수목의 수호룡을 찾았냐?' 는 것이었다.

[꾸왓.]

빛의 수호룡이 목을 길게 빼고 사방을 둘러보았다.

얼마 지나지 않아 수호룡의 감각에 동족이 감지되었다. 빛의 수호룡은 즉각 그 방향을 가리켰다.

[저기 저쪽에 있습니다. 목화밭을 지나 동쪽으로 가면 조그만 폭포가 나오는데, 그 폭포 근처에서 녀석의 기운이 느껴집니다.]

"그래?"

이탄은 즉각 움직였다.

이탄이 폭포를 향해서 몸을 날리자 콜링바와 엘시시는 저절로 허공에 떠올라 이탄의 뒤를 따랐다. 당연히 이것은 그들의 의지가 아니었다. 이탄이 포로들을 강제로 잡아끄는 상황이었다.

Chapter 10

검은 전사들 가운데 우두머리, 즉 대전사가 그 모습을 보고는 펄쩍 뛰었다.

"당장 놈을 추격하라. 가면을 쓴 괴한이 콜링바 님을 끌고 가게 내버려 두어서는 안 된다."

"알겠습니다."

수천 명의 검은 전사들이 메뚜기처럼 펄쩍 펄쩍 뛰어서 이탄을 추격했다.

이탄은 빛의 수호룡에게 턱짓을 보냈다.

'저 메뚜기 같은 놈들은 네게 맡기마.'

[네넵.]

빛의 수호룡은 단숨에 지상으로 낙하하더니 목화밭을 짓밟으며 쿠웅! 안착했다.

"윽."

검은 전사들은 빛의 수호룡에게 길목이 막혀서 더는 이탄을 뒤쫓지 못했다.

결국 대전사가 나설 수밖에 없는 상황이 되었다. 대전사는 창과 방패를 꽉 움켜쥐고는 비장한 표정으로 빛의 수호룡을 향해 다가섰다. 대전사뿐 아니라 다른 전사들도 빛의 수호룡을 향해서 슬금슬금 거리를 좁혔다.

[크롸롸.]

빛의 수호룡은 가소롭다는 듯이 적들을 굽어보았다. 수호룡의 머리 위로 빛의 입자들이 수도 없이 몰려들었다.

그럴수록 카르발 전사들의 표정은 더더욱 어두워졌다.

빛의 수호룡이 검은 전사들을 가로막는 동안, 이탄은 목화밭을 가로질러 동쪽의 폭포에 도착했다.

폭포 앞에는 수목의 수호룡이 미리 마중을 나와 있었다.

빛의 수호룡이 수목의 수호룡을 감지한 것처럼, 수목의 수호룡도 동족의 접근을 눈치채고는 전투태세를 갖추었다.

다만 수목의 수호룡은 동족이 아닌 하찮은 인간과 먼저 싸우게 될 것이라고는 예측하지 못했다.

수목의 수호룡이 불쾌하다는 눈빛으로 이탄을 굽어보았다.

[네 녀석은 누구냐?]

수호룡의 뇌파가 이탄의 뇌를 강타했다.

이탄은 상대를 위에서 아래로 쭉 훑어보았다.

150미터에 육박하는 거구.

거목이 똬리를 튼 듯한 생김새.

수호룡의 몸 곳곳에 박혀 있는 이끼 낀 암석들.

나무뿌리처럼 치렁치렁하게 늘어진 수염.

머리 위에 가지처럼 복잡하게 뻗은 뿔.

'과연 수목의 수호룡이라는 이름이 붙을 만하네.'

이탄은 상대의 명칭이 그럴듯하다고 생각했다. 실제로 수목의 수호룡은 커다란 나무를 꼭 닮아 있었다. 멀리서 보면 완전히 착각할 만큼 비슷했다.

수목의 수호룡은 덩치도 상당히 커서, 간씨 세가의 흙의 수호룡이나 코로니 군벌의 얼음의 수호룡보다 1.5배는 더 크고 길었다. 특히 몸 곳곳에 이끼 낀 암석이 박혀 있는 점이 눈길을 끌었다.

무엇보다도 수목의 수호룡은 무척 연로해 보였다. 이끼가 잔뜩 낀 몸통도 그렇고, 길게 뻗은 수염만 보더라도 모든 드래곤들 가운데 수목의 수호룡이 가장 연장자인 듯했다.

물론 외모만 이럴 뿐 사실 수목의 수호룡은 여러 드래곤 중에서 비교적 젊은 축에 속했다.

위아래로 훑어보는 듯한 이탄의 시선이 건방지다고 느낀 탓일까? 수목의 수호룡이 쿠웅! 발을 굴렀다.

[건방진 인간 같으니. 어디서 그런 불손한 눈빛이냐? 네 놈이 누구인지 묻지 않더냐.]

수목의 수호룡이 발을 한 번 구르자 지반에 금이 쩍쩍 갔다. 이탄이 서 있던 곳이 와르르 허물어졌다.

그게 전부가 아니었다. 허물어진 땅 속에서 나무뿌리 수십 가닥이 살아있는 생명체처럼 솟구쳐서 이탄을 휘감으려 들었다.

이탄은 허공으로 몸을 둥실 띄웠다.

후웅!

이탄의 몸 주변에서 후광처럼 강렬한 빛이 뿜어졌다. 땅을 뚫고 솟구친 나무뿌리들은 그 빛을 뚫지 못하고 텅텅 부딪치는 소리만 내었다. 일부 뿌리들은 빛에 닿자마자 푸스스 흩어지기까지 했다.

이탄은 풍선처럼 점점 더 높이 떠올라 수목의 수호룡과 눈높이를 맞췄다. 그 상태에서 이탄이 양손을 부드럽게 앞으로 밀었다. 이탄의 손바닥 사이에는 어느새 환한 빛의 씨앗, 즉 광정이 형성되었다.

빠앙!

한 순간 광정이 폭발적으로 쏘아졌다.

[쿠어억.]

수목의 수호룡도 입을 쩍 벌려서 초록색 브레스를 내뿜었다.

광정은 상대의 브레스를 뚫고서 곧장 수호룡의 미간으로 날아들었다.

[헙?]

깜짝 놀란 수목의 수호룡이 권능을 발휘했다. 수호령의 주변에서 화려하게 벚꽃 잎이 휘날리는가 싶더니 주변 공간이 일그러지면서 광정을 다른 방향으로 이끌었다.

"공간에 간섭할 수 있는 능력을 지녔구나."

이탄이 입꼬리를 피식 비틀었다.

이탄이 손가락을 까딱하자 왜곡되었던 공간이 거짓말처럼 원상태로 돌아왔다. 광정은 어느새 수호룡의 코앞까지 날아와 머리에 박혔다.

[쿠어억.]

수목의 수호룡의 머리가 90도 각도로 뒤로 젖혀졌다.

광정에 세차게 얻어맞고도 수목의 수호룡은 피 한 방울 흘리지 않았다. 대신 수호룡의 이마 부위에서는 호박색의 수액이 끈적끈적하게 흘렀다.

[이게 어찌 된 게야?]

수목의 수호룡은 현 상황이 믿기지가 않았다. 분명히 그는 공간을 왜곡시켜서 상대의 광정 공격을 피했다.

'그런데 어떻게 왜곡된 공간이 눈 깜짝할 사이에 다시 펴진 것일까?'

수목의 수호룡은 영문을 몰라 눈을 끔뻑거렸다.

어쨌거나 지금은 분석이나 하고 있을 때가 아니었다. 수목의 수호룡은 다시 한번 온몸에 힘을 주었다.

[끙차.]

허공에 벗꽃 잎사귀가 화려하게 흩날렸다.

그 즉시 이탄 주변의 공간이 일순간에 허물어졌다. 공간이 무너지면서 이탄의 몸뚱어리도 함께 휘말렸다.

"흥. 또 이거냐?"

이탄이 한 번 더 손가락을 튕겼다. 우르르 허물어지던 공간이 거짓말처럼 원상태로 돌아갔다.

이탄은 그 후로도 연달아 두 번 더 손가락을 더 튕겼다. 그러자 빛으로 이루어진 사슬 두 가닥이 나타나더니 수목의 수호룡을 칭칭 휘감았다.

Chapter 11

[이이익!]

수목의 수호룡은 팔다리에 불끈 힘을 주었다. 몸통에도 힘을 잔뜩 가했다.

수호룡의 몸에 박혀 있던 암석들이 갑자기 강렬한 형광빛을 터뜨렸다. 그러면서 수목의 수호룡의 표피에 복잡한 선들이 돋아났다.

이 선들이 형광빛 암석과 암석 사이를 연결하면서 하나의 마법진을 구성했다.

두왕!

마법진으로부터 쏟아져 나온 수목의 에너지와 이탄이 날린 빛의 사슬이 격렬하게 충돌했다. 수호룡의 몸 주변에서 오색 불꽃이 명멸을 거듭했다. 빛의 사슬은 금방이라도 끊어질 듯이 출렁거렸다.

이탄이 손가락을 몇 번 튕겨서 사슬 속에 새로운 마나를 공급해 주었다. 덕분에 빛의 사슬은 끝내 파괴되지 않고 점점 더 수목의 수호룡을 조였다.

[쿠어어어.]

분노한 수호룡이 더 큰 힘을 발휘하였다.

수목의 수호룡은 당장에라도 빛의 사슬을 끊어버린 뒤 저 시건방진 인간 놈을 짓밟아 죽이고 싶었다.

그때 이탄이 뜬금없이 주변을 살폈다.

다행히 이 일대에는 아무런 인기척도 느껴지지 않았다.

그것만으로 부족했는지 이탄은 하늘도 한 번 올려다보았다.

'혹시 저 높은 우주에서 인공위성이 이곳을 내려다보고 있을지도 몰라.'

황당하게도 이탄의 시력은 대기권을 넘어 그 위를 떠도는 위성까지 훤히 들여다보았다. 다행인지 불행인지 현재 이곳을 주시 중인 정찰위성은 없었다.

"보는 눈이 전혀 없단 말이지? 훗."

가면 속 이탄의 표정이 갑자기 달라졌다. 이탄은 목을 좌로 한 번, 우로 한 번 우두둑 꺾었다. 이탄은 깍지를 끼고 손가락 사이에서도 뼈 마찰하는 소리를 내었다. 그런 다음 그는 수목의 수호룡에게 으스스한 뇌파를 보냈다.

'팔자에도 없는 패황 흉내를 내려니까 좀 힘드네. 형아
가 빛의 마법에 대해서 별로 아는 게 없어서 화끈한 결정타
를 날리기 힘들거든. 그런데 주변에 목격자가 없어서 다행
이더라. 너, 이리 좀 와봐라. 우선 좀 처맞자.'

이탄은 어설픈 패황의 후계자 노릇을 잠시 중단했다. 대
신 이탄은 평소에 즐겨 사용하던 방식을 써먹었다.

퍼엉!

이탄이 제자리에서 꺼지듯이 사라졌다.

이탄이 다시 나타난 곳은 수목의 수호룡의 콧잔등 위였
다. 이탄은 손바닥을 살짝 들었다가 상대의 콧대를 내리찍
었다.

뿌각!

별로 힘도 주지 않고 탁 쳤을 뿐인데 수호룡의 코에서 끔
찍한 소리가 울렸다. 수목의 수호룡은 코뼈가 부러졌을 뿐
아니라 눈알도 반쯤 튀어나왔다.

이건 시작에 불과했다. 이탄은 수호룡의 뿔을 한 손으로
붙잡은 뒤, 거대한 상대의 동체를 번쩍 들었다가 바닥에 패
대기를 쳤다.

머리부터 꼬리까지 길이가 무려 150 미터가 넘는 거대한
생명체가 이탄의 손 위에서 공깃돌처럼 가볍게 들렸다. 그

런 다음 무지막지한 속도로 다시 떨어져 대지를 강타했다. 수목의 수호룡이 거꾸로 내리꽂히는 위력이 어찌나 강했던지 수십 킬로미터 밖에서도 진동이 느껴졌다.

[끄어어엇?]

수호룡의 커다란 동체 전체가 땅 속 2, 3미터 깊이로 박혔다가 다시 하늘로 솟구쳤다. 이탄이 수호룡의 뿔을 잡아 다시 위로 치켜든 탓이었다.

하늘 높이 솟구쳤던 수목의 수호룡은 다시 한번 강하게 지면에 내리꽂혔다.

쿠와앙!

이번에도 대지가 진동했다. 땅바닥에는 거미줄처럼 균열이 생겼다.

방사형으로 퍼진 균열의 범위만 무려 수 킬로미터가 넘었다. 깊이 방향으로도 족히 수백 미터는 뻗었다.

이탄이 그렇게 두어 차례 패대기를 치자 수목의 수호룡은 혼이 쏙 빠졌다. 이탄은 그때를 노려서 상대의 혼백을 낚아챘다. 수목의 수호룡은 단숨에 이탄의 영혼 속 붉은 방으로 끌려 들어왔다.

온통 붉은색으로 점철된 공간 안.

[윽, 여기가 어디냐?]

수목의 수호룡은 불안한 듯 동공을 떨었다. 본능적으로

감이 왔다. '이곳은 절대 머물러서는 안 될 곳이로구나.' 라는 직감.

이탄이 피식 입꼬리를 비틀었다.

'여기가 어디냐고? 글쎄? 오직 진실만을 말하게 유도하는 진실의 방이라고나 할까? 혹은 누군가의 썩어 빠진 정신 상태를 개조해주는 개조의 방이라고나 할까?'

[진실의 방? 개조의 방? 쿠어어.]

수목의 수호룡은 왠지 모르게 소름이 돋았다.

그 순간 붉은 갈고리가 갑자기 나타나 수호룡의 발목을 찍었다. 갈고리는 덩치 큰 수목의 수호룡을 단숨에 거꾸로 매달았다.

[크어엇? 이게 무슨 짓이냐? 당장 나를 내려놓아라.]

수목의 수호룡이 버둥거렸다. 수목의 수호룡은 당장이라도 공간을 왜곡시켜 붉은 갈고리로부터 벗어나려고 시도했다.

어림 반 푼어치도 없는 시도였다. 이곳은 오롯이 이탄의 의지에 의해서 지배를 받는 영혼 속 공간이었다.

수목의 수호룡이 아무리 자신의 권능을 펼쳐보려고 애써도 벗꽃 잎은 나타나지 않았다. 공간 왜곡도 불가능했다.

이탄이 입꼬리를 위로 끌어올렸다.

'펄떡 펄떡 뛰는 것이 참으로 싱싱해 보이는구나. 포를

뜨는 맛이 있겠어.'

[커헉! 포를 떠?]

수목의 수호룡이 펄쩍 뛰었다. 수호룡의 등골을 타고 다시금 오한이 밀려들었다. 수호룡의 코앞에는 커다랗고 붉은 식칼이 등장했다.

[대체 나에게 무, 무슨 짓을 하려는 게냐?]

어찌나 당황했던지 수목의 수호룡이 뇌파를 더듬었다.

이탄은 무표정하게 수호룡을 바라보기만 하였다.

잠시 후, 이탄의 영혼 속 붉은 방에서는 차마 들어줄 수 없는 끔찍한 비명이 울려 퍼졌다. 허공에 거꾸로 매달린 수호룡의 몸을 타고 시뻘건 선혈이 낭자하게 흘렀다.

이탄은 꽥꽥 소리를 지르는 상대를 무심히 관찰했다.

'까망둥이 녀석은 꽤 오래 버티던데. 어디 나무둥이 녀석은 얼마나 버티는지 볼까?'

이탄은 오직 이 점이 궁금할 뿐이었다.

제4화
떡밥

Chapter 1

고작 7초.

수목의 수호룡이 펑펑 울면서 잘못했다고 비는 데 걸린 시간은 딱 7초에 불과했다. 어둠의 수호룡이 영혼 속 공간에서 무려 10년을 버틴 것에 비하면 수목의 수호룡은 정말 줏대가 없는 편이었다.

이탄이 혀를 찼다.

'뭐야? 조루도 아니고, 벌써 항복이라고? 이게 말이 돼? 나는 아직 손맛도 제대로 보지 못했는데?'

이탄은 바닥에 납죽 엎드려 싹싹 비는 상대의 코를 손가락으로 쿡쿡 찔렀다.

[크윽.]

하찮은 인간에게 손가락으로 찔리는 것이 수치스러웠는지 수목의 수호룡이 발끈했다.

이탄이 고개를 옆으로 갸우뚱 기울였다.

'너 지금 눈에 독기를 품었냐?'

이탄의 등 뒤에선 커다란 갈고리와 식칼이 다시 등장했다.

수목의 수호룡은 기겁을 했다.

[헉? 독기라니요? 절대 그렇지 않습니다.]

수목의 수호룡은 딱 잡아떼었다.

이탄은 '네 녀석이 그렇게 잡아떼어 봤자 내가 그 말을 믿을 것 같아?' 라는 표정으로 상대를 응시했다.

결국 수목의 수호룡은 최후의 수단을 썼다.

[제 영롱한 눈을 보시고 다시 평가해주십시오. 대체 이 눈 어디 독기가 있다고 그러십니까?]

수목의 수호룡은 배알도 없는지 눈꺼풀을 빠르게 깜빡거려 귀여운 표정을 지어 보였다.

그렇지 않아도 이 수호룡은 나이가 많이 들어 보이는 타입이었다. 그런 노안의 수호룡이 눈꺼풀을 깜빡거리는 애교를 부리자 그 꼴이 참으로 가관이었다. 이탄은 눈살을 한번 크게 찌푸렸다가 다시 폈다.

'되었다. 이번 한 번만 믿어주지.'

[넵. 믿어주십시오. 저는 절대 독기 같은 것은 품은 적이 없습니다. 제 심장을 걸고 맹세합니다.]

수목의 수호룡은 단호히 주장했다.

이른 새벽.

백호대주와 주작대주는 한 번 더 혼이 쏙 빠졌다. 그들은 한밤중에 이탄의 호출을 받고 은밀한 장소로 불려갔다가 눈이 휘둥그레지는 경험을 하게 되었다. 어찌나 놀랐던지 백호대주와 주작대주 모두 유리창에 바짝 달라붙었다.

"헉! 저건 콜링바잖아!"

주작대주가 펄쩍 뛰었다.

유리창 너머 죽은 듯이 축 늘어진 노인은 카르발 군벌의 콜링바가 분명했다. 아프리카의 군주라 불리는 콜링바가 유리창 안에 갇힌 채 간헐적으로 꿈틀거렸다.

주작대주는 정보부서의 우두머리답게 콜링바의 얼굴을 한눈에 알아보았다.

한편 콜링바 옆에서 와들와들 떠는 흑인 미녀는 콜링바가 무척 아낀다는 엘시시임에 틀림없었다.

주작대주는 엘시시의 얼굴도 확인했다.

"의장님, 이게 대체 어찌 된 일입니까? 저기 쓰러져 있는 노인은 혹시 카르발 군벌의 콜링바가 아닙니까?"

주작대주가 휘둥그레진 눈으로 물었다.

이탄은 순순히 수긍했다.

"맞아. 콜링바야."

"아프리카에 있어야 할 콜링바가 왜 여기에……?"

이탄은 주작대주의 질문에 한심하다는 표정을 지었다.

"뭐 그렇게 멍청한 질문이 다 있어? 콜링바가 왜 여기에 있냐고? 당연히 내가 붙잡아 왔으니까 저기에 갇혀 있을 테지."

"아아!"

주작대주는 뭐라고 할 말이 없어서 붕어처럼 입만 벙긋 거렸다.

말문이 막힌 것은 백호대주 서원평도 마찬가지였다.

이탄은 최근에 시베리아의 절대자들인 빙제 알렉세이와 염제 발로바 등을 잡아 왔다. 그게 불과 4일 전의 일이었다.

그런데 이번에는 아프리카의 군주인 콜링바까지 포로 명단에 더해졌다.

콜링바는 처참한 행색으로 이탄에게 끌려와 유리창 안에 갇혔다. 마치 동물원에 붙잡혀온 야수가 마취총에 맞아서 쿨쿨 잠만 자는 것처럼, 콜링바는 정신을 잃은 채 숨만 쌕

쌕 쉬었다.

이탄이 턱짓을 보냈다.

"여기서부터는 바통 터치다. 주작대가 맡아."

"예?"

주작대주의 얼빠진 반문에 이탄이 인상을 썼다.

"쓰읍. 말귀를 못 알아듣나? 이제부터는 주작대가 저 시커먼 늙은이를 맡으라고. 저 늙은이를 닦달해서 카르발 군벌의 고급 정보들을 캐내야 할 것 아냐."

"옙. 명을 받들겠습니다."

주작대주는 바짝 긴장하여 대답했다.

이탄이 한 마디를 덧붙였다.

"단, 여기가 간씨 세가의 비밀 감옥이라는 사실은 밝히지 마라. 콜링바는 내 정체를 알지 못하고 끌려온 거다."

"무슨 말씀인지 알아들었습니다."

주작대주는 이탄을 향해서 고개를 푹 숙였다.

이탄은 백호대주에게 시선을 옮겼다.

"원평아."

"네, 의장님."

"조만간 아프리카 쪽에서 급보가 뜰 거다. 쥬신의 잔당들이 카르발 군벌을 대상으로 심각한 테러를 저질렀다는 내용일 테지."

"쥬신의 잔당들…… 말씀이십니까?"

백호대주 서원평이 고개를 갸웃했다. 서원평은 머리 회
전이 빠르지 않아 이탄의 말뜻을 곧바로 알아듣지 못했다.

이탄은 그런 서원평을 위해서 앞뒤 정황을 간략하게 설
명해주었다.

"내가 콜링바를 납치하면서 대놓고 정체를 드러낼 수는
없잖아. 그래서 쥬신의 잔당들인 척 위장을 하고 콜링바를
잡아 왔다."

"아!"

"아마도 카르발 녀석들은 콜링바의 납치 소식을 곧이곧
대로 언론에 흘리지 못할 거다. 콜링바가 사라졌다는 소식
이 잘못 퍼지면 다른 군벌들이 우르르 달려들어 카르발의
영토를 찢어먹을지도 모르니까."

확실히 이탄의 추측은 일리가 있었다. 서원평과 주작대
주는 고개를 주억거리면서 이탄의 이야기를 경청했다.

Chapter 2

이탄이 말을 이었다.

"이건 내 추측인데, 카르발 녀석들은 쥬신의 잔당들이

테러를 저질렀다는 점만 언론에 부각시킬 것 같아. 그러면서 그들은 오대군벌이 하나로 힘을 합쳐서 쥬신의 잔당들을 박멸해야 한다고 부추기겠지. 카르발 녀석들의 주장대로 국제공조 여론이 조성되면, 그들은 다른 군벌들의 도움을 받아서 어떻게든 콜링바를 구출하려 시도할 거다."

"네에에. 그렇습니까?"

서원평은 여전히 이탄의 의도를 알아듣지 못했다. 그래서 곤혹스러운 표정으로 말꼬리만 길게 늘였다.

이탄이 서원평에게 핀잔을 주었다.

"야! 네에에는 무슨 네에에야. 백호대가 한발 앞서서 카르발 군벌에게 협조를 해주라고. 녀석들이 원하는 대로 국제공조 수사에 참여해서 쥬신의 잔당들을 뒤쫓으라니까. 그렇게 우리가 선수를 쳐야 카르발 녀석들이 우리 간씨 세가를 의심하지 않지."

"알겠습니다. 의장님의 말씀처럼 카르발 놈들의 의심을 사지 않도록 적극적으로 쥬신의 잔당들을 추적하겠습니다."

서원평이 발목을 착 붙여 대답했다.

이탄은 서원평에게 한 가지 명을 더 내렸다.

"콜링바와 엘시시가 없어졌으니 카르발의 검은 전사들은 구심점을 잃은 셈이다. 거기에 더해서 콜링바의 후계자인 고골은 아직 부상이 다 낫지 않았지. 그러니까 지금 아프리카의 전사들은 마음 한구석이 휑할 거야. 그때 원평이 네가 녀석들과 격 없이 어울리면서 맏형 노릇 좀 해줘라."

"네에?"

서원평이 눈을 동그랗게 떴다.

이탄은 살짝 짜증을 내었다.

"아 놔 진짜. 오늘따라 왜 이렇게 말귀들을 못 알아듣지?"

"죄송합니다, 의장님."

서원평이 당황하여 그 자리에 무릎을 꿇었다.

이탄은 한숨을 한 번 내뱉고는, 좀 더 자세하게 자신의 의도를 설명했다.

"후우. 카르발 군벌 녀석들은 대부분 타고난 전사 타입이라 원평이 너와 쿵짝이 잘 맞을 거다. 네가 그들과 함께 쥬신의 잔당들을 뒤쫓다 보면 어느새 검은 전사들이 너를 맏형처럼 따르게 될 거야. 내가 볼 때 너는 전사 계통의 사내들을 휘어잡는 매력이 있어."

"그렇습니까?"

때 아닌 칭찬에 서원평이 얼굴을 붉혔다.

이탄이 말을 이었다.

"그러니까 네가 카르발의 전사들을 친아우처럼 대해주

라고. 그러다 보면 언젠가 카르발 군벌이 우리 간씨 세가에 흡수되어 있겠지."

이탄은 카르발 군벌을 흡수하겠다는 야심을 대놓고 밝혔다. 이 엄청난 이야기에 서원평은 소름이 쫙 돋았다.

"으읏."

주작대주도 옆에서 가느다란 신음을 흘렸다.

이탄이 서늘한 눈으로 서원평을 직시했다.

"왜 대답이 없나?"

"헉! 죄송합니다. 이 서원평, 의장님의 뜻을 목숨 바쳐 받들겠습니다."

서원평은 오른 주먹을 심장에 대고는 절도 있게 머리를 숙였다.

주작대주도 덩달아 머리를 꾸벅거렸다.

과연 이탄의 예언이 적중했다. 그날 오후, 아프리카발 급보가 전 세계의 뉴스 첫 면을 장식했다. 각국의 언론사는 기존의 정규방송을 중단하고 쥬신 잔당들의 테러 소식부터 속보로 전했다.

이 속보는 카르발 군벌이 제공한 영상을 바탕으로 편집되었다.

이탄이 빛의 수호룡을 타고 공략을 할 무렵, 중앙아프리카의 목화밭 곳곳에는 여러 대의 감시카메라가 설치되어 있었다.

이탄은 그 카메라의 존재를 알면서도 일부러 내버려 두었다.

아니나 다를까, 카르발 군벌은 카메라에 찍힌 영상들을 솜씨 좋게 편집하여 전 세계에 알렸다.

당연히 카르발 군벌이 제공한 영상 중에는 콜링바가 이탄에게 제압을 당하는 장면은 삭제되었다. 엘시시가 붙잡히는 장면도 빠졌다.

하이라이트 부분을 빼고도 영상은 충분히 충격적이었다.

하늘 전체를 뒤덮은 거대한 드래곤, 황금빛으로 번쩍거리는 드래곤을 목격한 순간 각 군벌의 수뇌부들은 자지러졌다.

"어억! 저건 패황의 수호룡이잖아?"

발렌시드 군벌의 빅토리아 여왕이 바닥에 밀크티를 엎었다.

여왕은 빛의 수호룡을 직접 목격한 적이 없었다. 그런데도 그녀는 한눈에 뉴스 화면 속 드래곤의 정체를 알아보았다. 패황 이군억이 남긴 전설들이 워낙 유명하다 보니 모를 수가 없었다.

비단 빅토리아 여왕만 펄쩍 뛴 게 아니었다. 에디아니 군 벌을 지탱하는 3개의 축 가운데 한 곳, 남미 가라폴로 가문의 가주인 험프 가라폴로도 밤잠을 물리치고 벌떡 일어나 뉴스 속 화면에 두 눈을 고정했다.

"으으으. 저게 대체 뭐야?"

험프는 몇 번이고 유리알 안경을 썼다 벗었다를 반복했다. 험프의 안경을 통해 티브이 화면이 그대로 반사되었다. 지금 안경에 맺힌 영상 속에서는 황금빛 드래곤이 빛의 사슬을 소환하여 지상으로 퍽! 퍽! 내리꽂는 중이었다.

험프가 아무리 눈을 비비고 다시 보아도 티브이 속 드래곤의 색깔은 바뀌지 않았다. 황금빛 찬란한 저 드래곤은 빛의 수호룡이 분명했다.

"전설 속의 수호룡이다. 패황의 맹약자가 다시 세상에 등장했어."

험프는 티브이 앞 의자에 털썩 주저앉았다.

Chapter 3

유럽의 빅토리아와 미주의 험프가 긴급뉴스에 놀랄 즈음, 아시아의 간씨 세가에도 한바탕 폭풍이 불었다.

"말도 안 돼. 패황의 후계자가 다시 등장하다니."

"허어, 그러게 말이오. 도저히 믿을 수가 없구려."

원로원주 남충주, 원로부원주 남궁운식이 한자리에 모여서 심각한 표정으로 뉴스를 보았다. 그들은 벌써 몇 번째 동일한 뉴스를 돌려보는 중이었다.

원로들뿐 아니라 남서윤이나 남궁현화와 같은 안주인들, 즉 간철호의 부인들도 함께 긴급뉴스를 경청했다. 그녀들은 빛의 수호룡이 찬란한 브레스를 내뿜을 때마다 주먹을 꼭 움켜쥐었다.

그보다 한 줄 뒤에서는 간철호의 아들과 딸들이 굳은 표정으로 티브이에 집중했다.

간씨 세가의 사람들은 아프리카에서 벌어진 공습이 이탄이 투척한 떡밥일 것이라고는 상상도 하지 못했다.

이탄도 굳이 이들에게 사실을 밝힐 마음이 없었다.

회의실 문이 벌컥 열렸다. 성큼성큼 걷는 이탄의 발소리가 복도에서 울렸다.

이탄보다 한발 앞서 비서3실의 실장인 주소연이 나타나 이탄의 도착 소식을 알렸다.

"의장님께서 들어오십니다."

주소연의 말이 떨어지기 무섭게 회의실 안의 모든 사람들이 벌떡 일어났다. 원로원주나 부원주도 예외일 수 없었다.

이탄은 시원시원한 걸음걸이로 등장했다.

"의장님을 뵙습니다."

원로원주 남충식과 부원주 남궁운식이 먼저 이탄에게 고개를 숙였다.

"의장님을 뵙습니다."

나머지 사람들도 모두 한 목소리로 복창했다.

간철호의 부인들과 자식들도 다른 사람들과 보조를 맞췄다. 그들에게 간철호는 남편이나 아버지이기 이전에 생사여탈권을 쥔 주군이었다.

이탄이 상석에 앉았다.

"다들 자리에 앉지."

"예, 의장님."

사람들은 이탄의 허락이 떨어지자 비로소 다시 착석했다.

이탄은 대형 티브이 화면으로 눈을 돌렸다.

이탄은 깍지 낀 손을 테이블에 올려놓고 화면 속 수호룡을 여유롭게 응시했다. 티브이를 보는 이탄의 눈빛이 왠지 모르게 짓궂어 보였다.

'응?'

눈치 100단인 남궁현화가 이탄의 표정을 읽었다.

이어서 간철호의 첫 번째 부인인 남서윤도 묘한 기색이 되었다.

'의장님께서 즐거워하시잖아?'

물론 남서윤과 남궁현화도 화면 속 가면을 쓴 사내가 자신들의 남편일 것이라고는 예상하지 못했다. 화면 속 사내는 남편과 체형부터 완전히 달랐기 때문이었다.

'의장님께서 왜 저런 표정을 지으시지? 혹시 의장님께서는 강적이 등장하기만을 기다리신 건가?'

'의장님께서 그동안 무료하셨나? 다른 군벌이 시시해서? 아무래도 그런가 보구나. 역시 의장님은 대단하셔.'

두 여인은 속으로 이런 생각을 하고는 빙그레 미소를 지었다.

처음에는 남서윤과 남궁현화도 걱정이 많았다. 패황의 후계자가 세상에 등장했다는 소식은 그만큼 충격적이었다.

그런데 이제 보니 그녀들의 걱정은 기우에 불과했다. 남편이 저렇게 자신만만하니 그녀들의 마음 속 먹구름도 저절로 흩어져버린 듯했다.

이탄이 뉴스를 지켜보는 가운데 여기저기서 전화가 걸려왔다. 주소연이 전화를 받아 이탄에게 전했다.

"의장님, 발렌시드의 빅토리아 여왕입니다. 연결을 할까요?"

주소연의 물음에 이탄이 고개를 주억거렸다.

"이 자리에 모인 사람들도 다 같이 듣게 스피커로 연결해."

"네, 의장님."

주소연이 이탄의 말을 받들었다.

잠시 후, 화면 한쪽에 빅토리아 여왕의 모습이 맺혔다. 빅토리아는 간씨 세가의 회의장 모습을 한 번 둘러보고는 카메라 화면을 전환했다.

그러자 여왕뿐 아니라 발렌시드 군벌의 중요 인사들이 한자리에 모여 있는 모습이 이탄의 눈앞에 펼쳐졌다.

"역시 발렌시드도 저희와 마찬가지로 긴급회의 중이셨군요."

이탄이 미소로 빅토리아 여왕을 반겼다.

빅토리아도 부드럽게 이탄의 말을 받았다.

"대지의 소서러께서도 빛의 수호룡 때문에 회의 중이었나 보네요? 아무래도 내가 타이밍 좋게 연락했나 봐요. 호호호."

"아무래도 보통 사안은 아니니까요."

이탄은 어깨를 으쓱했다.

그 모습이 무척 여유로워 보였다. 최소한 빅토리아가 보기에는 그러했다.

'패황의 후계자라면 오대군벌의 수뇌부들이 힘을 합쳐도 감당하기 힘들지 모르는 초인일 텐데, 저렇게 여유롭다고? 대지의 소서러는 그만큼 자신의 무력에 자신이 넘친다는 뜻인가? 아무래도 그렇겠지?'

　빅토리아는 남서윤이나 남궁현화 뺨치게 눈치가 빠른 여인이었다. 그런 빅토리아가 이탄의 감정을 읽지 못할 리 없었다.

　대지의 소서러가 그만큼 강하다는 것은, 발렌시드 군벌 입장에서는 호재인 동시에 악재였다.

　'우리 군벌이 패황의 후계자와 맞서 싸우려면 대지의 소서러의 도움이 필요하지. 대지의 소서러는 아군일 때는 든든하기 이를 데 없어.'

　빅토리아는 우선 이렇게 판단했다.

　하지만 다른 한편으로는 장차 대지의 소서러 때문에 발렌시드 군벌이 위축될 가능성도 다분했다.

　'대지의 소서러가 그렇게 강하다면 앞으로도 간씨 세가가 계속 세상의 주도권을 틀어쥘 게 아닌가. 젠장.'

　빅토리아는 정세 판단이 빨랐다. 그래서 그녀는 현 상황이 의미하는 바를 곧바로 파악하고는 속으로 쓴웃음을 삼켰다.

　어쨌거나 지금 당장은 대지의 소서러가 발렌시드 군벌에

도움이 되는 상황이었다.

'최소한 대지의 소서러는 말이 통하는 상대지. 거기에 비해서 패황의 후계자와 우리 발렌시드 군벌은 한 하늘 아래서 공존할 수 없단 말이지. 그자는 우리 발렌시드 군벌을 역적으로 취급할 게야.'

빅토리아는 마음을 정리한 뒤, 이탄과 본격적인 대화를 나누기 시작했다.

"아무래도 간씨 세가가 쥬신의 잔당들을 가장 먼저 포착하고 뒤쫓기 시작했잖아요? 그러니까 티브이 화면 속에서 날뛰는 저 가면 사내에 대해서도 간씨 세가에서 가장 잘 알지 않을까요? 나는 대지의 소서러의 의견을 듣고 싶어요."

빅토리아는 이렇게 첫 마디를 끊었다.

"여왕 폐하, 저도 쥬신 잔당 놈들이 불의 수호룡에 이어서 패황 이군억의 후계자까지 탄생시켰을 줄은 몰랐습니다. 유럽의 발렌시드와 우리 간씨 세가가 힘을 합쳐서 놈들의 주둔지를 초토화시키자마자 녀석들도 이렇게 반격을 하는군요. 하하하."

이탄은 능청맞게 설레발을 쳤다.

Chapter 4

빅토리아는 눈매를 가늘게 좁혔다.

"그래요? 대지의 소서러께서도 패황의 후계자에 대해서 전혀 몰랐다고요?"

이탄은 입술에 침도 바르지 않고 거짓말을 했다.

"전혀 몰랐습니다. 하지만 걱정하지 마십시오. 제 나름 분석을 해보니까 폐하와 저, 그리고 에디아니 군벌 정도가 힘을 합친다면 저자를 상대하기가 불가능할 것 같지는 않군요. 제법 힘이 들기는 하겠지만요."

"그런가요? 뉴스로 보았을 때는 그자가 무척 강해 보이던데요."

빅토리아가 걱정스러운 표정을 지었다.

이탄은 고개를 끄덕였다.

"물론 패황의 후계자가 강해 보이기는 합니다. 아마도 그는 확실히 저보다는 강할 것 같습니다."

"으음."

"그래도 안심하십시오. 다행히 제가 방어마법에 특화되었지 않습니까. 저는 저자를 꽤 오래 붙잡아둘 자신이 있습니다. 또한 제 특기가 흙 속성의 마법이 아닙니까. 자고로 흙은 빛에 강한 법이지요."

이탄은 당당하게 자신감을 드러내었다.

"역시 대지의 소서러네요. 좋아요, 좋아."

빅토리아가 손뼉을 쳤다. 빅토리아의 귀에는 이탄의 주장이 그럴듯하게 들렸다.

'하긴, 강렬한 빛도 두꺼운 흙벽을 뚫기는 어렵겠지?'

빅토리아의 어두웠던 표정이 비로소 밝게 펴졌다.

문득 이탄은 빅토리아에게 새로운 제안을 했다.

"여왕 폐하께서 전체적인 그림을 한번 그려보시면 어떻겠습니까?"

"그림이라고요?"

빅토리아가 고개를 갸웃했다.

이탄이 웃으면서 말했다.

"폐하의 발렌시드 군벌와 에디아니 군벌, 그리고 우리 간씨 세가가 힘을 합치는 그림 말입니다. 제가 정면에서 저자를 묶어두는 역할을 하겠습니다. 그 사이에 폐하와 에디아니 군벌이 저자의 배후를 노리면 승산이 있지 않겠습니까?"

이것이야말로 빅토리아가 바라던 전개였다. 대지의 소서러가 위험을 무릅쓰고 적의 정면을 맡아준다면 충분히 승산이 있을 듯했다. 상대가 제아무리 패황 이군억의 후계자라고 할지라도 말이다.

"좋아요. 우리 한번 해보죠."

빅토리아가 화면 속에서 주먹을 불끈 쥐어 보였다.

"네, 폐하."

이탄도 마주 주먹을 쥐었다.

두 거물이 합의를 하고 나자 화면 속 발렌시드 사람들이 일제히 자리를 박차고 일어나 박수를 쳤다. 그들은 휘파람을 불고 환호성도 질렀다.

간씨 세가 사람들도 가만히 있을 수는 없었다. 다들 기립하여 이탄과 빅토리아를 향해서 박수갈채를 보냈다.

"빅토리아 여왕폐하, 만세."

"대지의 소서러 만만세."

시끄러운 환호성이 여기저기서 들렸다.

그러는 와중에 남서윤과 남궁현화는 똑똑히 보았다. 빅토리아 여왕의 오른쪽 뒤편, 릴리트 공주의 눈이 몽롱하게 풀리는 모습이 그녀들의 시야에 포착되었다. 눈치 100단답게 두 여인은 릴리트의 짧은 표정 변화를 놓치지 않았다.

'저 여시 년이 지금 누굴 보고 저러는 거지?'

'혹시 저년이 의장님을 마음에 두었나? 이런 젠장.'

두 여인의 눈매가 샐쭉하게 위로 올라갔다.

둘 다 긴장할 만도 한 것이, 릴리트는 젊고 아름다운 데다 권력도 장난이 아니었다. 비록 남서윤과 남궁현화의 가문들도 한가락 하는 곳들이라지만, 그래도 남씨 가문이나 남궁 가문은 간씨 세가의 가신에 불과했다.

반면 릴리트는 장차 유럽 전체를 물려받을 후계자였다.

'경우에 따라서는 의장님의 첫 번째 부인 자리가 바뀔 수도 있음이야.'

남서윤의 동공이 파르르 흔들렸다.

'일단 의장님과 빅토리아 여왕이 합의를 마치고 나면 뒤집기 힘들어. 그 전에 손을 써야 해.'

남궁현화도 입술을 꽉 깨물었다.

뉴스 속 내용은 어느새 두 여인의 뇌리에서 잊혀졌다.

이탄이 던진 떡밥은 발렌시드 군벌만 움직인 것이 아니었다. 이탄이 빅토리아 여왕과 대화를 나눌 즈음, 쥬신 제국의 복원 세력들은 방콕 시내의 호텔 방에 옹기종기 모여서 뉴스를 경청했다.

"대체 저자가 누구인고?"

이공이 손가락으로 티브이 화면을 지목했다.

신하들이 답을 할 수 있을 리 없었다. 환관들은 더더욱 알지 못했다.

이공은 버럭 역정을 내었다.

"아무도 아는 자가 없는가? 어허, 답답하구나. 어서 학선생을 들게 하라. 고는 학선생의 의견을 듣고자 한다."

"예이, 폐하."

늙은 환관은 서둘러 이공의 방에서 물러났다. 환관은 방문을 닫기도 전에 학선생에게 전화부터 걸었다.

마침 학선생도 이공을 찾아서 달려오던 중이었다. 학선생과 늙은 환관이 호텔 복도에서 마주쳤다.

"어서 오십시오. 폐하께서 급히 찾으십니다."

늙은 환관은 학선생의 손을 잡아끌었다.

"비켜."

학선생은 환관을 옆으로 밀치고는 후다닥 이공의 방으로 뛰어 들어갔다.

Chapter 5

이공이 침대에서 벌떡 일어나 학선생을 맞았다.

"오, 그렇지 않아도 고가 학선생을 찾던 참이었소."

"폐하께서도 저 뉴스를 보고 계셨습니까? 소신도 그것 때문에 달려왔나이다. 혹시 폐하께서는 저 황금빛 가면을 쓴 자가 누구인지 아시옵니까? 혹시 저분과 관계가 있으신 것 아니옵니까?"

학선생은 한 가닥의 기대를 품고서 이공에게 물었다.

이공의 대답은 실망스러웠다.

"그건 오히려 고가 학선생에게 묻고 싶은 질문이오. 대체 저자가 누구요? 혹시 수민이나 소민이인가?"

"아닙니다."

학선생은 단호하게 고개를 가로저었다.

"폐하, 영상을 잘 보시옵소서. 분명 체격이 건장한 남자이옵니다. 오래 전에 명성을 떨치신 패황 폐하를 연상시킬 만큼 체격이 번듯하옵니다."

티브이 화면을 바라보는 학선생의 동공이 열기를 가득 품었다.

'패황의 유산을 물려받은 저 가면 사내만 내 편으로 끌어들일 수 있다면! 아니면 내가 저 가면 사내의 밑으로 들어가 그의 신임을 얻게 된다면!'

그럼 학선생은 장차 일인지하 만인지상의 지위에 올라 온 세상을 호령하게 될 것이다. 뉴스 화면 속 사내가 패황의 후계자가 분명하다면 오대군벌의 역적 놈들을 무너뜨리고 쥬신 제국을 다시 우뚝 세우는 것도 꿈만은 아니었다.

학선생은 그렇게 믿었다.

이공이 두려운 눈빛으로 학선생의 의견을 구했다.

"하면 학선생은 어찌 생각하오? 우리가 저 인물과 접촉을 해야 한다고 보오?"

"당연히 접촉을 해야지요. 저 가면 사내는 쥬신 대제국 선대 황제의 유산을 물려받은 동지가 아니옵니까. 마땅히 폐하께서 직접 저 사내를 만나서 우리 편으로 끌어들이셔야 하옵니다."

"학선생, 그러다가 혹시라도……."

이공이 뒷말을 망설였다.

'푸훗.'

학선생은 속으로 이공을 비웃었다. 학선생의 눈에는 지금 이공이 속으로 무슨 걱정을 하는지가 훤히 들여다보았다.

'정통성에 자신이 없는 것이겠지. 폐하는 쥬신 황실의 유일한 후손이라고는 우기지만, 그래 봤자 선대 이윤 폐하의 사생아에 불과하지 않은가. 그런데 만약 뉴스 속 사내가 쥬신 황실의 적통이기라도 해봐? 그럼 조정의 모든 중신들이 이공 폐하를 버리고 저 사내에게 충성을 맹세할 것 아냐? 후후훗. 당장 나부터도 그러겠다.'

학선생은 비릿하게 입꼬리를 비틀었다.

물론 학선생은 이공 앞에서 비웃는 티를 내지는 않았다. 학선생은 오히려 입에 침도 바르지 않고 이공을 기만했다.

"폐하, 아무런 걱정 마시옵소서. 소신이 저 사내를 먼저 만나서 설득을 할 것이옵니다."

"설득이라?"

"네. 저 사내가 어떤 경로로 쥬신 열성조의 유산을 물려받았는지 모르겠으나, 그 유산은 마땅히 폐하나 태자마마께 전해져야 할 비술이 아니옵니까?"

"그렇지!"

이공이 당장 무릎을 쳤다.

학선생이 말을 이었다.

"소신이 진심을 다해 저 사내를 설득하여 패황 폐하의 유산을 폐하와 태자마마께 양도하도록 권해 보겠나이다. 또한 소신은 저 사내가 폐하의 신하가 될 수 있도록 설득해 보겠나이다."

"오오오, 그게 가능할꼬?"

이공이 군침을 삼켰다.

학선생은 어이가 없었다.

'당연히 불가능하지. 세상 그 누가 말 한 마디에 패황의 유산을 내놓겠나? 미친 거 아냐?'

학선생은 속으로 이공의 어리석음을 비웃었다. 그러나 겉으로는 정반대의 행동을 하였다. 학선생은 주먹으로 자신의 가슴을 탕탕 두드렸다.

"폐하, 옛 성현들이 이르기를, 사내대장부가 진심을 다하면 태산도 옮길 수 있다고 하였습니다. 소신이 진심을 다할 것이오니 폐하께서는 소신만 믿어주십시오."

"오오오. 역시 학선생은 고의 충신이로다."

이공이 감탄했다.

학선생은 거기서 한 발 더 나갔다.

"폐하, 대신 폐하께서도 한 가지를 해주셔야 하옵니다."

"그게 무엇인고? 학선생, 뭐든 말해보오."

이공은 몸이 바짝 달았다.

학선생은 이 기회를 놓치지 않고 머릿속에 이린을 떠올렸다. 학선생은 정말이지 집요하게 이린을 노렸다. 과거에 그가 저지른 죄악이 드러나지 않으려면 어떻게든 이린을 제압해야 한다는 생각뿐이었다.

학선생은 속내를 숨긴 채 이공을 설득했다.

"폐하, 소신이 저 가면 사내와 빛의 수호룡을 설득하기 위해서는 이린 마마가 꼭 필요하옵니다."

"린이가 필요하다고?"

"그렇습니다. 소신은 저 사내에게 이린 마마의 천공안에 대해서 밝힌 뒤, 열성조의 보우하심이 폐하께 있음을 적극적으로 알리고자 하옵니다. 그럼 저 사내의 마음도 움직일 수 있다고 봅니다. 저자도 어쨌거나 쥬신 대제국의 유산을 물려받은 동지가 아니옵니까."

"오홋!"

"하오니 폐하께서는 소신이 저 사내를 설득할 수 있도록 이린 마마를 제 곁에 붙여주소서. 그래야 모든 일이 풀릴 것이옵니다."

학선생은 바닥에 이마를 대고 간절히 청했다.

이공은 머리가 딱 아팠다.

'오대군벌의 공습 때문에 수민이와 연락이 끊겼지 않은가. 이 상황에서 린이를 어떻게 데려온단 말인고? 허어, 참.'

그래도 이공은 이 기회를 놓칠 수 없었다.

만약에 학선생이 패황의 후계자를 설득할 수만 있다면? 그리하여 패황의 후계자가 태자인 이택민에게 빛의 수호룡을 양도해주기만 한다면?

그럼 쥬신 제국의 정통성 문제는 한순간에 풀릴 것이다. 오대군벌과의 위태로운 싸움도 다시 역전할 발판이 마련될 터.

'그리만 된다면 고는 여한이 없으리라. 설령 수민이와의 천륜을 끊는 한이 있더라도 린이를 데려와야겠어.'

오늘 이공은 결심을 단단히 했다.

이공이 큰딸에게 다시 연락을 취할 방도를 모색하고 있는 그 시각, 이공이 묵고 있는 호텔 룸의 반대편 건물 옥상에서는 머리카락을 외가닥으로 땋은 여인이 쌍안경으로 이공의 방을 감시하는 중이었다.

여인의 정체는 간씨 세가 주작대 소속 일급요원.

얼마 전 이탄은 이채민과 용설란의 입을 통해 학선생에 대한 정보를 수집했다. 동시에 이탄은 학선생이라는 자가 '미래를 읽는 자'인 척하며 간씨 세가에 접근하려 든 사실도 알아내었다.

이 정도 정보를 수집했는데 학선생의 뒤를 밟지 못한다?

그건 간씨 세가의 주작대를 너무 과소평가하는 것이리라.

주작대주는 이탄의 귀띔을 받은 즉시 학선생을 포착하고는 꼬리를 붙였다.

아니, 그 정도를 넘어서 주작대주는 간씨 세가의 정찰위성 가운데 한 기를 할애하여 학선생 전담으로 붙여놓았다.

Chapter 6

결국 학선생은 뒤에 꼬리를 달고 방콕으로 날아온 셈이

었다. 덕분에 이공의 현재 위치도 주작대의 시야에 들어왔다.

얼마 전 학선생이 이공을 방콕 빈민가에서 빼내어 호텔로 옮긴 것도 주작대의 시야 내에서 벌어진 일이었다.

일급요원이 무전기를 꺼냈다.

"저놈들의 핸드폰 회선은 땄나?"

무전기 저편에서 답이 들렸다.

"방콕의 통신사에 협조요청을 넣었습니다. 향후 저들이 핸드폰으로 주고받는 모든 연락이 수집될 것입니다."

일급요원이 또 물었다.

"호텔 전화도 당연히 도청 중이겠지?"

"물론입니다. 전화뿐 아니라 호텔 룸서비스 파트에도 저희 요원들을 배치해 놓았습니다. 저들은 절대로 빠져나갈 수 없습니다."

"혹시 모르니까 방콕 시 전체를 통제해라. 공항, 항만, 육로, 어느 구석 하나 빈틈이 있으면 안 된다. 이건 의장님께서 직접 지시하신 일이다."

의장이라는 단어가 나오자 무전기 속 요원이 바짝 긴장했다.

"물론입니다. 목숨을 걸고 미션을 수행하겠습니다."

"좋아."

일급요원은 무전기를 끄고는 다시금 쌍안경을 눈에 가져다 대었다. 살짝 열린 커튼 사이로 이공과 학선생의 모습이 언뜻언뜻 보였다.

"후훗. 자신들이 덫에 걸린 줄도 모르는 불쌍한 먹잇감들이로군."

일급요원은 혀를 내밀어 붉은 입술을 싸악 핥았다.

이공이 마침내 이린과 연결할 방도를 찾았다. 이공은 늙은 환관을 시켜서 승상인 인국진을 불러왔다.

인국진이 룸에 들어오자 이공은 당장 그를 압박했다.

"승상, 소민이와 연락할 방도가 있소, 없소?

이공이 거두절미하고 물었다.

"폐하."

인국진이 당황했다.

"승상이라면 연락할 방도가 있을 것 아니오. 소민이는 분명히 제 큰언니의 곁에 붙어 있을 터이니, 승상이 고와 소민이를 연결하시오."

이공이 셋째 딸 소민이를 찾는 이유는 그녀가 연결고리이기 때문이었다.

얼마 전 오대군벌이 대대적인 공습을 퍼부었을 때 이공 등은 황급히 거처를 옮겼다. 그 와중에 이소민이 은근슬쩍 자취를 감추었다.

이공은 셋째 딸이 분명히 큰딸의 곁으로 갔을 것이라 추측했다.

좀 더 엄밀히 말하자면, 이건 이공의 추측이 아니라 학선생의 추측이었다.

"아마도 소민 마마는 수민 마마의 곁에 있을 겁니다. 그래야 천공안의 도움을 받아서 인유강 장군의 행방을 찾을 수 있을 테니까요. 하오니 만약 폐하께서 수민 마마를 찾고자 하시면 먼저 소민 마마부터 찾으십시오."

학선생은 이공에게 이렇게 귀띔했다.

이소민의 남편이자 인국진의 아들인 인유강 장군은 얼마전 발리 섬이 간씨 세가로부터 공습을 받았을 때 실종되었다.

'소민이 녀석은 남편과 금슬이 무척 좋았지. 학선생 말대로 녀석은 남편의 행방을 최우선적으로 찾고 있을 게야.'

이공은 학선생의 조언이 옳다고 여기고는 인국진을 압박했다. 고약하게도 이공의 딸인 이소민은 부친인 이공보다 시아버지인 인국진을 더 믿고 따랐다.

'그 고약 녀석은 분명 제 시아버지에게는 연락할 방도를 남겼을 거라고.'

이공은 집요하게 그 연결고리를 파고들었다.

"폐하……."

인국진이 답을 망설였다.

그러자 이공의 눈에서 독기가 쏟아졌다.

"어허, 승상께서는 뭘 망설이시는 게요? 고의 어명이 들리지 않소? 아니면 승상은 고를 황제로 인정하는 않는 게요?"

"폐하, 절대 그렇지 않습니다. 휴우우, 알겠습니다. 소신이 소민 마마께 연락을 취해보겠습니다."

"서두르시오. 승상도 이미 짐작하겠지만, 이것은 패황 폐하의 유산과 관련된 중차대한 일이오."

"알겠습니다."

인국진은 한숨을 속으로 삼킨 뒤, 이공의 앞을 물러나왔다.

이공의 예상대로 인국진에게는 며느리와 긴급히 연락할 방도가 마련되어 있었다. 핸드폰이나 전화가 아니라 새를 이용해서 연락을 주고받는 옛날 방법이었다.

안타까운 것은, 인국진이 그렇게 조심을 했어도 주작대의 눈을 피하지는 못했다는 점이었다.

하긴, 이미 호텔 주변에는 주작대의 눈과 귀가 쫙 깔려 있는 상황이었다. 거기에 더해서 간씨 세가의 정찰위성도 이 일대만 자세히 지켜보는 중이었다. 그러니 그 눈길을 피할 길이 없을 수밖에.

인국진이 날린 새는 주작대원의 손에 들어갔다.

주작대원은 마취총으로 새를 쏴서 떨어뜨린 다음, 인국진의 편지를 확인했다. 그 후 주작대원은 편지를 다시 접어서 새의 발목에 매달았다.

마취에서 깬 새가 창공으로 푸드덕 날아올랐다.

주작대의 눈과 귀는 새를 뒤쫓았다. 인국진이 날린 새는 놀랍게도 망망대해를 건너서 인도 남부의 고산지대로 향했다.

"그곳도 1급 수색지역으로 설정해라."

주작대주는 또 한 기의 정찰위성을 할애하여 인도 남부를 감시 범위에 넣었다. 주작대원 3개 조가 인도로 급파되었다.

얼마 후, 고산지대에서 새 한 마리가 날아올랐다. 이 새는 인도를 떠나 다시 방콕으로 향했다.

주작대에서는 마취총으로 새를 떨어뜨려 답장을 가로챘다. 그런 다음 다시 답장을 새의 발목에 매달아 놓아주었다.

마취에서 풀린 새는 몇 차례 고개를 까딱거리다가 푸드덕 푸드덕 바다를 건넜다.

이것이 바로 주작대의 힘.

이린이 천공안의 권능을 사용하지 못하는 한, 쥬신의 잔당들은 주작대의 감시망에서 벗어날 가능성이 1퍼센트도 없었다.

주작대의 정보망은 그만큼 무서웠다.

Chapter 7

인국진은 새를 팔목에 얹고는 며느리가 보낸 답장을 확인했다. 이소민이 보낸 답장에는 긴 숫자가 적혀 있었다.

이것은 핸드폰 번호가 아니었다. 비밀리에 인터넷으로 영상통신을 주고받기 위한 주소였다. 이소민은 그 주소를 암호화하여 시아버지에게 보냈다.

인국진은 노트북을 켜서 며느리와 통신을 시도했다. 며느리가 알려준 링크와 암호를 사용하자 연결에 성공했다.

"휴우."

인국진은 내키지 않으나 노트북을 들고 이공의 룸을 찾았다. 그리곤 이공이 보는 앞에서 영상을 켰다.

"아버님."

노트북 화면 안에서 이소민이 인국진을 향해서 반갑게

손을 흔들었다.

"소민 마마."

며느리를 대하는 인국진의 표정은 무척 어두웠다.

"아버님, 왜 그리 표정이 어두우세요? 지금 상황이 안 좋으신가요?"

이소민이 걱정스레 물었다.

그때 이공이 인국진의 노트북에 얼굴을 불쑥 들이밀었다.

"소민아, 너의 큰언니는 어디에 있느냐?"

"앗! 아바마마."

갑작스러운 이공의 등장에 이소민이 화들짝 놀랐다.

이공이 셋째 딸을 다그쳤다.

"너의 큰언니는 어디에 있느냐고 물었다. 그 아이를 당장 내 앞에 대령하거라."

"아바마마, 그것은……."

"어허, 어서 연결하라니까. 이것은 어명이다."

이공의 태도는 전에 없이 단호했다.

결국 이소민은 주춤주춤하면서도 큰언니인 이수민을 불러올 수밖에 없었다.

그때부터 이수민과 이공 사이에 불꽃 튀는 언쟁이 시작되었다. 이공이 버럭버럭 언성을 높였다. 이공의 입에서는

'어명', '불효', '불충'과 같은 단어가 수도 없이 튀어나왔다. 급기야 이공은 '역적'이라는 말도 입에 담았다.

그래도 이수민은 말을 듣지 않았다.

결국 이공은 이수민의 남편인 호문평을 호출했다. 호문평은 쥬신 복원 세력의 팔군 가운데 지로군의 총사령관이었다.

그 호문평이 이공의 역정을 들었다. 이수민 부부가 끝까지 버텨보았으나 이공은 막무가내였다.

1. 쥬신 제국의 복원은 세상 그 무엇보다 중요함.

2. 조직이 당면한 난국을 해결하고 조직의 목표를 달성하려면 반드시 패황의 후계자를 끌어들여야 함.

3. 패황의 후계자를 설득하기 위해서는 쥬신 제국의 역대 열성조께서 현 황제(이공)를 보우하신다는 사실을 증명해야 함.

4. 천공안이 바로 열성조의 보우하심을 증명하는 증거임.

5. 그 증거인 천공안이 황제(이공)의 손에 없으면 큰 문제가 됨.

6. 따라서 당장 천공안의 이린을 황제에게 보낼 것.

7. 이 어명을 거부한다는 것은 천하의 역적이 되는 길이며, 그 앞에서는 부모 자식 간의 천륜도 소용없음.

8. 만약에 이수민이 끝까지 천륜 운운하며 딸을 내놓지 않는다면 팔군에 명을 내려 이린을 강제로 끌고 올 것임.

이공은 이상의 논리만 무한히 반복하여 주장했다.

이수민은 어떻게든 부친을 설득하려 들었다.

"아바마마, 하오면 제가 직접 패황의 후계자와 접촉을 해보겠습니다. 저에게 이번 임무를 맡겨주시면 제가 반드시 그를 만나서 설득하겠습니다."

큰딸의 주장이 이공을 더욱 오해하게 만들었다.

"크앗, 요런 불효막심한 것."

화가 난 이공은 노트북 화면을 향해서 물을 끼얹었다. 그리곤 사납게 으르렁거렸다.

"린이의 천공안과 채민이의 수호룡은 온전히 그 아이들의 것이 아니니라. 쥬신의 열성조께서 이 아비와 택민이를 위해서 내려준 은혜였어. 그런데 너는 어찌 행동했느냐? 네가 린이를 치마폭에 꽁꽁 싸매고서 아비와 택민이의 접근을 차단하지 않았느냐. 불의 수호룡은 또 어떻지? 네년이 우유부단한 채민이 녀석을 쥐락펴락하면서 불의 수호룡도 멋대로 움직였어. 그런데 이제 빛의 수호룡까지 가로채려 들어? 크아앗. 네년은 대체 어디까지 욕심을 낼 생각이냐?"

이공은 분노로 인해 얼굴까지 시뻘게졌다. 이공의 주장은 평소 학선생의 주장과 다를 바가 없었다.

"아바마마."

이수민은 이공이 날린 독설에 충격을 받았다.

'지금까지 내가 무엇 때문에 피와 땀을 흘렸는데? 쥬신 제국의 복원을 위해서 모든 것을 내팽개쳤던 나는 뭐란 말인가.'

이수민은 한순간에 온 세상이 허물어지는 듯한 기분을 느꼈다. 그녀는 눈앞이 캄캄하고 두 다리가 후들거려 제대로 서 있기도 힘들었다.

노트북 속에서 이공이 무서운 눈으로 이수민을 노려보았다.

"당장 린이를 고에게 보내라. 고는 더 이상 너의 방자함을 보아줄 수가 없구나. 만약 네가 항명을 한다면 고는 너를 역적으로 지정하여 팔군으로 하여금 너를 치라고 어명을 내릴 것이다. 너는 네 남편에 의해서 끌려올 셈이냐?"

"아바마마께서 어찌 제게 이러실 수가 있단 말씀입니까? 어찌! 크흐흑."

암호랑이와 같이 용맹하던 이수민이 마침내 눈물을 내비쳤다. 이수민의 두 눈은 시뻘겋게 충혈되었다.

이공은 냉정하게 손을 옆으로 그었다.

"닥쳐라. 이건 모두 네가 자초한 일이다. 너의 그 야심이 문제야."

"으흐흐흑."

이수민이 처연하게 고개를 떨어뜨렸다.

이공은 벼랑 끝까지 이수민을 몰았다.

"이수민, 너에게 딱 하루의 시간을 주마. 내일까지 린이를 비행기에 태워서 방콕 공항으로 보내."

"크흑."

"왜 대답이 없느냐? 지금부터 24시간 안에 린이가 비행기를 타는 장면을 영상으로 찍어서 고에게 보내란 말이다. 다시 한번 강조하지만, 이것은 지엄한 어명이니라. 만에 하나 네가 어명을 듣지 않는다면 고가 어떤 벌을 내려도 고를 원망하지 말지어다."

이공은 딸에게 최후통첩을 날리고는 영상통신을 끊었다.

"우흐흐흑, 흐흐흐흑."

이수민은 바닥에 엎드려 서럽게 울었다.

"공주, 그만 진정하시오."

"언니, 제발 울지 말아요."

호문평과 이소민이 흐느끼는 이수민을 달랬다.

Chapter 8

그날 이수민은 꼬박 밤을 새웠다. 그녀는 밤새 고민하고 또 고민했다.

쥬신 제국의 복원세력 가운데 3분의 1은 이공보다 이수민을 더 따랐다. 그러니 이수민이 이공의 어명을 거역하더라도 당장 이공이 이수민에게 손을 쓰기는 어려울 것이다.

'하지만 진짜로 아바마마께서 나를 역적으로 지목하시면? 그럼 우리 조직은 둘로 나뉘어서 내전을 치를 수밖에 없잖아.'

외부에서는 오대군벌이라는 승냥이떼가 어슬렁거리는 판국이었다. 이 긴박한 상황에서 이수민이 내전을 촉발한다면, 그것은 진짜로 쥬신의 열성조에게 대역죄를 저지르는 셈이었다. 이수민은 차마 그런 결정을 내릴 수 없었다.

'그렇다고 린이를 아바마마께 보내? 그것은 곧 린이를 학송, 그 살모사 새끼에게 내주는 셈인데?'

이 또한 도저히 못 할 일이었다. 이수민은 절대로 딸을 학선생에게 내줄 수 없다고 생각했다.

복잡한 상황을 정리한 이는 다름 아닌 이린 본인이었다.

최근에 이린은 천공안에 문제가 생겨서 혼수상태를 헤맸다. 그러다 이틀 전에 겨우 정신을 차렸다.

이린은 몸이 회복되자마자 이수민을 찾아왔다.

"어머니, 저를 외할아버지께 보내주세요."

이린이 모친을 만나자마자 던진 첫 마디는 이것이었다.

이수민이 깜짝 놀랐다.

"린이야, 그게 무슨 소리니? 누가 네게 무슨 이야기를 한 거야? 엄마는 너를 절대 보내지 않아. 우리 딸을 절대로 안 보내."

이수민은 딸에게 달려가 딸의 손을 꼭 붙잡았다.

이린이 고개를 가로저었다.

"어머니, 아무도 저에게 이야기를 해주지 않았어요. 그런데도 눈앞에 저의 미래가 펼쳐졌어요. 그러니 저를 외할아버지께 보내주세요."

"뭣이? 미래가 보였다고? 천공안의 권능이 다시 회복되었다는 뜻이니?"

이수민이 반색했다.

이린은 서글픈 미소를 지었다.

"아니요. 천공안은 여전히 열지 못해요."

"그렇다면 조금 전에 네가 한 말은 뭐야? 미래를 보았다며?"

"맞아요. 천공안이 아닌 다른 방법으로 저의 미래를 살짝 엿보았어요. 그러니 걱정 마시고 저를 보내주세요."

이린의 표정은 당당했다.

이수민이 딸의 얼굴을 세심하게 살펴보았다.

아무리 보아도 이린이 거짓말을 하는 것 같지는 않았다. 그럼에도 이수민은 외동딸의 의견에 선뜻 동의하지 못했다.

"린이야, 그래도 그건……."

"보내주세요."

중간에 이린이 이수민의 말허리를 잘랐다.

딸의 단호함에 이수민의 마음이 흔들렸다. 이수민은 자신도 모르게 딸을 끌어안았다.

"린이야. 흐윽. 흐으윽."

"어머니. 아니, 엄마."

이린도 모친의 허리를 꼬옥 안았다. 그런 이린의 머리 위로 이수민이 흘린 눈물이 뚝뚝 떨어졌다.

이수민은 머리가 복잡한 터라 한 가지 중요한 점을 놓치고 있었다. 평소에 이린은 이공을 '폐하'라고 불렀다. 절대로 외할아버지라고 부르지 않았다.

이 중요한 변화를 이수민은 포착하지 못하였다.

이수민이 놓친 점은 그것만이 아니었다. 이린은 모친과 얼굴을 마주하는 동안에는 담담한 모습이었다. 그러나 일단 모친의 가슴에 얼굴을 파묻은 이후부터는 이린의 표정이 180도 달라졌다.

이린은 쏟아지는 눈물을 억지로 참으며 중얼거렸다.

'어머니, 어머니께서 저를 방콕으로 보낸다고 하더라도 저는 외할아버지께 가지 못할 거예요. 저는 이미 다른 사람에게 넘겨질 운명이에요. 제가 이 운명을 거스르려고 발버둥 쳐봤자 소용없어요. 어제 오후에 외할아버지가 어머니를 압박하였지요? 이미 그 순간에 그가 저의 위치를 파악했어요. 그가 이미 이곳을 알고 있다고요. 그러니까 제가 그에게 가야 해요. 제가 가지 않으면 모두가 다 위험해져요.'

이것이 이린의 솔직한 속마음이었다.

이린은 마음속으로 한 번 더 속삭였다.

'어머니, 지금으로부터 몇백 년 전에도 천공안을 가졌던 무녀가 있었어요. 그 무녀는 평생 어둠의 왕을 섬겼지요. 그런데 어둠의 왕께서 다시 이 땅에 재림하신 것 같아요. 그의 재림과 함께 제게도 변화가 생겼네요. 이제 천공안이 아닌 방법으로도 미래가 보여요. 또렷하지는 않지만 언뜻언뜻 보여요. 아무래도 수백 년 전의 무녀가 짊어져야 했던 업보가 되살아나서 제게 이어진 모양이에요. 하아아.'

이린은 한숨을 한 번 내쉰 다음, 모친의 귀에는 들리지 않는 속삭임을 이어갔다.

'어머니, 제가 어머니를 다시 볼 수 있을까요? 지금 어둠의 왕께 가버리면 저는 다시는 밝은 양지에는 나올 수 없을지도 몰라요.'

이린이 본 미래는 불명확했다.

가까운 미래에 이린은 모친의 곁을 떠나 어둠의 왕에게 걸어가고 있었다. 이린의 눈에는 근미래에 벌어질 일들이 영화처럼 들어왔다.

그 영상 속에서 어둠의 왕은 하늘부터 땅까지 뒤덮는 듯한 거대한 장막을 드리워 이린을 받아들였다.

영상은 거기서 끝났다.

그러니까 그 이후의 미래는 이린도 알 길이 없다는 뜻이었다.

'나는 앞으로 일평생 동안 어둠 속에서만 파묻혀 살아야 하는 것일까? 내 어머니는 쥬신 제국을 다시 일으켜 세우려는 꿈을 이룰 수 있을까?'

이린은 이런 질문들에 대한 답이 궁금했다.

안타깝게도 이것들은 하나도 보이지가 않았다. 대신 외할아버지의 운명은 이린의 눈에 들어왔다.

이린이 읽은 미래에서 외할아버지는 결코 황제의 모습이 아니었다. 그는 거지 중의 상거지 꼴이었다.

태자인 이택민의 미래도 밝지 않다. 이택민도 비루한

거지꼴을 면치 못했다.

'하긴, 어둠의 왕께서 이 땅에 다시 친림하셨다면 마땅히 옥좌는 그분께 돌아가겠지. 그분이야말로 쥬신 제국의 오롯한 주인일 테니까. 하아.'

이린은 무거운 가슴을 겨우 다잡았다.

Chapter 9

다음 날 오전.

이린은 방콕행 비행기에 탑승했다. 이린을 섬기는 주술사 노파들 가운데 몇 명이 이린과 동행했다.

이수민과 호문평은 딸을 공항까지 배웅하지도 못하였다. 이것은 이모인 이소민도 마찬가지였다. 3명 모두 은신처에 그냥 남아 있었다.

이린의 적극적인 반대 때문이었다.

"저는 괜찮지만 세 분이 위험에 처할 수 있어요. 게다가 세 분이 공항으로 나오면 저까지도 위험에 휘말릴 거예요. 부디 제 말을 믿어주세요."

이린은 미래를 읽는 권능자였다. 그런 이린이 이렇게까지 말하니 이수민의 입장에서는 딸의 의견을 무시할 수 없었다. 호문평과 이소민도 공항이 아닌 은신처에서 이린과 미리 작별 인사를 나눴다.

호문평은 딸을 위해서 부하 한 명을 운전기사로 붙여주었다.

이린이 출국장으로 들어가자 호문평의 부하가 그 모습을 핸드폰으로 찍어서 호문평에게 전송했다.

호문평은 다시 그 영상을 이공에게 보냈다.

이공이 흐뭇하게 수염을 쓸어내렸다.

"으허허, 되었구나. 이제 되었어. 수민이 녀석이 고집을 부려서 린이를 보내지 않으면 어쩌나 마음을 졸였는데, 이제 한 시름 놓았다. 으허허허."

이공의 입안에는 어느새 군침이 한가득 고였다.

"린이의 존재 자체가 곧 열성조의 보우하심을 증명하는 증거가 아니겠는가. 그러니까 린이만 있으면 학선생이 패황의 후계자를 설득할 수 있을 게야. 암, 그렇고말고."

이공의 생각에 패황의 후계자는 쥬신 제국에 대한 애정이 남다를 것 같았다.

"그렇게 쥬신 제국을 아끼는 사람이라면 마땅히 열성조의 뜻을 받들겠지. 그는 분명히 내가 세운 조직에 가입할 게야. 그리고 조직의 위계질서를 위해서 기꺼이 빛의 수호룡을 우리 태자에게 넘겨줄 테고. 으허허허허. 그리만 된다면 태자는 천군만마를 얻은 셈이 아닌가. 으허허허."

이공은 헛된 꿈에 부풀어 너털웃음을 터뜨렸다.

꿈에 부푼 사람은 비단 이공만이 아니었다. 학선생도 이 기쁜 소식을 듣고는 주먹을 불끈 움켜쥐었다.

"아싸! 이제 되었다. 이로써 20년 전의 과거는 묻힌 일이 되어버렸어. 흐흐흐. 천공안이 내 손에 들어왔으니 과거를 들출 사람은 없어졌지. 크흐흐흐."

학선생은 음흉하게 웃다가 갑자기 입맛을 다셨다. 한 시름 덜고 나자 학선생의 마음속 깊은 곳에서 엉뚱한 욕구가 솟구쳐 올라왔다.

원래 학선생은 쥬신 황실의 여인들에 대한 집착이 심했다. 20년 전 학선생이 죄악을 저지른 이유도 따지고 보면 이채민에 대한 삐뚤어진 욕망 때문이 아니던가. 그런데 이제 이린이 손아귀에 들어온다고 생각하자 학선생은 갑자기 음욕이 돋았다.

"으흐흐. 이린 마마. 이제부터 소신만 믿으시죠. 소신이 마마를 잘 돌봐드리겠습니다. 이것저것 가르쳐드리기도 하고요. 으흐흐흐흐."

거울에 비친 학선생의 얼굴은 악마처럼 기괴하게 일그러졌다.

같은 시각.

주작대주는 이탄에게 보고서를 작성해서 올렸다. 보고서 첫 페이지에는 다음과 같은 내용들이 요약되었다.

첫째, 이공과 학선생의 방콕 현장 동향.

둘째, 인도 남부 고원지대의 동향.

셋째, 방콕과 인도 사이에 오간 메시지들.

넷째, 메시지에서 언급된 소녀의 움직임.

다섯째, 공항에 예약된 비행기표의 행선지.

주작대주는 이런 내용들을 이탄에게 보고했다. 보고서는 상당히 밀도가 높았으나, 한계도 명확했다.

예를 들어서 주작대주는 오늘 방콕으로 출국하는 소녀의 정체에 대해서는 아직까지 파악하지 못했다. 다만 주작대주는 "그 소녀가 쥬신 잔당들에게 무척 중요한 인물인 것 같습니다."라는 추측을 덧붙였다.

반면 이탄은 주작대주의 보고를 듣자마자 곧바로 소녀의 정체를 눈치챘다. 이탄이 무릎을 쳤다.

"드디어 찾았구나!"

이탄은 보고서에 등장한 소녀가 천공안의 주인임에 틀림 없다고 판단했다.

솔직히 이탄은 화염의 여제 이채민을 붙잡은 이후로는 쥬신의 잔당들에 대한 흥미를 상당히 잃은 상태였다.

'남은 잔당들쯤이야 언제든지 마음만 먹으면 치워버릴 수 있지.'

이런 자신감이 이탄의 흥미를 감소시켰다.

하지만 천공안에 대한 이탄의 관심도는 여전히 높았다. 쥬신의 잔당들이야 더 이상 별 볼 일 없지만, 천공안의 주인은 가치가 남달랐다.

'그렇기는 하다만, 미래를 읽는 자를 붙잡기란 생각보다 쉽지 않을 거야. 그자는 상대는 미래를 알고 있기에 절대 붙잡히지 않을 경로로만 도망 다니거든.'

이탄은 천공안의 주인을 찾는데 시간이 좀 걸릴 것이라 여겼다.

한데 이탄의 예상보다 훨씬 더 빠른 시기에 천공안의 주인이 행적을 드러낸 듯했다.

"이거 혹시?"

순간, 이탄의 머릿속에는 한 가지 가능성이 떠올랐다.

이탄은 이것이 일종의 신호일지도 모른다고 판단했다. 천공안의 주인이 간씨 세가에 보내는 신호.

이탄은 주먹을 불끈 쥐었다.

'천공안의 주인이여, 네가 나에게 신호를 보낸 것이라면 좋다. 내 기꺼이 너를 이곳으로 데려와 주마.'

이탄이 손가락을 까딱였다.

"의장님, 시키실 일이 있으십니까?"

주작대주가 이탄에게 가까이 다가와 귀를 가져다 대었다.

이탄은 주작대주에게 한 가지 명령을 내렸다.

"보고서 속의 소녀 말이야, 당장 내 앞에 데려와야겠다."

"예, 의장님. 방콕 공항에 대원들을 배치한 다음, 비행기가 도착하면 곧바로 그녀를 붙잡아서 압송하겠습니다."

주작대주는 이렇게 대답했다.

이탄이 검지를 좌우로 까딱였다.

"그건 너무 늦어."

"하오시면?"

"그 소녀가 탄 비행기가 아직 하늘에 떠 있다지? 비행기째 이리로 가져와라."

이탄은 과감하게도 비행기를 통째로 납치하라는 명령을 내렸다. 이탄은 비행기에 탑승하고 있는 다른 승객들의 입장은 전혀 고려하지 않았다.

하긴, 이곳 아시아에서 이탄이 저지르지 못할 일은 없었다. 당장 주작대주만 하더라도 이탄의 황당한 명령을 일말의 망설임도 없이 받아들였다.

"알겠습니다. 의장님의 말씀대로 이루어질 것입니다."

주작대주가 이탄 앞에 허리를 직각으로 숙였다. 이탄의
권력이 어느 정도인지 짐작케 만드는 행동이었다.

Chapter 10

11월 26일 오전.

흑해 인근에 위치한 코로니 군벌의 기지 상공에 커다란
생명체가 등장했다. 네 쌍의 날개를 펄럭이며 모습을 드러
낸 존재는 다름 아닌 빛의 수호룡이었다.

[크루라라라랏—.]

빛의 수호룡은 하늘 높은 곳에서 빛의 사슬을 마구 쏘아
코로니의 기지를 폭격했다. 하늘에서 쏟아지는 빛의 사슬
은 그야말로 소낙비 같았다. 무차별 폭격에 코로니 기지가
궤멸적인 타격을 받았다.

일부 병사들이 하늘을 향해서 기관총을 쏘았다. 기지를
엄호하는 방공포도 펑펑펑 대응사격을 퍼부었다.

빛의 수호룡에게는 가소로울 뿐이었다.

[크랏. 쿳쿳쿳.]

수호룡은 비웃듯이 공격에 공격을 더했다.

불과 30분도 지나기 전에 코로니 기지 전체가 초토화되

었다. 당연히 생존자는 거의 찾아보기 힘들었다.

　불과 몇 시간 뒤인 11월 26일 오후.

　남미 상파울루 시의 상공에서 빛의 수호룡이 모습을 드러내었다. 수호룡의 뿔 사이로 빛의 입자가 미친 듯이 응집되었다. 빛의 수호룡은 응집된 에너지를 모아서 구름 아래로 내리꽂았다.

　쿠쿵!

　구름을 뚫고 굵직한 빛의 기둥이 작열했다. 눈을 뜰 수 없는 광휘에 이어서 어마어마한 열기가 주변으로 퍼져나갔다.

　빛의 기둥에 가격을 당한 곳을 중심으로 무지막지한 연쇄폭발이 이어졌다. 이 한 방으로 가라폴로 가문의 공습여단 하나가 증발했다.

　원래 가라폴로 가문은 공습과 폭격에 특화된 곳이었다. 에디아니 군벌을 구성하는 3개의 가문 가운데 가라폴로의 공습여단은 늘 전쟁 초기에 적진을 초토화시키는 임무를 도맡았다. 최근에 에디아니 군벌이 하와이의 쥬신 잔당들을 공격할 때도 가라폴로의 공습여단이 맨 먼저 개전 나팔을 불었다.

　그런데 앞으로 당분간은 가라폴로의 무차별 선제폭격이

불가능해졌다. 빛의 수호룡이 구름 위에서 떨어뜨린 묵직한 한 방 탓이었다.

아니, 조금 더 정확히 말하자면 빛의 수호룡의 공격이 떨어진 장소가 문제였다. 가라폴로의 공습여단에는 각종 미사일과 포탄들이 산더미처럼 적재되어 있던 터, 그런데 빛의 수호룡은 어떻게 그 정보를 알았는지 취약지점을 정확하게 노려서 때렸다.

당연히 가라폴로 가문이 쌓아놓은 엄청난 수량의 포탄들이 연쇄폭발을 일으켰고, 그 바람에 공습여단 전체가 싹 다 날아가 버렸다.

가라폴로 가문이 설치한 방어마법진과 연쇄폭발을 막기 위한 방지마법진 등은 단 한 개도 정상적으로 동작하지 않았다.

이건 참으로 이해할 수 없는 일이었다.

여하튼 간에 오늘 가라폴로 가문이 입은 타격은 꽤나 뼈아팠다.

[크롸핫핫핫.]

그 모습을 내려다보면서 빛의 수호룡은 호탕하게 웃어젖혔다.

'뭐해?'

수호룡의 뇌리에 이탄의 뇌파가 울렸다.

[네?]

빛의 수호룡이 움찔했다.

'네가 한 일도 아니면서 왜 그렇게 목에 힘을 주는 건데?'

이탄이 빛의 수호룡에게 핀잔을 주었다.

이탄의 말은 사실이었다. 조금 전 빛의 기둥을 내리찍어 가라폴로 가문의 공습여단을 폭격한 것은 분명 빛의 수호룡이 한 일이었다.

하지만 공습여단이 보유 중인 포탄과 미사일들이 연쇄적으로 폭발하도록 만든 이는 분명 이탄이었다.

조금 전 이탄은 빛의 기둥이 떨어지는 바로 그 위치에 포탄과 미사일을 옮겨놓았다. 공간의 권능을 사용해서 말이다. 그러니까 이번 성과의 주역은 빛의 수호룡이라기보다는 이탄인 셈이었다.

그렇다고 해서 수호룡의 역할이 전혀 없지는 않았다. 빛의 수호룡은 이탄 몰래 입을 삐쭉거려 억울한 심정을 드러내었다.

이탄이 수호룡의 불만을 다독여주었다.

'그래. 너도 나름 밥값은 했다. 인정하마.'

[그게 정말이십니까?]

이탄의 칭찬 한마디에 수호룡의 태도가 돌변했다. 빛의 수호룡은 언제 삐쭉거렸냐는 듯이 헤프게 웃었다.

'인정한다니까. 그러니 어서 돌아와.'

이탄은 빛의 수호룡을 위해서 공간의 권능을 발휘했다.

빛의 수호룡은 구름 위를 유유히 선회한 다음, 이탄의 권능을 빌어서 단숨에 간씨 세가로 돌아왔다.

제5화
천공안

Chapter 1

"패황의 후계자가 등장했다."

이 한 마디에 세상이 발칵 뒤집혔다.

패황의 후계자로 짐작되는 인물은 중앙아프리카에서 처음 모습을 드러내었다. 그로 인해서 카르발 군벌이 운영하는 목화밭이 잿더미가 되었다. 카르발 군벌은 말도 못 하게 심각한 피해를 입었다.

단지 시설이 파괴되고 병력이 손실을 본 것이 문제가 아니었다. 군주인 콜링바가 적에게 포로로 잡혀간 게 치명타였다.

이 탓에 카르발 군벌은 정확한 피해 규모를 밝히지 못하고 전전긍긍했다.

세상은 카르발 군벌의 어정쩡한 모습을 보고는 그들이 무척 심각한 피해를 입은 모양이라고 수군거렸다.

카르발의 피해는 시작에 불과했다. 아프리카에서 터진 충격이 채 가시기도 전, 연이은 속보가 뉴스를 뜨겁게 달구었다.

— 흑해 인군의 코로니 핵심기지 궤멸.
— 남미 상파울루 시 외곽에 위치한 가라폴로 공습여단 증발.

이상 두 가지 뉴스가 신문의 헤드라인을 장식했다. 잇달아 터진 소식에 세상이 다시 한번 발칵 뒤집혔다.

이번 뉴스의 파급력은 화염의 여제가 처음 언론에 등장했을 때보다 더 컸다. 세계 각지의 유수의 언론들이 연일 이 이야기를 다뤘다.

예를 들어서 미주의 한 언론사.

"최근 오대군벌은 세계 각지에 퍼져 있는 쥬신의 잔당들을 급습하여 소기의 성과를 거둔 바 있는 데요, 이번 반격으로 인하여 오대군벌이 당면한 심리적 압박이 무척 클 것 같습니다. 결과적으로는 오대군벌과 쥬신의 잔당들이 서로

한 방씩 주고받은 셈입니다. 그렇다면 과연 오대군벌의 다음 수는 무엇이 될지 궁금하지 않을 수 없습니다. 이상 시카고에서 비엔엔(BNN) 뉴스 제임스 코른이었습니다."

이어서 유럽의 언론사.

"시청자 여러분, 저는 지금 빅토리아 궁 앞에 나와 있습니다. 어제 전격적으로 감행된 쥬신 잔당들의 테러로 인하여 오늘 하루 종일 빅토리아 궁은 시끄러웠습니다. 발렌시드 군벌의 원로기사들이 연이어 궁에 입궐하였고, 오늘 하루 종일 대책회의가 개최된 것으로 알려졌습니다. 한편 빅토리아 궁의 대변인은 잠시 후 9시 정각에 이번 테러 사태에 대한 성명서를 발표한다고……."

아프리카, 시베리아, 미주, 유럽, 아시아, 이 모든 지역들에서 뉴스가 쏟아졌다. 전문가들의 분석도 뒤따랐다.

언론이 마구 입방아를 찧는 동안 오대군벌은 오대군벌대로 무척 시끄러웠다.

각 군벌의 수뇌부들은 한자리에 모여서 대책회의를 한답시고 한참을 떠든 다음, 결국 이탄에게 손을 내미는 것으로 마무리를 지었다.

"쥬신의 잔당들이 지하에서 음모를 꾸미고 있음을 세상에 처음 알린 영웅이 바로 대지의 소서러가 아니겠소. 그러니 이번에도 애를 써주시오."

각 군벌은 이탄과 영상통화를 하면서 이런 멘트를 날렸다. 다들 약속이라도 한 듯이 같은 이야기를 했다.

이탄은 나름 정중하게 각 군벌의 요청을 받아들였다. 그러면서 이탄의 영향력은 자연스럽게 전 세계 모든 군벌로 확대되었다.

이는 이탄의 계획이 통했다는 의미였다.

"일단 낚시는 성공이로구나."

이탄은 은은한 달빛이 내리쬐는 정원을 뒷짐을 지고 거닐면서 은은하게 미소를 흘렸다. 이탄의 눈앞에는 떡밥을 물었다가 낚싯바늘에 걸려 퍼덕거리는 타 군벌과 쥬신의 잔당들의 모습이 생생하게 보이는 듯했다.

기아아앙—, 투웅.

이린을 태운 비행기가 간씨 세가의 전용 공항에 안착했다. 비행기 주변에는 간씨 세가의 전투기 편대가 포위하듯 둘러싸고 있었다.

철컹 소리와 함께 비행기의 문이 열렸다.

활주로에서 대기 중이던 주작대원들이 비행기 안에 우르르 올라탔다. 주작대원들은 우선 탑승객들에게 양해를 구했다.

"승객 여러분께 불편을 끼쳐드려 죄송합니다."

"긴급한 일이 벌어졌으니 다들 양해해주기 바랍니다."

말로는 죄송하다고 하면서도 주작대원들의 표정은 전혀 미안하다는 기색이 없었다. 심지어 대원들의 태도는 고압적이기까지 했다.

'역시 비행기를 납치한 것은 간씨 세가의 짓이로구나.'

'대체 무슨 일이 터진 거지?'

탑승객들은 주작대원들이 입고 있는 주홍빛 복장과 허리에 찬 검, 그리고 간씨 세가의 배지를 알아보고는 고개를 살짝 숙였다.

다들 겁에 질려서 대원들과 눈도 마주치지 못했다.

놀란 것은 승무원들도 마찬가지였다. 승무원들은 한쪽에 모여서 오들오들 떨었다.

다행히 주작대원들은 비행기에서 그리 오래 머물지 않았다. 주작대원 가운데 한 명이 이린 앞에서 걸음을 멈추더니 조용히 동행을 권했다.

"같이 좀 가주실까요?"

"……."

이린은 말없이 자리에서 일어났다.

'헉?'

'마마!'

이린의 옆과 뒤에 타고 있던 주슬사 노피들이 휘둥그 늘랐다.

지금으로부터 몇 시간 전, 노파들은 갑자기 비행기가 엉뚱한 방향으로 기수를 틀자 기겁을 했다. 비행기 창문 옆에는 간씨 세가의 전투기들이 보였다.

노파들은 가슴이 철렁했다.

이곳은 비행기 안이기에 어디로 도망칠 수도 없었다. 이수민이나 이공에게 연락하는 것도 당연히 불가능했다. 주술사 노파들은 그저 간씨 세가의 목표가 이린이 아니기를 기도할 뿐이었다.

그 기도가 무참히 깨졌다. 주작대원들은 정확히 이린을 찾아내었다.

'안 돼. 이린 마마.'

'흐흐흑, 마마. 이 일을 어쩌면 좋사옵니까.'

주술사 노파들은 절망감에 두 눈을 질끈 감았다.

다행인지 불행인지 주작대원들은 노파들까지 체포하지는 않았다. 이린도 일부러 노파들에게 아무런 아는 척을 하지 않았다.

주술사 노파들은 주작대원들이 이린을 끌고 가는 것을 보면서도 전혀 손을 쓸 수가 없었다. 노파들은 이린을 도와서 천공안을 열 수는 있으나, 치고받고 싸우는 전투력은 0에 가까웠다.

주술사 노파들이 비행기 창문 너머로 무기력하게 지켜보는 가운데 주작대원들은 이린을 군용 지프차에 태워서 공항을 벗어났다.

그러자 기장이 다시 기내방송을 했다.

"승객 여러분, 기장입니다. 다들 우려가 크셨을 것으로 압니다. 하지만 이제 골치 아픈 일은 해결이 되었고, 저희 비행기는 다시 이륙하여 목적지인 방콕으로 향할 것입니다. 비행에 불편을 끼쳐드린 점, 진심으로 사과드립니다. 오늘도 저희 방콕항공을 이용해주셔서 감사합니다."

이 말을 끝으로 비행기가 다시 활주로 위를 움직였다. 비행기를 포위하고 있던 전투기 편대는 어느새 하늘 저 높이 멀어졌다.

Chapter 2

주작대원들이 이린을 이탄 앞으로 끌고 왔다.

좀 더 정확히 표현하자면, 주작대원들은 이린을 끌고 온 것이 아니라 곱게 모셔왔다.

간철호(이탄)를 만나기 전, 이린의 심장은 터질 듯이 뛰었다. 이린의 뇌리에는 간철호를 만난 이후의 일들이 전혀 그려지지 않았다.

'으으읏.'

이린은 가늘게 손을 떨었다.

이린은 간철호에게 약한 모습을 보이고 싶지 않아 주먹을 꼭 움켜쥐었다. 덕분에 떨림은 약간 멈추었다. 대신 이린의 손바닥이 축축해졌다. 이런 긴장은 이린이 이탄을 만나기 직전까지 계속되었다.

한데 막상 이린이 이탄을 만난 순간, 긴장감은 싹 사라졌다. 대신 상상도 하지 못했던 일이 벌어졌다.

후웅! 후웅!

이탄을 접한 순간, 이린의 두 눈이 새하얗게 백열되었다. 오래 켜놓은 전구처럼 달궈진 이린의 눈알이 뽑히듯이 튀어나와 이탄에게 쏘아졌다.

"안 돼!"

"의장님, 위험하십니다."

주작대원들이 깜짝 놀라 이탄의 앞을 가로막으려고 들었다.

그보다 한발 앞서 이린에게서 쏘아진 백금색의 광채가 이탄의 눈으로 파고들었다. 이건 마치 이린의 두 눈이 저절로 뽑혀 나와 이탄의 눈에 틀어박힌 듯한 현상이었다.

이탄은 충분히 그 빛을 막을 수 있었으나, 그러지 않았다. 이탄은 자신의 동공을 향해서 날아드는 두 줄기의 빛을 거부하지 않고 받아들였다.

뭐라고 설명할 수 없는 예감 때문이었다.

저 빛을 거부하면 안 된다는 예감.

이유를 설명할 수는 없지만 이탄은 문득 이런 예감이 들었다. 그래서 이린의 눈에서 쏘아진 백금색의 광채가 자신의 동공으로 파고들도록 그냥 허용했다.

'큭.'

이탄의 눈 부위에서 화끈한 작열감이 전해졌다. 이탄은 부지깽이로 눈알을 쑤신 듯한 느낌에 몸서리를 쳤다.

"앗! 의장님."

주작대원들이 한 번 더 비명을 질렀다.

대원들 가운데 절반은 이탄을 향해서 우르르 달려왔다. 나머지 절반은 이린을 제압하기 위해서 달려들었다.

이탄이 손바닥을 들었다.

"모두 멈춰라. 나는 괜찮다."

"의장님, 진짜로 괜찮으십니까?"

주작대원들이 미심쩍은 듯 여쭸다.

이탄은 손바닥을 휘휘 저었다.

"괜찮다니까. 다들 물러나라."

"하오나……."

"어허! 어서 물러나라니까."

이탄의 태도는 완강했다.

"알겠습니다, 의장님."

"의장님의 명을 따르겠습니다."

주작대원들은 이탄의 추상과도 같은 명령을 거역하지 못하고 방에서 물러났다. 그러면서도 주작대원들은 이탄이 혹시라도 마인드 컨트롤(Mind Control)과 같은 정신계 마법에 당했을까 봐 걱정하는 눈치였다.

"문을 닫아."

이탄이 신경질적으로 소리를 질렀다.

"예, 의장님."

시녀들이 이탄의 방문을 꽉 닫았다.

밀폐된 방 안에서 이탄은 손바닥으로 자신의 눈을 쓰다듬었다.

쩌적! 쩌적! 쩌저저적!

이탄의 망막 안쪽에서 백금색의 스파크가 마구 뛰놀았다. 이탄은 앞이 하나도 보이지 않았다.

이탄은 몇 번이고 눈을 감았다가 다시 떴다. 그렇게 눈을 깜빡거리는 동안 이탄의 뇌에는 하나의 영상이 펼쳐졌다.

그것은 눈이었다.

마치 태양처럼 하늘 높은 곳에 고고히 떠서 지상을 굽어

보는 백금색의 눈.

하지만 그 눈이 보고 있는 것은 지상의 미개한 생명체들이 아니었다. 구름 아래 드넓게 펼쳐진 산과 들, 강과 바다도 아니었다.

백금색의 눈이 보고 있는 것은 미래의 풍경이었다.

가까운 미래.

조금 떨어진 미래.

아주 먼 미래…….

그렇다. 지금 이탄이 보고 있는 영상은 천공안이었다. 하늘 높이 떠오른 백금색의 눈은 다름 아닌 이린의 천공안이었다.

이탄이 이린을 접한 순간, 거짓말처럼 천공안의 권능이 이린의 몸에서 뽑혀 나와 이탄에게로 옮겨왔다.

"아아아아아."

천공안의 권능을 빼앗긴 이린은 바람에 휘날리는 갈대처럼 휘청거리다가 옆으로 쓰러졌다. 이린은 까무룩 정신을 잃었다.

이탄도 정신이 쏙 빠지기는 마찬가지였다. 천공안이 보여주는 미래의 장면들이 이탄의 뇌리에 연속적으로 파고들었다. 이탄의 뇌 속에서 미래와 현실이 하나로 뒤섞였다.

이탄은 강한 어지럼증을 느껴야만 했다. 어지럼증에 이

어서 머리를 쪼개는 듯한 두통도 이어졌다. 이탄의 두 눈은 화끈하게 달아올랐다.

"으윽. 크으윽."

이탄은 자신도 모르게 잇새로 신음을 흘렸다.

치열한 고통 속에서도 이탄은 어떻게든 천공안의 권능을 밀쳐내지 않으려고 애썼다. 이탄은 태양처럼 뜨거운 천공안을 받아들이고 또 포용했다.

이탄이 천공안의 권능을 탐내서 포용한 게 아니었다. 딱히 이유를 설명할 수는 없었으나 이탄은 천공안의 권능을 놓치면 안 될 것 같다는 예감을 받았다.

'이건 내 거야. 원래 내 것이었어.'

이탄의 뇌리에는 문득 이런 생각이 떠올랐다.

근거가 전혀 없는 생각은 아니었다.

이탄은 왠지 모르게 천공안이 익숙했다.

마치 오랫동안 잃어버렸던 옛 일기장을 되찾은 기분이라고나 할까? 아니면 오래 전에 잘려 나갔던 손가락 하나를 다시 발견해낸 기분이라고나 할까?

이탄은 강한 두통에 시달리는 와중에도 천공안을 꽉 붙들었다.

Chapter 3

시간이 훅 지나갔다.

먼저 정신을 차린 쪽은 이탄이었다.

"으으음."

이탄은 손으로 얼굴을 쓸어내렸다.

평소 무저갱처럼 어둡게 침잠되어 있던 이탄의 눈동자가 은은한 백금색의 광채를 머금었다. 그 백금색 속에서 붉은 기운과 회색 기운들, 그리고 물빛 기운들이 얼핏얼핏 드러났다. 붉은 기운은 적양갑주의 힘이고, 회색 기운은 만자비문의 권능, 그리고 물빛 기운은 언령의 힘이었다.

3개의 서로 다른 기운은 바람개비처럼 나선형으로 감기면서 가까이 붙었다.

다시 그 주변을 백금색 광채가 감쌌다.

백금색 광채 밖에는 무저갱처럼 깊은 어둠이 자리했다.

이탄의 동공 속에서 복잡한 변화가 발생하는 동안, 이린도 서서히 깨어났다.

이린은 낯선 사람에게 천공안의 권능을 빼앗겼다. 그런데 의외로 이린의 마음은 홀가분했다.

'그건 원래 내 것이 아니었어.'

이린은 날아갈 듯한 상쾌함을 느끼며 길게 기지개를 켰

다. 마치 감당할 수도 없는 멍에를 짊어지고 있다가 벗어던진 기분이라고나 할까.

이린이 천공안을 잃어버렸다고 해서 미래를 볼 수 없는 것은 아니었다. 이린은 천공안에 의존하지 않고서도 미래를 충분히 읽어내었다.

이게 원래 이린의 능력이었다. 이린은 태어날 때부터 이미 미래를 읽는 능력을 지녔다.

이린의 천부적인 특성 때문에 천공안이 스스로 이린을 선택했다. 천공안은 자신을 담을 그릇으로 이린을 택한 다음, 지금까지 이린의 눈 속에 머물렀다. 이린은 천공안에만 의존하느라 자신이 가지고 있던 본래 능력은 한 번도 개발하지 못했다.

그러다 최근, 이린은 불현듯 자신의 본래 능력을 깨달았다. 천공안에 의존하지 않고서도 미래를 읽을 수 있는 능력.

천공안은 본디 이린의 것이 아닌지라 그녀가 천공안의 권능을 빌려서 사용할 때마다 그녀의 몸에 큰 부담이 가해졌다.

거기에 비해서 이린의 본래 능력은 무척 가벼웠다. 이 능력은 아무리 사용해도 이린에게 전혀 부담이 없었다.

이것은 마치 체력이 약한 검수가 감당도 하지 못할 만큼 무거운 풀플레이트 갑옷을 입고 낑낑거리다, 드디어 그 짐을 벗어던지고 자신에게 꼭 맞는 가죽 갑옷으로 갈아입은 듯한 느낌이었다.

물론 이린의 능력을 천공안과 비교할 수는 없었다.

지금 이린은 오로지 자신과 관련된 미래만 단편적으로 볼 수 있었다. 다른 사람의 미래를 보는 것은 어림도 없었다.

게다가 이린은 자신의 미래도 먼 훗날까지 보지는 못했다.

거기에 비해서 천공안은 세상 모든 일들을 다 들여다볼 수 있었다. 천공안은 먼 미래까지도 거침없이 읽어내는 신의 권능이었다.

'아무리 막강한 권능이라고 할지라도 우선은 내 몸에 맞아야지. 과욕을 부리면 불행해져. 후우우.'

이린은 숨을 깊게 내쉬어 천공안에 대한 아쉬움을 날려버렸다.

그러자 꽉 막혔던 것이 갑자기 뻥 뚫린 기분이 들었다. 몸과 마음이 솜털처럼 가벼워지는 느낌도 받았다. 이린의 표정이 저절로 밝아졌다.

이탄은 그런 이린을 묘한 눈으로 살펴보았다.

따지고 보면 이탄과 이린은 사촌이었다. 나이는 이린이

이탄보다 한 살 더 많았다.

물론 육체적으로 둘이 사촌 간인 것은 아니었다. 이탄의 본래 몸뚱어리는 이미 재가 되었고, 오직 영혼만 남아서 간철호의 신체를 차지했으니까 말이다.

이린은 비록 미래를 읽는 능력이 있었으나, 이탄의 분혼이 간철호의 몸을 차지했다는 사실까지 읽어내지는 못하였다.

그래도 이린은 간철호를 두려워하지 않았다.

'이 사람은 나를 해치지 않아. 이 사람은 내 몸을 욕심내거나, 나를 고문하여 쥬신 복원 세력에 대한 정보를 캐내려 들지도 않아. 이 사람은 그저 나를 자유롭게 내버려 둘 뿐. 그는 나에게 은근히 호의적이네? 호홋.'

이린은 신기한 듯 이탄을 올려다보았다.

미래에 일어날 일들을 확인하고 나니 간철호의 대한 두려움도 싹 사라졌다. 대신 이린의 마음속에는 간철호에 대한 호기심이 차올랐다.

이탄도 이린의 심경 변화를 읽었다. 동시에 이탄은 천공안과 이린과의 관계도 본능적으로 알아차렸다.

'이린은 천공안이 없어도 여전히 미래를 읽을 수 있구나. 원래부터 그녀는 미래를 읽는 능력을 타고난 거야. 하긴, 그러니까 천공안이 이린을 택했겠지.'

이탄은 고개를 주억거린 다음, 이린에게 자리를 권했다.

"그쪽에 앉거라."

영혼 상으로는 이린이 이탄의 사촌누나지만, 이탄은 그런 대접까지 해주지는 않았다.

"네."

이린은 순순히 이탄이 가리킨 자리에 앉았다.

이탄도 탁자 하나를 사이에 두고 이린과 마주 앉은 다음, 문 밖의 시녀들을 불렀다.

"거기 누구 없느냐?"

"찾아계십니까?"

미닫이문이 소리 없이 열렸다.

Chapter 4

곱게 단장한 이서현이 나타나 이탄에게 머리를 조아렸다. 짧은 순간, 이서현의 눈은 이린의 뒷모습을 빠르게 훑고 지나갔다.

이탄은 그 찰나의 행동을 놓치지 않았다. 하지만 짐짓 모르는 척하면서 이서현에게 심부름을 시켰다.

"차를 두 잔 내오너라."

"예, 의장님."

이서현의 대답과 함께 문이 다시 닫혔다.

문 밖에서 대기 중이던 주작대원들은 이탄의 담담한 모습을 확인하고는 그제야 안심한 표정들이었다.

잠시 후, 이서현이 국화차 두 잔을 내왔다. 그윽한 차향이 모락모락 피어오르는 수증기를 타고 방안에 퍼졌다.

이서현은 탁자 위에 찻잔을 내려놓으면서 이린을 힐끗 살폈다.

이탄은 이번에도 모르는 척 넘어갔다.

이서현이 뒷걸음질로 물러났다.

이탄은 그제야 이린과 대화를 시작했다.

"천공안으로 이미 보았는지 모르겠구나. 너의 이모가 여기에 머물고 있는데."

이탄은 대수롭지 않은 어투로 화염의 여제 이채민을 입에 담았다.

"채민 이모가 이곳에 있다고요?"

이린의 동공이 살짝 커졌다. 지금 이탄이 해준 이야기는 천공안으로도 보지 못했던 부분이었다.

이탄이 고개를 주억거렸다.

"그래. 이곳 별당에 머물고 있다."

"감옥이 아니라 별당이라고요? 이모를 가둬둔 것 아니었나요?"

이린은 믿기지 않는다는 표정으로 되물었다.

이탄이 입꼬리를 비스듬히 비틀었다.

"훗! 지금까지 내가 만났던 쥬신의 잔당들은 대부분 피해의식에 갇혀있더군. 또한 그들은 오대군벌 사람들을 쓰레기로 보고 있어. 사실은 자신들이 더 쓰레기 같은 행동들을 하면서 말이야."

"에이, 그건 아니죠.

이린은 자신도 모르게 발끈했다.

그러다 이린은 지금 자신이 포로로 붙잡힌 상태라는 점을 깨닫고는 손으로 자신의 입가를 틀어막으며 "앗!" 소리를 내었다.

이탄이 피식 웃었다.

"아니라고? 맞던데. 내가 지금까지 쥬신 잔당들의 아지트를 몇 번이고 허물어뜨리면서 깨달은 사실인데, 너희들은 인체개조 실험을 무척 많이 하더라. 거미를 닮은 괴인들도 만들고, 늑대인간 비슷한 개체도 보았고. 그런데 그 실험체들 중에는 나이가 어린 미성년자들도 수두룩하더라고."

"으윽, 그것은……."

이린은 말문이 막혔다.

이탄의 말은 대부분 사실이었다. 비록 이린이 인체개조 실험에 직접 참여한 적은 없지만, 그녀는 그동안 천공안을 통해서 많은 것들을 보고 들었다. 이 가운데는 타이베이의 인체개조 실험실과 서로군의 늪(거미 인간)도 포함되었다.

이린의 얼굴이 갑자기 벌게졌다.

이탄이 말을 이었다.

"그래도 아직 순수하네. 부끄러운 일을 부끄러워할 줄도 알고."

"흥! 그러는 간씨 가문은 어떻죠? 간씨 가문도 인체병기에 대한 연구를 하고 있잖아요. 전쟁을 통해서 인명을 살상하는 일에도 거리낌이 없고요."

이린이 또 한 번 발끈했다.

이탄은 순순히 수긍했다.

"맞아. 간씨 세가도 쓰레기지."

"네? 뭐라고요?"

의외의 대답에 이린이 눈을 동그랗게 떴다.

이탄은 시니컬하게 뇌까렸다.

"간씨 세가도 쓰레기라고. 이곳에서는 어린아이를 노예로 사들여서 온갖 실험을 하거나 훈련에 투입하고 있다. 그러다 실험체들의 신체 일부를 썽둥 잘라서 흑마법 실험도 하지."

"윽."

이탄이 대뜸 수긍을 하자 이린은 오히려 말문이 막혔다.

이탄은 그런 이린의 눈을 빤히 들여다보았다.

"그런데 그거 아나? 간씨 세가를 비롯한 다른 군벌들이 인체개조나 흑마법을 어디서 전수받았을까? 바로 너희들 쥬신 황실로부터 배운 수법들이잖아."

"으윽."

이린은 얼굴이 홍시처럼 빨개졌다. 이탄의 말이 사실이었기 때문이다.

이탄은 손을 휘휘 저었다.

"뭐, 내가 지금 쥬신 제국과 오대군벌 중에 누가 더 나쁜 놈인지 따지자는 것은 아니야. 누가 더 나쁘건 착하건 무슨 상관이겠어? 누가 더 강한지가 중요하지."

"……."

이린은 침묵했고, 이탄은 말을 계속했다.

"어차피 세상에 착한 강자는 없어. 착한 약자도 없지. 일부 착한 척하고 싶은 강자들은 일정한 선을 정해두고 그 선을 넘기 전까지는 너그럽게 포용해주는 척하지만, 그렇다고 그들이 착한 건 아냐. 상대가 선을 넘는 순간 포악한 본성을 드러내니까. 상대를 최대한 잔혹하게 짓밟아 버리니까."

"으윽."

이탄이 고약하게 입매를 비틀었다.

"후훗. 그런데 악한 것은 약자도 마찬가지야. 그들도 속으로는 강자를 부러워하는 쓰레기들이거든. 그런데 겉으로는 억울한 척, 희생을 당한 척 약자 코스프레를 할 뿐이지."

"그렇다면 세상에 선한 사람은 없다는 뜻인가요?"

이린이 반박하듯 쏘아붙였다.

"맞아. 세상에 선한 사람은 없어. 왜? 진짜로 선한 사람은 이미 다 죽어버렸거든."

"……."

이린은 뭐라고 대꾸를 할 수가 없었다. 이린의 마음 같아서는 논리적으로 파고들어 이탄의 궤변을 반박하고 싶었다. 한데 그게 잘 되지가 않았다.

다른 한편으로 이린은 이탄에게 연민을 느꼈다.

이린의 눈앞에 앉아 있는 사내는 철벽이었다. 쥬신 복원 세력들이 맞닥뜨린 최악의 적이자 도무지 넘을 길이 보이지 않는 거대한 철벽같은 사내가 바로 간철호였다.

그런데 이린이 목격한 철벽의 내부는 의외로 공허했다. 그곳은 무언가 결여되어 있고, 텅 비어 있고, 쓸쓸하였다.

단 한 점의 온기도 없이 바짝 말라 버린 황무지.

이것이 이린이 판단한 이탄의 내면이었다.

'대체 대지의 소서러는 어떤 어린 시절을 겪었지? 어땠기에 이렇게까지 황량한 정신세계를 가진 것일까?'

이린은 무척 복잡한 눈빛으로 이탄을 바라보았다.

Chapter 5

이린의 아련한 눈빛이 이탄에게 불쾌감을 주었다. 이탄은 곧바로 대화를 종료했다.

"오늘은 여기까지 하지. 원한다면 너를 별당으로 보내주마. 이모와 함께 지내는 것을 원한다면 말이다."

"저야 감사하죠."

이린은 사양하지 않고 이탄의 호의를 받아들였다.

이탄이 손뼉을 쳐서 이서현을 다시 불렀다.

"의장님, 찾으셨습니까?"

문 밖에서 이서현이 공손히 머리를 조아렸다.

이탄은 턱으로 이린을 가리켰다.

"이 아이를 별당으로 데려다주거라. 그녀는 당분간 별당에서 머물 터이니 불편함이 없도록 옷가지나 생활필수품도 챙겨주고."

"예. 그리하겠습니다."

이서현은 이린의 뒷모습을 힐끗 본 다음, 공손히 대답했다.

이린은 그제야 이서현을 돌아보았다.

이서현이 고개를 숙이고 있기에 제대로 얼굴을 볼 수는 없었다. 하지만 언뜻 보이는 콧날과 턱선 등이 이린의 눈에 익었다.

'이 시녀는 쥬신 황실의 방계 출신인가 보구나. 그렇다면 이 시녀와 나는 먼 친척 사이겠네. 하긴, 간철호는 쥬신의 황족 여인들을 무척 밝힌다고 하였지. 그래서 황족 중에 한 명을 정실부인으로 들였고, 첩도 다수 만들었다고 했어. 하아.'

이린은 그제야 눈앞의 사내가 천하의 못된 악당임을 깨달았다.

쥬신 복원 세력들 사이에서 간철호나 안토니오, 콜링바, 알렉세이 등은 세상에 더할 나위 없는 색마이자 악당들로 치부되었다. 이린도 어린 시절부터 그런 이야기를 귀에 못이 박이도록 들으면서 자랐다.

어둑한 밤.

이서현은 고풍스러운 램프를 하나 손에 들고 정원을 가

로질렀다. 이서현의 등에는 짐이 한 보따리였다.

이서현보다 한 발 뒤에서 이린이 여유롭게 뒤를 따랐다.

이서현은 힐끗힐끗 뒤를 돌아보았다.

"저에게 할 말이 있나요?"

이린이 푹 치고 들어왔다.

"네?"

이서현은 화들짝 놀라 주변을 두리번거렸다.

간씨 세가는 결코 호락호락한 곳이 아니었다. 지금 이 자리에는 이서현과 이린만 있는 것처럼 보이지만, 그건 사실이 아니었다. 언제 어디서 감시 카메라가 그녀들을 지켜보고 있을지 알 수 없었다. 혹시라도 뒤에 주작대원들이 따라붙었을 가능성도 다분했다.

그 점을 알만도 하건만, 이린은 천진난만한 표정으로 한 번 더 푹 들어왔다.

"그쪽이 저에게 할 말이 있는 것 같은 표정이네요."

이서현이 펄쩍 뛰었다.

"할 말이라니요? 그런 것 없습니다. 저는 미천한 시녀에 불과하거늘 의장님의 손님께 무슨 할 말이 있겠습니까."

이서현은 허리를 깊숙하게 숙이며 시치미를 떼었다.

이린이 말갛게 웃었다.

"호호. 미천하다고요? 호호호. 저도 내세울 것 하나 없어요. 아니, 어쩌면 그쪽보다도 못한 처지죠. 저는 대지의 소서러의 손님이 아니라 포로니까요."

"네에에?"

이서현이 움찔했다.

이서현은 순간적으로 정원 전체가 조용해진 듯한 느낌을 받았다. 그녀의 팔뚝을 타고 소름이 오소소 돋았다.

'위험하다.'

이서현은 촉이 좋았다. 이서현은 이린처럼 미래를 읽지는 못하였으나, 촉만큼은 그 누구에게도 뒤지지 않을 만큼 예민했다.

이서현이 바짝 자세를 낮추었다.

"귀빈께서는 괜한 말씀으로 저를 놀리려 하지 마십시오. 귀빈께서 만약 의장님의 손님이 아니시라면 어찌 안채의 별당에 묵으시겠습니까. 세상에 포로에게 안채를 내주는 세력도 있답니까?"

딴은 그러했다. 이린은 손가락으로 볼을 짚고 고개를 갸웃했다.

'그러게? 간철호가 왜 나를 별당으로 보냈지? 게다가 간철호는 왜 둘째이모를 별당에 두었을까?'

이 질문에 대한 가장 쉬운 대답은 '성욕'이었다. 간철호가 이채민이나 이린의 몸뚱어리를 욕심내었기에 별당에 둔 것이라고 하면 이해하기 쉬웠다.

하지만 여기에도 모순이 발생했다.

'대지의 소서러가 음욕 때문에 나를 우대하는 건 아닌 것 같아. 게다가 이건 말이 안 돼. 그가 포로를 상대로 음욕을 채우려면 우선 포로의 자존감부터 꺾어야 하거든. 그런 다음 포로의 정신이 피폐해졌을 때 갑자기 잘해주면 그때부터 포로의 마음이 흔들리는 것이지. 지금처럼 처음부터 그냥 잘해주면 아무것도 되지 않는다고.'

이린은 사람의 심리에 대해서 잘 알았다. 전쟁 시 포로들이 어떤 대접을 받는지도 익히 알고 있었다.

그런데 간철호가 보여준 태도는 이린이 알고 있는 그 어떤 유형에도 속하지 않았다.

더 이상한 것은 이모인 이채민이었다.

'간철호가 이모를 감옥에 가두지 않고 자유롭게 내버려 두었다고? 그렇다면 이모는 왜 간씨 놈들의 손에서 탈출하지 않았을까? 왜?'

이린은 '혹시 둘째이모가 간씨 놈들의 회유에 넘어갔나?' 라는 의심까지 들었다.

이린의 표정이 시시각각 복잡하게 변하는 동안, 이서현은 그런 이린을 혼란스러운 눈으로 지켜보았다.

'크윽. 이건 아무래도 보통 일이 아니야. 이 언니는 조직에서 높은 지위에 있는 것 같거든. 그런데 이 언니가 대지의 소서러로부터 귀빈 대접을 받는다고? 설마 그녀가 조직을 배신한 다음 간씨 놈들의 편에 붙은 것 아냐? 그게 아니라면 대지의 소서러가 왜 이 언니를 우대하겠어?'

순간 이서현의 눈동자에 서늘한 빛이 감돌았다. 그 빛은 나타났던 것보다 더 빠르게 자취를 감추었다.

사실 이서현은 단순한 시녀가 아니었다. 그녀는 어린 나이에 체계적인 훈련을 받은 뒤, 아주 특별한 임무를 띠고 간철호의 곁에 침투한 첩자였다.

그런 이서현의 눈에는 이린이 배신자이자 천하의 역적처럼 보였다.

고귀한 쥬신의 피를 타고 태어났으나 속된 부귀영화에 홀려서 간씨 세가와 손을 잡은 배신자!

'설마 너도 역적이더냐? 지금 별당에서 유유자적하고 있는 화염의 여제, 그 역적 쓰레기와 마찬가지로 너도 배신자가 분명하겠지. 뿌드득.'

이서현은 이린 몰래 이빨을 갈았다.

잠시 후, 이린이 별당에 도착했다.

이서현은 이린의 손에 램프와 짐 보따리를 들려준 다음, 이탄 곁으로 되돌아갔다.

무슨 이유 때문인지 이서현은 이린과 단 한 마디도 섞지 않았다. 이서현은 별당으로 향하는 내내 쌀쌀맞았다.

그 탓에 이린도 이서현에게 말을 붙이지 못했다.

그러다 마지막 순간이 되자 이서현이 이린에게 한 마디를 던졌다.

"도착했습니다. 저곳이 귀빈께서 머물 곳입니다."

이서현이 가리킨 동그란 언덕 위에는 동화 속에나 나올 법한 예쁜 건물이 보였다. 여기까지 안내한 뒤, 이서현은 뒤도 돌아보지 않고 등을 돌렸다.

"하아."

이린은 밤안개 속으로 멀어지는 이서현의 뒷모습을 한숨으로 지켜보았다.

Chapter 6

이린의 어깨가 아래로 축 처졌던 것은 잠깐일 뿐, 그녀는 얼마 지나지 않아 다시 어깨를 폈다.

"이린아. 괜찮아. 이렇게 축 처져 있을 때가 아니야. 이제부터 정신을 바짝 차려야 해."

이린은 원래 긍정적인 성격이었다. 그러던 이린이 천공안을 잃고 본래의 능력을 각성한 이후로는 더더욱 긍정적으로 변했다.

"부딪쳐 보면 뭐 어떻게든 되겠지. 끄응차."

이린은 무거운 짐 보따리를 등에 짊어지고 별당 계단을 올랐다.

간씨 세가의 별당은 장식이 과하지 않으면서도 우아했다. 이린은 별당의 문을 조심스럽게 열고 안으로 들어갔다.

마침 별당 1층 거실에서는 용설란이 청소를 하던 중이었다.

이 깊은 밤에 무슨 청소냐 싶겠지만, 요새 용설란은 밤잠을 통 이루지 못했다. 그래서 그녀는 틈만 나면 별당 내외부를 열심히 쓸고 닦았다.

오늘밤도 마찬가지.

한창 청소를 하던 용설란의 눈에 별당의 문이 빼꼼 열리는 모습이 보였다.

'이 시간에 누구지? 설마 간씨 놈들이 채민 마마를 노리나?'

용설란은 바짝 긴장했다.

입술을 꼭 깨문 용설란이 단검을 뽑아들고는 문 뒤로 몸을 숨겼다. 호위무사 출신답게 용설란의 움직임은 범상치 않았다.

당혹스럽게도 간씨 세가에서는 용설란의 마나를 제압하지 않았을 뿐 아니라 무기까지 내주었다.

용설란은 간씨 세가의 행동이 이해가 되지 않았다. 그래도 이렇게 낯선 침입자가 있을 때 무기를 가지고 있다는 점은 큰 위안이었다. 용설란은 한밤의 불청객을 향해서 단검 끝을 겨누었다. 용설란의 눈이 매서운 살기를 품었다.

그런데 불청객이 영 이상했다. 용설란이 예상한 불청객은 채민 마마를 노리는 음흉한 남성이었다.

한데 살짝 열린 문 안으로 머리를 쑥 들이민 자는 웬 소녀였다. 그 소녀가 문 안으로 고개를 내밀고 별당 내부를 이리저리 두리번거렸다.

이린은 처음에 용설란을 발견하지 못했다. 그녀는 아무런 생각이 없었다.

"불이 켜져 있는데 아무도 없네?"

이린은 이렇게 중얼거리고는 별당 안으로 쑥 들어왔다.

그 순간 용설란이 문 뒤에서 튀어나왔다. 용설란은 단숨에 이린의 목을 뒤에서 붙잡아 바닥에 쓰러뜨린 다음, 그 위에 올라타 날카로운 검날을 상대의 목에 들이밀었다.

"꺄악!"

이린이 비명을 질렀다.

"네년은 누구냐? 헉? 설마 린 마마?"

용설란은 불청객의 정체를 캐묻다 말고 이린의 얼굴을 알아보았다. 용설란의 동공이 와르르 흔들렸다.

반면 이린은 용설란의 정체를 몰랐다. 이것은 이린이 갓 난아이일 때 용설란이 조직을 떠난 탓이었다.

"저를 아세요?"

이린이 손가락으로 자신의 얼굴을 가리켰다. 용설란은 이린의 몸 위에서 넋이 나간 듯 입을 벌렸다.

그 상태에서 몇 초간의 정적이 흘렀다.

정적을 깬 사람은 다름 아닌 이채민이었다.

사실 이채민도 요새 도통 잠을 이루지 못하던 처지였다. 용설란이 밤중에 소리를 죽여 가며 청소를 하는 동안, 이채 민은 침대에 누워서 이리저리 뒤척거렸다.

그러다 밖에서 인기척이 들렸다. 쾅당 소리와 함께 비명 도 울렸다.

'휴우, 오늘도 잠을 자기는 틀렸구나.'

이채민은 잠옷 위에 가디건을 하나 걸친 뒤, 방에서 나와 2층 난간으로 향했다.

"설란아, 무슨 일이냐?"

이채민은 위엄 있는 목소리로 1층의 상황을 물었다.

그러다 난간 아래 1층 출입구를 내려다보는 이채민의 눈 과 난간 위를 올려다보는 이린의 눈이 서로 마주쳤다.

"어어어? 린이 네가 어떻게 여기에?"

이채민의 동공이 더할 나위 없이 커졌다.

"앗, 둘째이모."

이린의 눈도 크게 확장되었다.

의외의 상황에서 맞닥뜨린 이모와 조카는 한동안 서로를 말똥말똥 쳐다만 보았다.

이채민과 이린이 다시 만난 그 시각, 이린이 탑승했던 비행기는 11시간의 지연 끝에 겨우 방콕 공항에 도착했다.

늦은 밤, 승객들은 불안과 불만이 가득한 눈빛으로 공항을 빠져나갔다. 그 가운데는 이린을 모시던 주술사 노파들도 포함되었다.

요 근래 아시아의 모든 공항들은 경계가 강화되었다. 쥬신의 잔당들이 설치고 다니자 간씨 세가에서 경계 강화 명령을 내린 것이다.

때문에 쥬신의 잔당들은 공항까지 직접 이린을 마중을 나가지도 못했다. 그들은 호텔 방 안에 모여서 초조하게 이린을 기다렸다.

그러던 중 비행기가 몇 시간째 연착되었다. 이린 일행과는 전화 통화도 연결되지 않았다.

쥬신의 잔당들은 바짝 긴장했다. 천로군의 총사령관인 용성 대장군은 혹시 모르니까 이공 폐하를 호텔 밖으로 피신시키자고 주장했다.

"만에 하나 이린 마마께서 오대군벌 놈들에게 뒤를 밟혔을 수도 있잖소. 폐하의 안전을 위해서 다른 곳으로 이동합시다."

이게 용성의 주장이었다.

"용장군의 말씀이 옳소. 폐하의 거처를 원래의 은신처로 옮겨야 하외다."

승상인 인국진도 용성의 의견에 동의했다.

이공은 호텔에서 나가기 싫었으나 어쩔 수 없었다. 결국 이공은 울며 겨자를 먹는 심정으로 방콕의 빈민가로 되돌아갔다.

이공을 섬기는 환관들도 당연히 그 뒤를 따랐다.

학선생도 은근히 겁이 났는지 호텔에서 체크아웃한 뒤 은근슬쩍 이공의 곁에 따라붙었다.

'이공 폐하의 곁에는 천로군이 있으니까 호텔보다 안전하겠지.'

이것이 학선생의 얍삽한 생각이었다.

제6화

이수민 . VS. 학송 I

Chapter 1

저녁이 지나자 대지에 땅거미가 내려앉았다.

"린이에게서는 아직 소식이 없느냐? 대체 이게 어찌 된 일이야? 왜 아직 린이가 도착을 안 해?"

이공은 안절부절못했다.

보다 못해 용성이 부하 한 명을 공항으로 보냈다.

얼마 후, 용성의 부하로부터 연락이 왔다. 남인도를 출발한 비행기가 아직 공항에 도착하지 않았다는 소식이었다.

그 말을 듣자 이공은 더욱 불안해했다. 천로군도 바짝 긴장하여 이공의 주변을 물 샐 틈 없이 지켰다.

그러는 동안 하선생은 퀴퀴한 냄새가 나는 방 안에 홀로 틀어박혀 사시나무처럼 떨었다.

바로 그때였다. 공항에서 다시 연락이 왔다. 11시간이라는 긴 지연 끝에 이린을 태운 비행기가 드디어 도착했다는 소식이었다.

이공은 그제야 안도의 한숨을 내쉬었다.

그리고 30분쯤 뒤, 또다시 전화가 걸려왔다. 이번 전화는 청천벽력과 같은 소식을 동반했다.

"뭣이라? 린이가 납치를 당했다고? 간씨 놈들이 비행기째 납치한 다음 린이만 쏙 데려갔단 말이냐? 끄어어어."

이공은 뒷목을 잡고 쓰러졌다.

이공은 외손녀가 걱정되어서 쓰러졌다기보다는, 태자가 빛의 수호룡을 얻지 못할까 봐 충격을 받은 것이었다.

한편 학선생이 받은 충격은 이공보다 더 컸다.

'커헉. 놈들은 다 알고 있어. 간씨 놈들은 누가 천공안의 주인인지 다 알고 있었다고. 빌어먹을. 그럼 그동안 내가 남충주에게 보낸 편지는 어떻게 된 거야? 아니, 그게 문제가 아니지. 간씨 놈들이 이린을 컨트롤하여 천공안의 권능을 사용한다면? 그럼 우리 조직은 세상 그 어디에도 숨지 못해. 이곳을 떠나 다른 은신처에 숨더라도 절대 천공안을 피할 수가 없다고. 이런 제기랄. 컥! 호흡……. 헉헉. 갑자기 호흡이 안 돼. 커헉헉헉.'

학선생은 숨통이 콱 막혔다. 심장이 터질 듯이 뛰었다.

11월 27일.

검은 대륙 최남단의 항구에 빛의 수호룡이 등장했다. 수호룡의 뿔 위에는 황금빛 가면을 쓴 건장한 사내가 팔짱을 끼고 있었다.

[크롸롸롸롓—.]

빛의 수호룡은 휘황찬란한 브레스를 내뿜어서 항구를 지져버렸다.

이 항구의 절반은 민간이 사용하지만, 나머지 절반은 카르발 군벌의 해군기지였다. 그 기지가 빛의 수호룡의 브레스 한 방에 타격을 받았다. 항구에 정박 중이던 구축함과 호위함들이 쾅쾅 침몰했다.

이어서 빛의 사슬이 소나기처럼 쏟아졌다. 카르발의 병사들은 제대로 저항도 해보지 못하고 전멸했다.

한바탕 폭격을 마친 뒤, 빛의 수호룡은 항구 상공을 낮게 저공비행했다. 수호룡의 꼬리가 좌우로 요동쳤다.

이 생생한 폭격의 현장이 언론을 통해 중계되었다.

"크윽. 정말 성가시게 설쳐대는구먼."

오대군벌의 수뇌부들은 티브이 속의 수호룡을 향해서 이빨을 갈았다.

반면 이공은 아련한 눈빛으로 고물 티브이를 응시했다.

'저 찬란한 수호룡이 우리 태자와 맹약을 맺어야 하는데, 린이가 없으니 문제로구나. 당장 린이의 천공안이 있어야 패황의 후계자와 연락을 취할 수 있을 텐데 말이다. 이걸 어쩐다? 허어어.'

이공은 치직거리는 티브이 화면을 보면서 주먹을 꼭 쥐었다.

이공이 입술을 꽉 깨무는 동안, 학선생도 인상을 쓰며 뉴스를 지켜보았다. 솔직히 이공보다 학선생의 속이 더 타들어갔다.

그러던 한 순간, 학선생의 눈동자가 확 커졌다.

콰콰쾅!

빛의 수호룡이 저공비행을 하면서 꼬리를 요동치는 모습을 본 순간, 학선생의 뇌에서는 천둥이 울려 퍼졌다.

'저건 신호다. 빛의 수호룡은 의도를 가지고 일부러 저공비행을 하면서 꼬리를 흔들어 신호를 보낸 거야.'

학선생은 열심히 머리를 굴렸다.

패황 이군억에 대한 기록들이 학선생의 뇌리에 파노라마처럼 스쳐 지나갔다. 빛의 수호룡에 대한 기록들이 그 뒤를 따랐다.

'아!'

한순간, 학선생의 머릿속에 밝은 전구가 하나 켜졌다. 학선생은 이공의 옆에서 뉴스를 보다 말고 벌떡 일어나 밖으로 뛰쳐나갔다.

"학선생, 무슨 일이오? 왜 그러는 게요?"

뒤에서 이공이 물었다.

학선생은 일언반구 대꾸도 하지 않았다. 지금 학선생의 얼굴 표정은, 낭떠러지에 떨어지는 와중에 운 좋게 넝쿨 하나를 손에 잡은 사람의 표정을 닮아 있었다.

빛의 수호룡이 은밀하게 보낸 신호를 알아본 사람은 학선생 한 명 만이 아니었다. 이수민도 뉴스를 보다 말고 자리를 박찼다.

이수민은 눈 밑이 퀭했다. 얼굴에는 수심이 가득했다.

그럴 만도 한 것이, 외동딸 이린이 간씨 놈들에게 납치를 당한 판국이었다. 이수민은 마음 같아서는 당장 간씨 세가로 쳐들어가서 딸을 구하고 싶었다. 실제로 이수민과 호문평은 머리를 맞대고 간씨 세가에 침투할 계획도 세워보았다.

하지만 쉽지 않았다. 당장 이수민 부부는 딸이 갇혀 있는 정확한 위치도 알지 못했다. 이 상황에서 간씨 세가를 공격한다는 것은 그야말로 쉴을 지고 불길 속에 뛰어드는 것과 마찬가지였다.

이수민은 정말 초인적인 인내심으로 병력 운용을 자제했다.

그런 와중에 뉴스 속보가 또 터졌다. 패황의 후계자가 남아프리카의 항구를 공습했다는 속보였다.

이수민은 습관적으로 티브이를 틀어서 뉴스를 확인했다. 그녀는 눈으로는 전투 장면을 보면서도 머릿속에는 딸에 대한 생각만 가득했다.

그렇게 이수민이 물끄러미 티브이에 시선을 고정하고 있을 때였다. 한바탕 폭격을 끝낸 빛의 수호룡이 갑자기 저공비행을 하면서 꼬리를 기괴하게 흔들었다.

이 별 것 아닌 동작이 이수민의 뇌리에 틀어박혔다. 그 순간 이수민의 뇌에서 스파크가 번쩍 튀었다.

"어억! 저건 신호잖아. 패황 폐하께오서 직접 만드신 신호."

이수민은 입을 쩍 벌렸다.

패황 이군억은 전쟁이 벌어졌을 때 뒤에서 명령만 내리던 황제가 아니었다. 패황은 직접 전쟁터에 나가 대군을 지휘하던 인물이었다. 적과 싸울 때면 패황은 빛의 수호룡을 타고 선봉에 섰다. 패황의 군대가 그 뒤를 추종했다.

이처럼 패황이 늘 앞장서다 보니 그는 휘하 군단에게 상세한 명령을 내리기 어려웠다. 하여 패황은 한 가지 묘수를 창안했다.

Chapter 2

'수호룡의 꼬리를 통해서 군령을 내리면 어떨까?'

이게 패황의 아이디어였다.

실제로 이 아이디어는 큰 효과를 발휘했다. 패황의 군대는 전방 상공에서 꿈틀거리는 수호룡의 꼬리만 보고서도 패황의 뜻을 알아들었다. 빛의 수호룡이 보내준 신호 덕분에 패황의 군대는 패황과 손발이 척척 맞았다.

아쉽게도 이 기가 막힌 방법은 세상에 알려지지 않았다. 패황은 자신이 창안한 아이디어를 극소수 장수들과만 공유했을 뿐이었다.

어쩌면 이건 당연한 일이었다.

만약에 패황이 수호룡의 꼬리를 통해 명령을 내린다는 사실이 적들에게 알려져 봐라. 당장 적군도 패황의 군령을 눈치챌 것 아니겠는가. 그래서 패황은 이 방법을 1급 군사기밀로 설정해 놓고 비밀에 부쳤다.

오래전 이수민은 황실의 오래된 서고에서 이 기록을 읽

었다. 당시 이수민은 패황의 아이디어에 무척 탄복했더랬다.

그렇지 않아도 이수민에게는 세상에서 가장 존경하는 인물이 패황이었다. 당연히 그녀는 패황이 만든 신호체계를 몽땅 머릿속에 담아두었다.

한데 호기심에 외워둔 신호체계가 지금 도움이 될 줄이야!

이수민은 빛의 수호룡이 꼬리를 통해 전달한 내용을 떠듬떠듬 읽어 내려갔다.

"12월 초하루……, 자정……, 발리섬 폐허……, 쥬신 제국……, 모여라."

빛의 수호룡이 전달한 내용은 명확했다.

쥬신 대제국의 복원을 희망하는 자들이여, 12월 1일 자정에 발리섬 폐허로 오라. 우리 그곳에서 만나자.

빛의 수호룡은 쥬신의 복원 세력들을 향해서 위와 같은 메시지를 남긴 셈이었다.

"예전 뉴스가 어디 있지? 내가 녹화해 놓았는데."

이수민이 부산을 떨었다.

패황의 후계자는 11월 25일 새벽에 처음 세상에 등장했다. 이어서 그는 다음 날 오전과 오후에 각각 동유럽과 남미 지역을 폭격했다. 당시에 이수민은 이 3개의 뉴스를 모두 녹화해 놓았다.

이수민이 떨리는 심정으로 녹화영상을 돌려보았다.

예전에는 보이지 않던 장면이 비로소 이수민의 눈에 들어왔다. 빛의 수호룡은 한결같았다. 패황의 후계자와 빛의 수호룡은 무시무시한 능력으로 오대군벌의 악적들을 징벌한 다음, 마지막으로 꼬리를 빠르게 흔들었다.

그 장면이 뉴스를 통해서 전 세계로 송출되었다.

이수민은 두 주먹을 불끈 쥐었다.

"한결같아. 이날에도 위대한 존재께서는 같은 메시지를 뿌렸어. 12월 초하루에 발리섬에서 만나자는 메시지를 세상에 전파했다고. 아아아아아!"

이수민의 볼을 타고 눈물이 또르륵 굴러떨어졌다.

"내가 이럴 때가 아니지."

이수민은 당장 겉옷부터 챙겨 입었다.

"시간이 채 사흘도 남지 않았어. 서둘러 발리섬으로 가야 해. 가서 패황의 후계자와 위대한 존재를 만나야 해. 오직 그만이 나를 도와줄 수 있어. 간씨 놈들에게 납치당한 내 딸을 되찾으려면 그의 도움이 필요하다고."

이수민은 절망 속에서 한 줄기 빛을 발견한 기분이었다.

딸을 잃고 칙칙한 회색으로 침잠되었던 이수민의 눈동자에 다시 희망의 싹이 움텄다.

11월 29일.

이수민은 발리섬에 도착했다. 그것도 혼자서만 이곳에 왔다.

'우르르 몰려오면 패황의 후계자가 싫어하겠지. 패황의 후계자는 번잡한 것이 싫어서 오늘의 약속을 깨고는 그냥 가버릴 수도 있어.'

이수민은 이런 판단 하에 홀로 움직였다.

우선 이수민은 위조여권을 들고서 인도를 출발하여 자카르타로 향하는 비행기를 탔다. 그곳에서 이수민은 복잡한 경로를 거쳐서 발리로 이동했다.

지금 발리섬은 원주민들 외에는 아무도 찾지 않는 폐허로 변했다. 얼마 전 간씨 세가의 폭격 때문이었다.

아름다운 해안가에 위치했던 리조트와 호텔들은 처참하게 무너진 상태였다. 해안가 곳곳에 전쟁의 상흔이 역력했다.

"후우."

이수민은 눈을 깊게 찌푸렸다.

그녀가 인상을 쓴 이유는, 간씨 세가의 폭격 현장을 보니 마음이 무거웠기 때문이었다. 또한 폐허가 너무 넓기 때문에 인상을 쓴 것이기도 하였다.

"폐허 현장이 너무 넓어서 정확한 위치를 모르겠구나. 그렇다고 위대한 존재께서 그 화려한 동체를 드러낼 수도 없을 텐데……."

전쟁 이후 발리에 인적이 뜸해진 것은 사실이었다.

그래도 기존에 살고 있던 원주민들은 여전히 삶의 터전을 버리지 못했다. 또한 간씨 세가에서 배치한 병력도 일부 이곳에 남았다.

간씨 세가의 수뇌부는 '혹시라도 발리섬에 남로군의 잔당들이 남아있지 않을까?'라고 생각하여 일부 병력을 남겨두었다.

그러니 이곳에서 빛의 수호룡이 본 모습을 드러냈다가는 당장 그 소식이 간씨 세가의 귀에 들어갈 것이다.

"어떻게 만나자는 걸까? 이 넓은 장소에서 어떻게 패황의 후계자를 찾지?"

이수민은 곤혹스러운 눈빛으로 주변을 둘러보았다. 얼굴의 절반을 차지하는 넓은 선글라스가 이수민의 탐색하는 듯한 눈길을 감추어주었다.

이수민이 발리섬 남서쪽 해안가 모래사장에서 주변을

살펴보는 동안, 학선생은 해안가 남동쪽 리조트에 도착했다.

얍삽하게도 학선생은 여장을 했다. 그는 이수민과 같은 브랜드의 선글라스를 쓰고 쥐새끼처럼 주변을 살폈다.

학선생의 곁에는 중년의 여인 한 명이 동행했다.

젊었을 때 꽤나 미인이었을 것 같은 이 여인은 학선생의 부인이었다. 학선생은 혼자서 돌아다니면 의심을 받을지 몰라 부인을 이곳까지 끌고 왔다.

학선생의 부인은 삶에 지치고 남편의 폭력에 기가 질려 주눅이 잔뜩 든 모습이었다. 그런데도 그녀의 단아한 기품은 사라지지 않고 은은하게 남아 있었다.

학선생은 늘씬한 체형의 부인을 힐끗 곁눈질했다. 선글라스 속에서 학선생의 눈빛이 야비하게 빛났다.

'역사서를 보면 패황은 여인이 많았지. 혹시 패황의 후계자도 그럴지 몰라. 여차하면 이 여편네를 그에게 안겨주는 한이 있더라도 그의 마음을 사로잡아야 해. 그것만이 내가 살 길이야.'

이게 학선생이 부인을 발리까지 데려온 두 번째 이유였다. 학선생은 정말 독사 같은 생각을 속에 품었다.

Chapter 3

"과연 내가 보낸 메시지를 알아차린 녀석들이 있을까?"

이탄이 팔짱을 끼고 중얼거렸다.

높은 상공에 부는 바람이 이탄의 머리카락을 흔들었다. 이탄은 빛의 수호룡의 뿔 사이에 앉아서 구름바다를 굽어보았다.

구름이 흩어진 사이로 밤바다가 언뜻언뜻 보였다. 동남아의 섬들이 이탄의 발밑에서 휙휙 지나갔다. 섬이나 배에 설치된 전등의 불빛은 하늘의 별처럼 빛났다.

얼마 후, 이탄은 목적지에 도착했다.

"설마 이공이 직접 오진 않을 테고, 그 부하들 중에 누가 오려나? 아니면 아무도 내 메시지를 알아보지 못하고 허탕만 치려나."

이탄은 허탕을 쳐도 상관없다고 생각했다.

물론 이탄이 간씨 세가에서 발리섬까지 직접 날아오려면 꽤 시간이 걸렸을 테지만, 이탄은 대부분의 거리를 무한공의 권능으로 건너뛰었다. 나머지 일부 구간만 빛의 수호룡을 타고 이동했다.

하니 이탄은 시간 낭비를 거의 하지 않은 셈이었다.

"자, 이제 거의 다 왔네."

저 아래 발리섬이 보였다. 이탄은 빛의 수호룡을 아공간 속으로 거둬들인 다음, 허공을 밟듯이 내려갔다.

"이제 가면도 써야지."

이탄은 품에서 황금빛 가면을 꺼내어 얼굴에 썼다.

이탄은 사행술의 비법을 이용하여 체격도 바꾸었다. 이탄이 빛의 마법을 운용하자 이탄의 눈동자에 은은한 황금색이 감돌았다.

이제 이탄은 완벽한 패황의 후계자가 되었다.

건축 잔해가 널려 있는 해안은 지저분했다. 밤바다에서는 파도가 철썩 철썩 치댔다. 하얀 포말이 백사장 위로 타넘어 왔다가 거품만 남기고는 다시 바다로 돌아갔다.

발리섬은 인도양과 태평양이 만나는 곳이다.

"그럼 여기가 태평양인 거야, 아니면 인도양인 거야?"

이탄은 별 쓸 데 없는 이야기를 중얼거리며 미리 준비해 온 폭죽을 아공간에서 꺼내어 밤하늘에 겨누었다.

퍼엉!

불꽃 한 줄기가 캄캄한 밤하늘을 향해서 빠르게 쏘아져 올라갔다. 그 불꽃은 수십 미터 상공에서 조그만 폭발을 일으키고는 푸시식 꺼져버렸다.

한데 그 짧은 순간, 해안가 동쪽과 서쪽에서 동시에 탄성이 울렸다.

"아!"

"저건?"

탄성을 지른 장본인은 이수민과 학선생이었다. 그들은 짧게 명멸한 불꽃 속에서 얼핏 드러난 황금빛 광채를 목격했다.

"저게 신호구나."

"드디어 패황의 후계자가 온 거야."

두 사람의 뇌리에 불이 반짝 들어왔다.

이수민은 서둘러 불꽃이 쏘아진 방향으로 달렸다.

"아, 젠장. 빨리빨리 좀 뛰라고. 빨리빨리."

학선생도 굼뜬 부인의 손목을 거칠게 잡아끌면서 이탄을 향해서 뛰어왔다.

세 사람이 해안가 모래밭을 절반쯤 달려왔을 때였다. 이번에는 허물어진 호텔 건물 안에서 두 번째 폭죽이 터졌다.

이번 폭죽은 첫 번째 폭죽보다 더 희미했다. 하지만 폭죽이 터질 때 은은하게 퍼진 황금빛 광휘는 이수민과 학선생의 동공에 똑똑히 맺혔다.

"모임 장소가 저곳으로 바뀌었구나."

이수민은 해안선을 따라 달리다 말고 비스듬히 방향을 바꾸었다.

"저기다. 저기야."

학선생도 부인의 가냘픈 손목을 꽉 쥐고는 두 번째 불꽃이 터진 곳으로 냅다 달렸다.

이탄은 허물어진 담장 위에 팔짱을 끼고 서서 그 모습을 지켜보았다. 비록 이수민과 학선생은 이탄의 모습을 볼 수 없었지만, 이탄은 상대의 얼굴 표정 하나 놓치지 않고 모두 확인했다.

"화염의 여제와 닮았네. 그런데 나이는 조금 더 들어 보이는 것으로 보아 저 여인이 이수민이겠구나. 이거 고집이 보통 아니게 생겼는걸."

이것이 이수민에 대한 이탄의 평가였다.

이어서 이탄은 시선을 돌려 학선생을 확인했다.

"저건 또 뭐야? 복장은 여자 2명인데, 그중 하나는 사내놈이잖아? 한데 뒤에서 질질 끌려오는 여자는 또 뭐지?"

이탄이 고개를 갸웃했다.

그보다 이탄은 잠시 고민에 빠졌다.

"저들을 개별적으로 하나씩 만날까? 아니면 동시에 삼자 대면을 해?"

원래 이탄이 예상했던 것은 발리섬의 폐허에서 쥬신의 잔당들과 만나는 일이었다.

"그 예상이 살짝 어긋난 것 같단 말이지. 서로 다른 두

패거리가 나를 만나고 싶어 할 줄 누가 알았겠어? 아무리 봐도 저 둘은 같은 패거리는 아니거든."

이탄은 이미 이수민의 정체를 짐작한 터라 학선생 부부가 누구인지만 궁금했다.

물론 이탄이 마음만 먹으면 상대의 정체를 밝히는 것은 일도 아니었다. 이탄이 천공안의 권능을 사용하면 그것으로 끝.

하지만 이탄은 이런 하찮은 일에 일일이 천공안을 열고 싶지는 않았다. 어차피 조금만 있으면 저 여장남자가 스스로 이탄 앞에 달려와 정체를 밝힐 것이다. 이탄은 여유롭게 담장에 걸터앉아 상대가 달려오기만을 기다렸다.

발리섬 해안가는 꽤 길었다. 그 먼 거리를 뛰어오는 것은 의외로 고된 일이었다. 게다가 이곳은 일반 땅이 아니라 모래사장이다. 한 걸음 내디딜 때마다 발목까지 발이 푹푹 빠진다. 때문에 뜀박질이 더 힘들었다.

그래도 어쩌겠는가. 원래 세상은 목마른 사람이 우물을 파는 법이고 아쉬운 쪽에서 다가오는 법이었다.

이수민은 정말 입에서 단내가 나도록 뛰었다.

"헉헉헉. 내가 채민이라면 플라잉 마법으로 단숨에 날아갈 텐데. 헉헉헉헉. 내가 소민이라면 이 정도 뜀박질을 해도 숨이 차지 않았을 것인데."

이수민은 머리와 리더쉽.

이채민은 마법 능력.

이소민은 무술과 체력.

이공의 세 딸들은 각기 다른 장점을 타고 태어났다. 지금까지 그녀들은 서로의 능력을 시샘하지 않고 잘 협력해 왔다. 특히 이수민은 단 한 번도 동생들의 능력을 부러워한 적이 없었다.

지금은 예외였다. 발이 푹푹 빠지는 모래사장에서 10 킬로미터가 넘는 거리를 뛰다 보니 이수민은 숨이 턱 끝까지 찼다.

비록 이수민이 무술과 마법을 전혀 모르는 것은 아니고, 그녀도 제법 강한 실력을 가지고 있었으나, 10 킬로미터를 단숨에 가로지를 정도는 못 되었다.

"이 순간만큼은 동생들의 능력이 정말 부럽구나."

이수민은 문득 이런 푸념을 내뱉었다.

Chapter 4

그래도 이수민은 악착같이 뛰었다. 정말 쉬지 않고 뛰었다.

어찌어찌하다 보니 마침내 이수민이서 목표지점에 도착했다. 비록 입에서는 피 냄새가 나고 심장은 터질 것처럼 펌프질했으나, 끝끝내 이수민은 이탄을 만나고야 말았다.

이수민의 흐릿한 시야에 한 사내의 모습이 담겼다. 황금빛 가면을 쓴 사내는 반쯤 허물어진 담장 위에 앉아서 두 다리를 건들거리는 중이었다.

실로 건방진 모습.

그러나 이수민은 상대가 건방지다는 판단을 할 여력도 없었다. 이수민은 이탄 앞에 털썩 주저앉아 두 팔로 땅을 지탱하고는 거칠게 숨을 몰아쉬었다.

"허허헉. 헉헉. 헉헉. 으허헉."

이수민은 한동안 아무런 말도 꺼낼 수 없었다. 그녀는 그저 숨을 고르기에 급급했다.

'흐음. 이 여인이 내 큰 이모란 말인가?'

이탄은 살짝 찌푸린 눈으로 이수민을 굽어보았다.

'이공이 나를 적진에 내다버릴 때 아무런 관여도 하지 않았다는 그 냉정한 큰 이모란 말이지?'

이수민을 바라보는 이탄의 시선은 그리 곱지 않았다. 그렇다고 이탄이 이수민에게 적의를 품은 것도 아니었다.

'얼음처럼 냉철하다던 큰 이모 이수민이 왜 이렇게 죽을 둥 살 둥 숨을 헐떡이며 달려왔을까? 무엇이 그녀를 이다지도 간절하게 만들었을까? 이린이 내손에 붙잡혀 있기 때문일까? 갓 난 조카가 적진에 버려질 때는 냉철하던 사람도 딸의 안전 앞에서는 마음이 흔들린단 말인가?'

이탄은 잠시 자식과 조카의 차이를 생각해 보았다.

그러는 동안 이수민은 겨우 숨을 골랐다.

"헉헉. 드디어 만났군요. 헉헉헉. 그쪽이 패황의 후계자, 맞죠? 헉헉헉."

이수민이 땅바닥에 주저앉아 담장 위의 이탄을 올려다보았다.

'후훗.'

이탄은 딱 이 눈높이가 마음에 들었다. 상대가 고개를 젖혀 자신을 올려다보고, 자신은 상대를 위에서 내려다보는 이 눈높이.

이수민은 유령조직을 오늘날의 모습으로 만들어낸 철혈의 여걸이었다. 그런 이수민이 이 눈높이가 의미하는 바를 모를 리 없었다.

'비록 상대가 아무런 의미 없이 담장 위에 앉은 것이라 하더라도, 이런 구도에서는 제대로 된 협상을 하지 못해.'

이수민은 목을 가다듬은 다음 이탄 앞에 당당히 일어섰다. 그리곤 외쳤다.

"나는 쥬신 제국 이윤 선대황 폐하의 유일한 혈육이자

오늘날 쥬신 제국의 깃발을 다시 우뚝 세우기 위해서 애쓰고 계신 이공 폐하의 장녀예요. 그대가 패황 폐하의 유산을 물려받은 후계자가 맞나요?"

"이윤이라면…… 찬란했던 제국의 영화를 쓰레기통에 처박아버린 그 저능아 반푼이를 말하는 것인가?"

이탄이 가면 속에서 입꼬리를 비스듬히 끌어올렸다.

콰쾅!

이수민은 충격을 받아 휘청거렸다. 이수민의 손톱이 손바닥으로 콱 박혔다. 이수민은 떨리는 가슴을 억지로 누르며 당당히 따졌다.

"이 무슨 무엄한 소리냐? 70년 전 다섯 마리 승냥이들이 온갖 비열한 방법으로 제국의 숨통을 물어뜯을 때 선대황 폐하께서는 온 힘을 다해 승냥이들에 맞서 싸우셨다. 선대황 폐하께서 그렇게 피를 토하며 싸우신 덕분에 쥬신 황실의 명맥이 끊어지지 않고 지금까지 이어진 것이다. 너는 다섯 마리 승냥이들이 날조한 가짜 역사서만 믿고서 그분을 능멸하는 것이냐? 그렇다면 오늘의 협상은 결렬이다. 우리 쥬신의 황실은 진실과 거짓도 구별 못 하는 너 따위 반푼이와 이야기를 나눌 마음이 없다."

이탄이 이윤을 반푼이라 불렀다.

이수민도 이탄에게 반푼이라는 표현을 그대로 돌려주었

다. 뿐만 아니라 이수민은 단호하게 몸을 돌려 협상 결렬을 몸짓으로 보여주었다.

'여기서 주도권을 빼앗기면 안 돼. 오늘 협상이 결렬되는 한이 있더라도 단호하게 나가야 해.'

이수민은 배에 힘을 꽉 주었다.

다른 한편으로 이수민은 겁이 덜컥 났다.

'패황의 후계자가 나를 붙잡지 않는다면? 진짜로 이 협상이 결렬된다면? 그럼 우리 린이는 어떻게 구한단 말인가. 아아아.'

이수민의 몸짓은 단호해 보였으나, 그녀의 속마음은 불안하게 흔들렸다.

"풉!"

그런 이수민의 뒤에서 웃음소리가 터졌다.

"감히 비웃는 것인가?"

이수민이 등을 돌려 버럭 호통을 쳤다. 이수민의 뒤에서 암호랑이다운 기세가 후광처럼 피어올랐다.

이것은 제왕의 기세.

무력과는 전혀 다른 황제의 위엄.

이 기세는 쥬신 황족들 중에서도 극히 일부만 타고나는 특징이었다. 이수민은 바로 그 기세를 타고 났다.

덕분에 쥬신 복원 세력의 어지간한 장수들도 이수민의

기세를 정면으로 받아내지 못했다. 이공이나 학선생도 이수민과 정면으로 부딪치는 일은 어려워했다.

하나 이탄에게는 전혀 영향을 미치지 못했다. 이탄이 담장 위에서 고개를 삐딱하게 꺾었다. 이탄의 입에서 웅얼거리는 음성이 울려 퍼졌다.

"나는 오대군벌이 쓴 역사서를 보고 이윤을 저능아라 폄하한 게 아냐. 이윤이 부녀자를 겁탈하고 충신들의 목을 벤 것 때문에 그를 비난할 마음도 없어. 무릇 황제란 가지고 싶은 것은 가지고, 죽이고 싶은 자는 죽이는 법. 이윤이 무슨 짓을 저질렀건 간에 그걸로 이윤을 평가할 마음은 없다."

"뭣?"

이수민의 눈동자가 흔들렸다.

Chapter 5

이탄이 계속해서 으르렁거렸다.

"한데 이윤은 승냥이 따위에게 물려 죽었단 말이지. 고작 승냥이 다섯 마리도 제어하지 못하고 제국의 역사에 종지부를 찍었단 말이지."

"으윽."

이수민이 주춤했다.

"흐흐흐흐. 불같은 성격의 건국황 폐하가 저승에서 이윤을 만나면 뭐라고 할까? 저능아 반푼이라고 부르며 말조차 섞기 싫어하실걸. 패황은 또 어떻겠나. 세상에 아무런 거칠 것도 없던 이가 바로 패황 이군억이다. 그는 조정의 모든 신하들이 단합하여 반역을 일으켜도 눈 하나 깜짝하지 않을 사람이다. 그런 패황의 눈에 이윤 따위가 어찌 보이겠나? 흐흐흐. 내가 장담하건대 건국황 폐하나 패황이 만약 이윤을 만난다면 그 자리에서 그 모자란 후손의 목부터 꺾어버리셨을 것이다. 내 말이 틀렸나?"

"으으윽."

이수민이 한 번 더 휘청거렸다.

이탄이 담장 위에서 벌떡 일어났다.

덩치가 큰—실제로 이탄의 체격이 이렇게 크지는 않지만— 이탄이 몸을 일으키자 마치 산악이 융기하는 듯한 위엄이 뿜어졌다. 이탄의 등 뒤에서는 마치 거대한 드래곤이 날개를 활짝 펴고 포효하는 듯했다.

지금 이탄이 발산하는 기세는 이수민이 보여주었던 제왕의 기세를 몇 배나 뛰어넘었다. 아니, 비교조차 할 수 없었다.

이수민은 그 기세를 견디지 못하고 비틀거렸다.

이탄이 으르렁거렸다.

"건방진 것. 열성조께서 피와 땀으로 이루어낸 제국을 한낱 승냥이 떼에게 헌납한 쓰레기가 이윤이다. 그런데 그 저능아의 피를 물려받았음을 부끄러워하지는 못할망정 감히 혈통을 내세워서 고와 협상을 하려 들어?"

이탄은 스스로를 '고'라고 칭했다. 이는 황제나 쓰는 표현이었다. 이탄 스스로 쥬신의 황제임을 선포한 것이나 마찬가지였다.

콰콰쾅!

이수민의 뇌에 벼락이 떨어졌다.

'이자, 황제를 자처하고 있다. 설마 이자도 쥬신 황실의 혈통이란 말인가? 이윤 선대황 폐하의 핏줄은 분명히 70년 전에 모두 죽었는데? 오직 아바마마만이 유일한 혈통인데? 설마 선대황 폐하보다 더 이전에 가지를 쳐서 나온 황족일까?'

이수민은 이내 도리질을 했다.

'아니야. 그럴 리 없어. 쥬신의 황족들 가운데 남성들은 70년 전에 모두 죽었어. 승냥이 놈들이 마법으로 전 세계 모든 지역을 스캔하여 쥬신 황실의 피가 조금이라도 섞인 남자들을 모조리 처죽였단 말이야.'

이수민은 70년 전의 대학살을 떠올리면서 부르르 몸을 떨었다. 당시 이공은 정말 천운으로 살아남았다. 다른 남성 황족들은 다 죽었다.

이탄은 머리를 굴리는 이수민을 향해서 콧방귀를 뀌었다.

"흥."

이탄이 별안간 손톱으로 자신의 손바닥을 그었다. 이탄의 손에서 피가 뚝뚝 떨어졌다. 이탄은 피를 내자마자 마법 주문을 영창했다.

샤라라랑~.

이탄의 입에서 튀어나온 소리가 황금빛 문자가 되어 허공을 맴돌았다. 그 문자가 꼬리에 꼬리를 물고 이어지면서 이탄의 상처 부위를 한 바퀴 선회했다.

그러자 놀라운 현상이 벌어졌다. 이탄의 손바닥에서 솟구친 핏방울이 마법 문자와 호응이라도 하듯이 공명을 하더니 이내 수증기가 되어 증발하는 것 아닌가.

그 수증기가 반투명한 드래곤의 모습으로 변하는가 싶더니 이탄을 보호하려는 듯이 이탄의 몸 주변을 빙빙 휘감았다.

반투명한 드래곤의 몸통은 이탄을 휘감고 있었으며, 드래곤의 머리는 이탄의 정수리 위로 떠올라 지상을 굽어보았다.

이수민을 노려보는 드래곤의 눈빛은 위엄으로 가득했다. 이 드래곤의 비늘은 온통 황금빛으로 번쩍거렸다.

피를 증발시켜 드래곤의 환영을 불러내는 것은 쥬신 황족의 증명 방법 중 하나였다. 이것은 아주 오래 전부터 전해져 내려온 정통 황족의 증명법이었다. 오로지 쥬신 황실의 피를 물려받은 자. 그중에서도 황제의 자격을 갖춘 자만이 이런 이적을 보일 수 있었다.

안타깝게도 지금 쥬신의 복원 세력들 중에는 피의 이적을 구현하는 데 성공한 자가 없었다. 이공도 실패했다. 이택민이나 이채민, 이소민도 모조리 실패했다.

오직 이수민만이 피의 이적에 성공했다.

이수민이 피를 내서 마법 주문을 읊으면, 그녀의 머리 위로 붉은 드래곤의 형상이 희미하게 떠올랐다.

이수민은 오래 전에 피의 이적을 구현하는 데 성공했지만, 그것을 사람들 앞에서 드러내지는 않았다.

이공에 대한 배려 때문이었다.

'아바마마께서 실패한 이적을 내가 보여줄 수는 없지. 그러다 조직의 명령체계가 흔들릴 수 있어.'

이수민은 순수한 충정과 효심 때문에 지금까지 자신의 능력을 숨기고 살아왔다.

그런 이수민 앞에서 이탄이 이적을 선보였다. 그것도 눈부시게 찬란한 황금빛 드래곤을 드러내었다.

이탄의 몸을 칭칭 휘감은 반투명한 드래곤은 이수민의 드래곤과는 비교도 되지 않을 정도로 웅장하고 또렷했다.

아니, 그 정도를 넘어섰다. 저 드래곤은 쥬신의 역사서에 등장하는 그 어떤 드래곤보다도 더 선명하고 위엄이 넘쳤다.

'역대 황제들이라고 하여 모두 황금빛 드래곤을 발현할 수 있는 것은 아니야. 수많은 황제 중에서도 오직 패황 폐하께서만 저런 드래곤을 보여주셨지.'

이수민의 동공이 폭풍이라도 만난 듯 흔들렸다.

"으으으으, 설마?"

이수민이 자신도 모르게 다섯 걸음이나 뒤로 물러났다.

이탄이 비릿하게 웃었다.

"흐흐. 너는 이게 뭔지 아나 보구나. 네가 비록 머저리의 후손이기는 하다만, 그래도 핏줄의 고귀함을 아주 잊은 것은 아니로구나."

이탄은 마치 이수민을 가문의 아랫사람 다루듯이 대하였다. 이수민은 이탄의 태도에 대해 아무런 거부감도 느끼지 못했다.

이 거침없는 태도.

이탄이 보여준 피의 이적.

이탄이 풍기는 제왕의 기세.

이 가운데 어느 것 하나 범상한 게 없었다. 이수민은 이탄이 수백 년 전에 죽은 패황의 환생이라 자청해도 그 말을 믿을 것만 같았다. 혹은 이탄이 환생체가 아니라 패황 본인이라고 주장해도 의심하지 않을 듯했다.

"으으으으. 설마, 설마아—."

이수민은 얼굴을 잔뜩 일그러뜨린 채 "설마"라는 단어만 반복했다.

제7화

이수민 .VS. 학송 II

Chapter 1

이탄은 아무런 첨언도 하지 않았다. 그 순간에도 이탄의 몸 주변에서는 커다란 황금빛 드래곤의 환영이 북극의 오로라처럼 신비롭게 일렁거렸다.

드래곤의 환영이 곧 고귀한 혈통의 증명이었다. 이탄의 침묵이 오히려 이수민을 확신케 만들었다.

"으으으, 설마 패황 폐하시옵니까? 설마 수백 년 전에 승하하신 것으로 알려진 그분이시옵니까?"

이수민이 넋을 잃고 여쭈었다.

이탄은 여전히 대답하지 않았다.

이수민은 상대의 침묵을 긍정으로 받아들였다. 불현듯

이수민의 뺨을 타고 뜨거운 눈물이 흘러내렸다.

이수민이 몸부림치듯 죄를 고백했다.

"정말 패황 폐하께오서 여태 살아계셨습니까? 수백 년도 넘게 생존해계셨단 말씀입니까? 으흐흑, 으흐흐흑. 저희 불민한 후손들은 폐하께오서 쌓아 올린 제국을 지키지도 못하였습니다. 저희는 오만하고 어리석기 그지없어 폐하의 위업을 한낱 승냥이 무리에게 빼앗기고야 말았습니다. 부디 저희 어리석은 후손들을 꾸짖어주소서. 으흐흐흑."

한번 터진 이수민의 눈물은 쉽사리 멈출 줄을 몰랐다. 오히려 시간이 갈수록 더 많은 눈물이 샘솟았다.

"흐흐흐흐흑."

이수민은 땅에 무릎을 대고 등을 새우처럼 웅크리고는 서럽게 흐느꼈다.

그때 생각지도 못한 방해꾼이 끼어들었다.

"만세, 만세, 만만세. 패황 폐하시여, 제국의 빛나는 태양이시여, 쥬신의 영원한 일꾼 학송이 문안 인사드리옵나이다."

불쑥 튀어나와 이탄 앞에 납죽 엎드린 방해꾼의 정체는 다름 아닌 학선생이었다.

이 간교한 자는 그야말로 열성 신도가 신을 영접한 것처럼 감격에 젖어서 이탄을 우러러보았다.

"아니, 네놈은!"

이수민이 두 눈을 부릅떴다.

학선생은 이수민을 쳐다보지도 않았다. 학선생은 오직 태양에 마음을 빼앗긴 열병 환자처럼 이탄만 우러를 뿐이었다.

"하!"

이수민은 어이가 없었다.

이수민은 이 중요한 타이밍에 저 간신배가 등장한 것도 기가 막히고, 그 간신배가 감히 패황(?) 폐하께 알랑방귀를 뀌는 것도 가소로웠다.

"패황 폐하, 저놈의 말을 믿지 마소서. 저자야말로 폐하의 제국을 좀먹는 버러지와 같은 간신입니다."

이수민은 대놓고 학선생을 저격했다.

'이런 쌍년이.'

학선생은 속으로 발끈했다. 하지만 겉으로는 아무런 내색도 하지 않았다.

학선생은 이탄 앞에서 이수민과 신흙탕 싸움을 하는 것은 어리석은 일이라고 판단했다. 그래서 그는 이수민의 폄하에 일일이 대응하는 대신 패황에 대한 무한한 칭송과 충성심만을 강조했다.

'아뿔싸.'

이수민은 가슴이 철렁했다.

'역시 저 살모사 새끼는 보통 놈이 아니로구나. 하긴, 그러니까 아바마마께서 저놈의 말이라면 팥으로 메주를 쑨다고 해도 믿으시겠지. 하아아. 이러다 패황 폐하마저 저 간신배의 혀 놀림에 현혹되시면 안 되는데.'

이수민이 걱정스러운 눈빛으로 이탄을 올려다보았다.

가면 속 이탄의 눈동자가 황금빛 광채를 머금었다. 특이하게도 이 광채는 동공 전체가 아닌 테두리에서만 진하게 퍼져 나왔다.

그 눈을 보고 있노라면 숨이 콱 막혔다. 머리가 어질어질하였다. 이는 이수민뿐 아니라 학선생도 절감하는 바였다.

어린 시절 학선생은 세상에서 부친을 가장 두려워했다.

학선생의 아버지이자 회양당의 초대 당주였던 학운철은 아들의 더러운 속내를 가장 정확하게 꿰뚫어 보았던 사람이었다.

그래서 학선생은 부친을 독살했다.

젊은 시절 학선생이 가장 두려워하던 인물을 꼽으라면 단연 목우 장군이었다. 학선생은 절친인 목우의 강한 정신력과 무력을 경계했다. 학선생은 목우가 자신의 더러운 속내를 알게 될까 봐 늘 전전긍긍했다.

하여 학선생은 목우마저 음모를 꾸며서 죽여 버렸다. 이어서 학선생은 목우의 동생인 목운도 제거했다.

장년이 된 이후로 학선생이 가장 두려워한 인물은 이수민이었다. 학선생은 이수민이 제왕의 기질을 타고났음을 알아보았다.

'이공의 뒤를 이어서 이택민이 황제가 되어야 해. 그래야 내 마음대로 황실을 주무르지. 만약 이수민 공주가 보위를 잇는다면 나는 끝장이야.'

학선생은 어떻게든 이수민을 꺾어버릴 기회만 노렸다. 그만큼 학선생이 이수민을 두려워한다는 뜻이기도 했다.

하지만 지금까지 학선생이 경계해 왔던 그 어떤 인물도 눈앞의 가면 사내와 비교할 수는 없었다. 황금빛 가면 사내는 학선생의 손에 죽은 부친보다도, 30년 전의 목우보다도, 제왕의 기질을 타고난 이수민보다도 더 훨씬 더 두려운 상대였다.

'으으윽.'

학선생은 감히 이탄의 눈을 마주 보지도 못했다. 저 무서운 눈을 마주쳤다가는 그대로 발가벗겨질 것 같아서였다. 학선생이 가지고 있는 간악한 본성이 명명백백히 밝혀질 것 같기 때문이었다.

학선생이 두려움에 벌벌 떠는 동안, 이탄은 학선생을 쭈욱 훑어보았다.

'이자가 바로 그놈이로구나.'

이탄이 비릿하게 입꼬리를 끌어올렸다.

이탄의 머릿속에 박혀 있는 학선생의 이미지는 다음 세 가지였다.

첫째, 스스로 천공안의 주인이라고 거짓말을 하면서 간씨 세가와 쥬신 잔당들 사이에 양다리를 걸치려고 시도한 모리배.

둘째, 20년 전 목운을 폐인으로 만들어 내쫓고, 용설란으로 하여금 어린 이탄을 납치하도록 사주한 자.

셋째, 세 치 혓바닥으로 이공을 농락하고 쥬신의 잔당들을 주무르는 간신.

이게 바로 이탄이 가진 학선생의 이미지였다.

'큭큭. 그런 놈이 감히 내 앞에서 혀를 놀려?'

이탄은 경멸의 감정으로 학선생을 노려보았다.

이탄의 눈은 웃고 있지 않은데 입꼬리는 하늘로 치켜 올라갔다. 학선생을 향한 이탄의 미소가 한결 짙어졌다.

Chapter 2

세 사람 사이에 대화가 조금 오갔다.

대화는 계속해서 겉돌았다.

이수민은 학선생의 본성을 까발리기 위해 모든 노력을 쏟아부었다.

'혹시라도 패황 폐하께서 저 살모사 놈의 혓바닥에 넘어가면 큰일이다.'

이수민의 머릿속에는 온통 이 생각뿐이었다.

학선생은 노련하게도 이수민의 공격에 맞대응하지 않았다.

'멍청한 수민 마마, 내가 그 도발에 넘어갈 것 같소? 흥. 어림도 없지.'

학선생은 이탄이 빛의 수호룡을 타고 등장하여 오대군벌을 혼내준 일에 대한 감사와 칭송만 되풀이했다.

그럴수록 이수민의 머리에서는 김이 모락모락 솟았다.

이탄은 이수민과 학선생의 다툼을 물끄러미 바라보았다. 그러다 드디어 이탄이 입을 열었다.

"너희가 둘로 갈라졌음을 내가 알겠다."

"네?"

"패황 폐하, 그것은……."

이수민과 학선생이 동시에 움찔했다.

이탄은 가면 속에서 말을 웅얼거렸다.

"너희 어리석은 것들에게 어떤 처분을 내릴 것인지는 조금 더 생각해 본 다음에 결정하지. 다음에 너희에게 다시 닿으마."

이탄은 모호한 말만 남기고는 한 줄기 빛이 되어 사라졌다. 이수민과 학선생은 이탄이 빛의 입자로 변해 흩어지는 장면을 멍하니 쳐다보았다.

마지막에 이탄이 사용한 것은 무한공의 권능이었다.

그러나 이수민과 학선생은 그 높은 인과율의 권능을 알아볼 능력이 없었다. 두 사람은 그저 '저것도 패황 폐하의 마법 가운데 하나인가 보구나.' 라고 미루어 짐작할 뿐이었다.

이탄이 사라지자 이수민이 양손을 옆으로 쫙 벌렸다.

"이놈!"

화륵! 화르륵!

이수민의 손아귀로 붉은 빛이 빨려들 듯 집약되었다. 이수민은 무서운 눈으로 학선생을 노려보면서 성큼 다가섰다.

비록 이수민이 이채민보다 마법이 약하고 이소민보다는 무술 실력이 뒤처진다고 할지라도, 기본 바탕은 무관에 가까웠다.

그에 비해서 문관인 학선생의 무술 실력은 정말 바닥권이었다.

"수민 마마, 이게 무슨 짓입니까?"

학선생이 노여움을 토했다.

그러면서도 학선생은 무의식 중에 뒷걸음질을 쳤다. 학선생의 부인도 학선생의 등 뒤에 숨어서 가늘게 몸을 떨었다.

이수민은 입을 열지 않았다.

'이 외진 곳에서 살모사 새끼와 남게 되다니. 이건 하늘이 내게 준 기회다. 이번 기회에 저놈의 목을 따야 해. 그래야 우리 조직이 썩지 않아.'

이수민은 이 기회에 학선생을 제거하고자 결심했다.

학선생은 정신이 퍼뜩 들었다.

'이런 씨팔. 저년이 기어코 나를 죽일 생각인가 보구나. 크윽. 이럴 줄 알았으면 호위무사라도 데려오는 것인데. 으으으.'

그 순간 이수민의 모습이 학선생의 시야에서 사라졌다.

"안 돼!"

학선생은 반사적으로 부인의 목덜미를 잡아 인간방패로 삼았다.

쾅!

폭음과 함께 학선생의 부인이 피를 토했다. 학선생의 부인은 이수민이 날린 공격을 가슴에 얻어맞고는 뒤로 넘어갔다.

"이런 미친년."

학선생이 욕을 했다. 학선생은 뒤도 돌아보지 않고 도망쳤다.

"게 섰거라."

이수민이 쓰러진 부인의 몸을 타 넘어 학선생을 추격했다.

학선생은 전력을 다해 뛰면서 바락바락 소리를 질렀다.

"싫다. 너 같으면 서겠냐? 이 쌍년아."

학선생은 정말 젖 먹던 힘까지 쥐어짜서 달렸다.

이수민이 어느새 학선생을 따라잡더니 붉은 기운이 일렁거리는 손으로 상대의 등짝을 후려쳤다.

"크헉."

학선생의 등에서 가죽북 터지는 소리가 울렸다. 학선생은 앞으로 세 바퀴나 구르며 나뒹굴었다.

이수민이 참새를 노리는 매처럼 날아들어 학선생의 멱살을 움켜잡았다.

그 순간 학선생의 소매에서 시커먼 것이 튀어나왔다.

이것은 온몸이 새까만 비늘로 뒤덮인 쌍두사였다. 학선생은 쥬신의 환관들 사이에서 전해져 내려오는 비법으로 이 쌍두사를 키워내었다.

한창 어지러웠던 쥬신 제국 말기, 황실의 여인들은 환관들을 시켜서 극독을 품은 쌍두사를 키워내었다. 그리곤 그 흉물을 이용하여 다른 라이벌 여인들을 암살하곤 하였다.

다시 말해서 이 쌍두사는 적을 죽이는 암살 무기인 동시에 황실 여인들이 몸을 지키기 위한 비장의 한 수이기도 했다.

학선생도 이와 비슷한 이유로 검은 쌍두사를 키워내었다.

오래전 우연히도 검은 쌍두사의 육성비법이 학선생의 손에 들어왔다. 학선생은 "어쩌면 이것이 내 생명을 연장시켜 줄 비장의 한 수가 될지도 모르겠구나."라고 중얼거리며 온갖 독물을 투입하여 검은 쌍두사 한 쌍을 마련했다.

이수민의 일격에 목숨이 떨어지려는 찰나, 학선생은 두 마리 흉물 가운데 한 마리를 깨워서 이수민에게 집어던졌다.

샤아—악—.

학선생의 소매에서 튀어나온 검은 쌍두사는 그야말로 한 줄기 벼락이 되어 이수민에게 날아갔다.

"헙?"

이수민이 깜짝 놀랐다.

Chapter 3

이수민은 양손에 어린 붉은 기운을 극한으로 쥐어짜서 검은 벼락을 마주 때렸다. 이 정도 공격이면 2 센티미터 두께의 철판도 뚫을 만한 위력이었다. 혹은 바주카포 몇 발쯤은 거뜬히 막아낼 수준이기도 했다.

한데 검은 쌍두사는 이수민의 방어를 거침없이 뚫는 게 아닌가.

쌍두사의 번들거리는 비늘은 이수민의 공격을 정면으로 받고도 흠집 하나 나지 않았다. 오히려 검은 쌍두사는 연어가 물살을 거슬러 오르는 것처럼 이수민에게 파고들어 그녀의 하얀 손목을 콱 깨물었다. 그것도 쌍두사의 2개 머리가 동시에 이수민의 살에 이빨을 박고 독액을 흘려보냈다.

"커헉."

이수민의 몸이 뻣뻣하게 굳었다. 이수민의 눈앞은 새하얗게 탈색되었다.

이수민의 오른팔이 마비된 것은 눈 깜짝할 새였다. 이어서 그녀의 심장 박동이 급격히 느려졌다.

이수민의 입가에는 시커멓게 거품이 끼었다. 이수민의 목을 타고 검은 실핏줄들이 도드라졌다.

"끄어어."

이수민이 통나무처럼 뒤로 쓰러졌다.

반대로 학선생은 엉덩이를 툭툭 털고 일어났다.

"어우, 쌍년. 죽는 줄 알았네."

학선생은 피투성이가 된 자신의 등을 손으로 주무르면서 이수민에게 다가왔다.

학선생이 가장 먼저 한 일은 이수민의 하얀 팔뚝에 매달려 꿈틀거리는 검은 쌍두사를 다시 잠재우는 것이었다.

"자아, 착하지. 착하지, 우리 아가. 이제 아비의 품으로 다시 돌아오너라."

학선생은 검은 쌍두사를 어린아이처럼 조심스럽게 다루었다.

검은 쌍두사는 해머로 내리찍어도 상처 하나 나지 않을 만큼 몸뚱어리가 단단했다. 쌍두사의 공격 속도는 벼락을 연상시킬 만큼 쾌속했다. 검은 쌍두사의 독액은 단 한 방울만 있어도 황소 수십 마리를 죽여 버릴 만큼 위협적이었다.

대신 검은 쌍두사는 공기 중에 노출되면 오래 살지 못했다.

"이 귀한 보물을 잃으면 안 되지."

학선생은 소매 속에서 사향노루 주머니와 하얀 가루를 꺼냈다.

학선생이 꿈틀거리는 쌍두사의 머리에 하얀 가루를 톡톡 뿌리자 검은 쌍두사가 스르륵 잠이 들었다.

학선생은 검은 쌍두사를 사향노루 주머니에 조심스럽게 집어넣은 다음, 다시 소매 속으로 회수했다.

검은 쌍두사를 회수하다가 자칫 실수라도 하면 학선생도 골로 갈 수밖에 없었다. 때문에 학선생의 이마에는 땀이 송글송글 맺혔다.

어찌나 긴장을 했던지 학선생은 등이 욱신욱신 쑤셨다. 이수민에게 한 방 얻어맞은 부위에서는 피가 점점 더 많이 흘렀다.

"크윽. 아프잖아."

학선생이 어금니를 꽉 물었다. 학선생은 통나무처럼 뻣뻣하게 굳은 이수민을 고리 눈으로 노려보았다.

"크크큭. 수민 마마, 맛이 어떠시오? 나는 마마의 아비인 이공 폐하를 위해서 불철주야 충성을 바치고 있소만, 수민 마마는 나의 노력을 인정하지 않고 어떻게든 이 학송의 목을 노리시는구려. 하지만 이걸 어쩌나? 내 목보다 마마의 목이 먼저 떨어지게 생긴 것을. 크크크크큭."

학선생의 눈이 고약한 기운을 품었다.

이수민은 비록 몸이 마비되었으나 아직 정신을 잃지는 않았다. 그래서 지금 학선생이 무슨 짓을 하려는지 다 볼 수가 있었다.

학선생이 이수민의 의복을 거칠게 옆으로 잡아 뜯었다.

이수민의 눈동자가 경악으로 물들었다.

'네놈이 감힛!'

이수민은 피를 토하는 심정이 되었다.

이수민은 학선생에게 고래고래 쌍욕을 날려주고 싶었다. 학선생의 따귀를 때리거나 멱을 따고 싶기도 했다.

한데 손발이 움직이지 않았다. 목소리도 내지 못했다. 이수민이 아무리 애를 써도 통나무처럼 굳은 그녀의 몸은 풀릴 줄을 몰랐다.

"크흐흐흐."

학선생이 이수민의 상의를 완전히 풀어헤쳤다.

학선생은 손가락 하나 까딱하지 못하는 이수민의 몸뚱어리에 올라탔다. 학선생의 더러운 손이 이수민의 하반신을 더듬었다.

'안 돼. 끄윽.'

이수민은 자신의 혀를 깨물어 자결하려고 시도했다.

그것마저도 불가능했다.

학선생의 더러운 입이 이수민의 입술을 덮쳤다. 학선생의 징그러운 혀가 이수민의 얼굴을 징그럽게 핥았다.

학선생은 이수민을 혀뿐만이 아니라 말로도 능욕했다.

"큭큭큭. 내 언젠가 수민 마마를 이리 만들려고 했지요. 큭큭. 어디 수민 마마뿐이겠습니까? 채민 마마나 소민 마마도 마찬가지예요. 크크큭큭."

'이런 미친 새끼.'

이수민은 속으로 이빨을 갈았다.

학선생이 농을 덧붙였다.

"크흐흐. 조금 전 수민 마마께서 소신의 부인을 공격하여 거꾸러뜨리지 않았습니까? 큭큭. 그 피해는 어찌 보상하실 겁니까? 혹시라도 제 와이프가 돼지고 나면 수민 마마께서 소신의 와이프 역할이라도 해주시렵니까?"

'이런 돌아이 새끼가 뭐래?'

말도 안 되는 학선생의 농락에 이수민은 진저리를 쳤다.

"큭큭. 그렇다는 것은 혹여 수민 마마께서도 평상시에 이 학송을 그리워하셨다는 뜻입니까? 으흐흐흐."

이수민은 학선생이 저주스러웠다. 아니, 엄밀히 말해서 학선생보다도 자기 자신이 더 미웠다.

'아아아, 나는 천하의 바보 천치로구나. 저 살모사 새끼가 비장의 한 수를 숨겨두고 있으리라는 것을 왜 생각하지 못했단 말인가. 원거리에서 공격하면서 녀석을 천천히 쓰러뜨리면 될 일을, 왜 무방비 상태로 녀석에게 가까이 접근했단 말인가. 아아아, 이런 바보, 천치, 머저리 같은 년.'

이수민이 자책했다.

그러는 동안 학선생은 마침내 이수민의 아래쪽 속옷까지 완전히 벗어내었다. 이수민은 아득히 절망했다.

Chapter 4

이수민에게 지옥이 다가오려는 순간이었다.

쭈웅―.

하늘에서 빛 한 줄기가 떨어졌다. 레이저처럼 일직선으로 쏘아진 빛은 학선생의 척추신경 한 곳을 정확하게 끊어버렸다.

"끄악!"

학선생이 펄쩍 뛰었다. 학선생은 마치 귀신이라도 만난 사람처럼 기겁하며 하늘을 향해서 연거푸 절을 올렸다.

"패황 폐하, 이건 오해시옵니다. 저는 절대 나쁜 마음을 품지 않았사옵니다. 이것은 수민 마마가 소신의 충성심을 오해하여 저지른 일이옵니다."

하늘에서는 아무런 반응도 없었다. 대신 추가 공격도 쏟아지지 않았다.

학선생은 이때다 싶었는지 변명을 늘어놓았다.

"폐하, 수민 마마께서는 소신의 아내를 죽이려 들었을 뿐 아니라 소신마저 제거하려 하셨나이다. 그런 와중에 소신이 불가피하게 수민 마마와 엎치락뒤치락하게 되었을 뿐, 소신에게는 그 어떤 나쁜 꿍꿍이가 없었나이다. 하늘의 태양처럼 만물을 골고루 굽어 살피시는 현명하신 폐하시여, 부디 소신의 불경함과 어설픔을 꾸짖어 주시되 소신의 억울함만은 헤아려 주소서."

학선생은 등이 욱신거리고 허리가 끊어질 것 같은 와중에도 필사적으로 절을 올려 이탄에게 용서를 구했다.

후왕!

밤하늘에서 또 한 줄기의 빛이 떨어졌다. 이 빛은 이수민의 몸을 부드럽게 감싸더니 그녀의 혈관에 흐르는 독액을 싹 날려버렸다.

이수민이 기운을 되찾았다.

"으윽, 으허헉."

이수민은 자리에서 벌떡 일어나 하늘을 우러러보았다.

"패황 폐하, 불민한 후손의 목숨을 구해주셔서 감사합니다. 패황 폐하께서도 보셨듯이 이 살모사 같은 놈은 감히 쥬신의 황족인 저를 능멸하려 들었습니다. 부디 패황 폐하께서는 이 무도한 자를 참살하여 주십시오.”

이수민이 학송을 향해서 도끼눈을 떴다.

“헙!”

학선생은 하얗게 질린 얼굴로 하늘을 올려다보았다.

이수민의 청에 이탄이 반응했다. 두 사람의 뇌에 이탄의 뇌파가 들렸다.

[저자가 간신이라면, 간신을 가까이 두는 이공은 혼군이겠구나. 그렇다면 내가 간신의 목을 벨 때 혼군의 목까지 함께 쳐야겠어.]

“그것은!”

이수민은 말문이 꽉 막혔다. 이수민은 차마 이탄에게 부친의 목도 함께 쳐달라고 고하지는 못하였다.

이탄이 차갑게 뇌파를 이었다.

[휘황찬란하던 제국을 승냥이들에게 빼앗기고, 신하에게 휘둘려 능멸이나 당하고, 이처럼 엉망진창인 자들을 내가 돌보아야 할 이유가 있느냐?]

“으윽.”

이수민은 거듭 말문이 막혔다.

이탄이 아예 못을 박았다.

[너희들이 단합을 하지 못하고 둘로 나뉘어 서로 으르렁

거리는 것은 내가 알겠다. 둘 중에 어느 쪽이 쭉정이고 어느 쪽이 알곡인지는 내가 직접 알아볼 것이다. 그때까지 기다려라.]

이탄은 이런 말로 이수민과 학선생의 싸움을 중단시켰다. 하늘에서 내려온 빛이 이수민의 몸뚱어리를 상공으로 잡아끌었다.

"패황 폐하, 부디 후손의 말을 들어주소서. 저 쥐새끼를 이대로 살려 보내시면 아니 됩니다. 폐하, 제발."

이수민은 하늘로 딸려 올라가면서도 끝까지 자신의 학송의 처벌을 주장했다.

그러나 이어지는 이탄의 독백에 이수민도 입을 다물 수밖에 없었다.

[어쩌면 둘 다 쭉정이일 수도 있겠지. 그렇다면 다 태워서 비료로 쓴 뒤, 처음부터 제국의 기틀을 다시 만들어야 하나?]

그 말에 이수민의 안색이 파랗게 질렸다. 이탄의 독백이 재갈이 되어 이수민의 입을 틀어막았다.

이탄은 학선생의 감언이설에 넘어가서 그를 살려준 것이 아니었다.

이탄이 학선생에게 손을 쓰지 않은 이유는 두 가지였다.

첫째, 이탄은 천공안으로 미래를 읽었다. 그 미래에서 학선생을 이탄을 위한 도구 역할을 해야만 했다.

이탄은 이것 때문에 학선생의 숨통을 붙여둔 것이었다.

이탄이 학선생의 숨을 붙여둔 두 번째 이유.

이탄은 학선생을 그리 편하게 죽일 마음이 없었다.

'으드득. 내가 너를 편히 죽일 줄 아느냐? 두고 보아라. 장차 네가 어떤 꼴이 되는지.'

이탄이 이빨을 갈았다.

오래전 이탄이 머리가 잘려서 망령이 된 배후에는 학송의 음모가 도사리고 있었다. 이탄은 그 원한을 결코 잊지 않았다. 이탄이 구름 위에서 서슬 퍼런 눈으로 학선생을 노려보았다.

불행히도 학선생은 이탄의 섬뜩한 속내를 알지 못했다. 그저 그는 이탄 덕분에 목숨을 건졌다고 여기고는 아픈 허리를 꾹 참고 연신 하늘을 향해서 연거푸 절을 올릴 따름이었다.

"패황 폐하 만세, 만만세. 소신은 폐하의 혜안에 모든 것을 맡기옵니다. 부디 패황 폐하께서 누가 알곡이고 누가 쭉정이인지 가려주시옵소서."

학선생은 이탄이 들으라는 듯이 목청을 높였다.

이탄은 아무런 대답도 하지 않았다. 더 이상 학선생과 말을 섞고 싶지 않아서였다.

이탄이 손을 수평으로 뻗었다.

후웅!

이탄의 손끝에서 방출된 빛이 이수민의 몸뚱어리를 휘감더니 단숨에 인도로 돌려보냈다. 이탄은 무한공의 권능으로 이수민을 제자리로 돌려보낸 다음, 본인도 발리를 떠나 간씨 세가로 복귀했다.

발리의 폐허에는 학선생 부부만 덩그러니 남았다.

"크윽. 아프다."

학선생은 그제야 허리를 손으로 짚고 모래바닥에 털썩 무릎을 꿇었다. 척추가 시큰하게 쑤시고, 하체에 힘이 쭉 빠지는 것이 보통 일은 아닌 듯했다. 학선생의 이마엔 식은 땀이 송글송글 맺혔다.

제8화

오대군벌의 협의체

Chapter 1

결과적으로 이수민과 학선생, 2명 모두 원하던 바를 손에 넣지 못했다.

이들은 원래 황금 가면 사내를 만나서 인연의 끈을 맺고 그를 회유하려는 목적으로 발리섬을 방문하였다.

하지만 2명 모두 목표 달성에는 실패했다.

대신 이들은 엉뚱한 오해만 하게 되었다. 황금 가면 사내가 패황 본인이거나, 혹은 패황의 환생이라는 오해였다.

방콕으로 돌아오는 비행기 안, 학선생은 눈을 묘하게 빛냈다.

"패황 폐하께서 생존해 계시는 한, 이공은 아무것도 아

니지. 그 늙은이는 마지막 황제의 사생아에 불과하여 정통
성이 없지 않은가."

학선생은 조만간 이공이 정통성을 잃을 것이라고 판단했
다.

쥬신 복원 세력의 용맹한 장수들이 패황과 이공 가운데
누구를 따를 것인가는 불을 보듯 명확한 까닭이었다.

학선생의 예측처럼 이공이 정통성을 잃는다면, 이공의
딸들도 당연히 기반이 붕괴하는 셈이었다.

"나를 포함한 쥬신의 충신들은 이공 일가족이 아니라 패
황 폐하께 충성을 바쳐야 해. 내가 대소신료들을 선동하여
반드시 그리 만들 테다."

학선생은 완전히 말을 갈아타기로 결심했다. 또한 학선
생은 주군을 바꾸는 와중에 권력도 꽉 움켜쥘 요량이었다.

"내가 패황 폐하의 복심이 되어야 해. 내가 일인지하 만
인지상이 되어야 한다고. 반드시 그리 되고야 말겠어."

학선생은 지향점을 뚜렷하게 드러내었다.

"큽!"

그러다 학선생이 허리를 손으로 짚고 인상을 구겼다. 척
추를 타고 찌르르 퍼진 통증은 학선생의 사타구니까지 영
향을 주는 듯했다. 학선생은 하반신 전체가 얼얼하다 못해
감각이 느껴지지 않았다.

학선생의 안색이 하얗게 질렸다.

하지만 조금 더 시간이 흐르자 또 괜찮아지는 듯했다.

"후욱, 후욱, 후욱."

학선생은 반복적으로 숨을 몰아쉬었다. 그의 이마에서는 자꾸 식은땀이 흘렀다.

한편 이수민은 신비로운 힘에 떠밀려 인도로 돌아온 이후에도 몇 가지 고민에 휩싸였다.

"패황 폐하께서 생존해 계셨다니, 이건 참으로 놀라우면서 심각한 문제로구나. 보아하니 패황 폐하께서는 아바마마에 대한 감정이 좋지 않으신 듯했어. 그건 경멸에 가까운 감정이었다고."

이수민의 얼굴에 그늘이 졌다. 이수민은 부친인 이공이 걱정되어 마음이 쉽게 진정되지 않았다.

물론 이수민은 패황의 심정을 이해했다.

"하긴, 나 같아도 경멸할 것 같아. 애써 이룩한 제국이 못난 후손들에 의해서 허물어졌다면, 그분의 눈에 후손들이 어찌 보이겠는가."

이수민은 이렇게 이해를 하면서도 나름 패황에게 불만이 생겼다. 패황이 올바른 판결을 내리지 않고 학송을 그냥 놓아준 것이 그녀의 불만이었다.

"크읏. 이번 기회에 그 추잡한 살모사 놈의 목을 쳤어야 했거늘. 아아아. 설마 이러다가 패황 폐하마저 살모사의 혓바닥에 속으시는 것은 아니겠지? 제발 아니어야 할 텐데."

밤이 깊어갈수록 이수민의 걱정도 점점 더 깊어졌다.

이탄이 발리에 다녀온 이후로 아흐레가 훌쩍 지났다.

12월 10일.

드디어 오대군벌의 수뇌부들이 머리를 맞대고 하나의 협의체를 탄생시켰다.

사실 이건 기적이나 다름없었다.

오대군벌은 원래 서로에게 이빨을 드러내고 으르렁거리던 사이였다. 그런 오대군벌이 서로의 손을 잡고 하나로 뭉치다니! 이것은 70여 년 전, 쥬신 제국을 무너뜨린 이후로 처음 맞는 일이었다.

협의체의 대표로 다음과 같은 거물들이 서명을 했다.

유럽 발렌시드의 빅토리아 여왕.

미주 에디아니의 험프 가라폴로.

아시아 간씨 세가의 간철호.

아프리카 카르발의 갈색 사자 고골.

시베리아 코로니의 살육하는 사제 예니세이.

협의체에서는 연판장을 돌려서 이상 5명의 서명을 받아내었다.

솔직히 연판장에 서명을 한 거물들의 면면은 화려하였으나, 외교적인 격은 동등하지가 않았다.

빅토리아 여왕은 발렌시드의 1인자였다. 모든 서명자들 가운데 빅토리아 여왕의 격이 가장 높았다.

빅토리아와 격을 맞추려면 에디아니 군벌에서는 시즈너 가문의 가주인 로크 시즈너가 직접 서명을 해야만 했다.

한데 로크는 워낙 고령이라 활동이 불편했다. 로크는 가문의 권력도 이미 후배들에게 넘겨주었을뿐더러 위독하다는 소문도 돌았다.

그러니 로크가 직접 서명할 필요는 없는 것이다.

"하면 다음 차례는 안토니오 말레우스 님이 아닌가? 로크 님께서 서명하기 어려우면 마땅히 안토니오 님께서 하셨어야지."

누군가 이렇게 투덜거렸다.

안타깝게도 안티니오도 서명을 할 수가 없는 처지였다.

안토니오는 얼마 전 하와이에서 유령조직의 흑마법사들에게 된통 당한 이후로 아직도 거동이 어려웠다. 때문에 로크나 안토니오 대신에 남미 가라폴로 가문의 가주인 험프가 연판장에 서명을 하게 되었다.

빅토리아 여왕과 격을 맞추려면 간씨 세가에서도 가주인 간성주가 서명에 참여하는 것이 맞았다.

그러나 오대군벌 가운데 그 누구도 간성주의 서명을 원치 않았다.

간씨 세가의 권력이 간성주의 손을 떠나서 간철호에게 옮겨왔다는 점은 모두가 알고 있는 사실이었다. 만약에 간철호가 아닌 간성주가 연판장에 서명을 했다면 다른 군벌들은 오히려 간씨 세가에 화를 내었을 것이다. 간철호야말로 간씨 세가의 실질적인 주인이자 이번 협의체의 주축이니까.

Chapter 2

한편 아프리카의 카르발 군벌은 이해할 수 없는 행보를 보였다. 그 때문에 다른 군벌들이 일제히 수군거렸다.

"아니, 협의체에 대표로 참여하여 연판장에 서명을 하는 것은 어디까지나 아프리카의 군주인 콜링바가 해야 할 일이 아닌가? 그런데 왜 고골이 서명을 하지?"

"맞아. 비록 고골이 콜링바의 후계자라고는 하지만, 아직 그는 권력도 쥐지 못한 신참이잖아."

군벌들 사이에 이런 이야기가 나돌았다.

사실 그렇게 치면 간철호(이탄)가 연판장에 서명하는 것도 문제가 될 수 있었다. 간철호와 고골, 이들 2명 모두 해당 군벌의 2인자이기 때문이다.

하지만 세상의 그 누구도 대지의 소서러 간철호와 갈색 사자 고골을 동급으로 보지 않았다. 간철호가 이미 완성된 권력자라면, 고골은 이제 갓 성인이 된 사자인 까닭이었다.

그래도 어쩌겠는가.

콜링바가 황금 가면을 쓴 괴한에게 납치를 당한 것을.

"지난 전투에서 콜링바 님께서 부상을 좀 입으셨습니다. 그래서 불가피하게 고골 님이 대표로 서명을 한 것이니 이해를 해주십시오."

카르발 군벌의 대변인은 이런 말로 다른 군벌들의 양해를 요청했다.

다른 군벌들은 마뜩지 않았으나 그냥 넘어가기로 하였다.

한편 코로니 군벌도 예의가 없기는 마찬가지였다.

"아니, 다들 왜 이러는 거냐고. 당연히 빙제 알렉세이 님이 연판장에 서명을 하셔야 격이 맞는 것 아냐?"

"쳇. 아마도 험프 가라폴로 님이나 대지의 소서러 간철호 님, 그리고 고골 님이 서명을 하니까 기분이 나빴나 보지. 그래서 알렉세이 님께서 서명에서 빠진 것 아닐까?"

"아무리 그래도 그렇지. 정 그렇다면 알렉세이 님 대신 최소한 염제 발로바 님이라도 서명해야 하잖아."

다른 군벌들이 앞다투어 불평했다.

코로니 군벌은 쏟아지는 불만에 대해서 아무런 변명도 내놓지 못했다.

하긴, 입이 있어도 벙어리 신세일 수밖에.

코로니의 서열 1, 2위인 빙제와 염제가 모두 실종되었다. 서열3위인 아이스 듀크(Ice Duke: 얼음공작) 표트르는 예전에 천산산맥 지하에서 이탄에게 맞아 죽었다. 서열 4위인 철가면 자고예프도 빙제, 염제와 함께 실종되었다.

다시 말해서 코로니 군벌은 서열 1위부터 4위까지 텅 빈 상황이었다.

그런데 이 엄청난 피해 사실을 어찌 세상에 밝힌단 말인가. 그러다 다른 군벌들이 코로니를 공격하면 어떻게 하고?

결국 코로니 군벌에서는 서열 5위인 예니세이가 대표로 나서서 연판장에 서명을 했다. 다른 군벌들이 곱지 않은 시선을 던지는 것은 알지만, 코로니 군벌 입장에서는 불가피한 선택이었다.

오대군벌 사이에 협의체가 정식으로 출범하고 이튿날.

오대군벌의 수뇌부들이 한자리에 모일 건수가 저절로 생

겨났다. 고령에 지병으로 고생을 하던 로크 시즈너가 드디어 마지막 숨을 거둔 것이다.

에디아니 군벌은 이 비보를 다른 군벌들에게 전했다.

원래는 로크의 죽음을 다른 군벌들에게 알릴 필요는 없었으나, 최근에 협의체도 발족하였으니 알릴 것은 알려야 한다는 것이 상주인 시어드의 생각이었다.

시어드는 로크의 둘째 아들로, 영면에 든 부친과 반쯤 식물인간 상태에 빠진 형을 대신하여 가문의 1인자 자리에 앉았다.

험프 가라폴로도 시어드의 의견에 동의했다.

"시어드야, 잘 생각하였다. 로크 형님께서 영면에 드셨다는 사실을 다른 군벌들에게 알리는 것이 옳아."

이게 험프의 말이었다.

로크의 죽음을 듣자마자 이탄이 선수를 쳤다.

＊ 간씨 세가를 대표하여 제가 직접 로크 가주님
의 조문을 가고자 합니다. 에디아니에서는 하늘 길
을 열어주시오.

이탄이 보낸 메시지가 시어드와 험프에게 도착했다.

그렇지 않아도 시어드는 대지의 소서러의 광팬이었다.

시어드는 곧바로 이탄에게 답장을 보내 감사의 뜻을 표했다.

그러자 빅토리아도 큰 결심을 하였다.

> * 발렌시드 군벌을 대표하여 나의 딸 릴리트 공주가 로쿄 가주님의 조문을 하렵니다. 에디아니 군벌은 이를 허락해주시오.

여왕의 대변인이 보낸 메시지가 에디아니 군벌에 도착했다.

시어드는 부친의 상을 맞아 세상의 거물급들이 모여든다는 소식에 가슴이 뛰었다. 이와 같은 일들이 어찌나 감격스러웠던지 시어드는 부친을 잃은 슬픔도 어느 정도 가시는 느낌이었다.

"이게 모두 대지의 소서러 숙부님 덕분이다. 그분께서 먼저 장례식 참석 의사를 밝혀주신 덕분에 다른 군벌들도 본받는 거야."

이번 일을 계기로 이탄을 향한 시어드의 존경심은 한층 더 깊어졌다.

상황이 이렇게 되자 아예 협의체의 첫 번째 회의를 시카고에서 하면 어떻겠느냐는 의견이 제기되었다. 시카고는 시즈너 가문의 본거지인 동시에 로크의 장례식이 벌어질 장소이기도 했다.

"쳇. 이왕에 에디아니와 간씨 세가, 발렌시드가 한자리에 모이기로 하였다면 우리 코로니 군벌만 빠질 수는 없지. 비록 그곳에 갔다가 강적들에게 둘러싸여 내 목숨이 위험해지는 한이 있더라도 이럴 때 배짱 있게 나가지 못하면 다른 군벌들이 우리 코로니의 약세를 의심할 게야."

살육하는 사제 예니세이가 투덜거렸다.

예니세이는 어쩌다 코로니 군벌을 지휘하게 된 행운아인 동시에, 세상의 강적들과 직접 어깨를 겨루게 생긴 불운아였다.

어쨌거나 예니세이도 연판장에 서명을 한 죄(?)로 로크의 장례식 참석 의사를 밝혔다.

시어드는 예니세이의 조문도 기꺼이 받아들였다.

Chapter 3

상황이 이렇게 되자 세상의 이목은 카르발 군벌에 쏠렸다.

"혹시 카르발 군벌도 로크 님의 상에 조문을 하려나? 그럼 무려 70년 만에 오대군벌이 한자리에 모이는 셈이라고."

"그건 정말 굉장한 일이잖아."

세상 사람들은 기대에 부풀어 아프리카의 반응을 지켜보았다.

카르발 군벌은 진퇴양난에 빠졌다.

콜링바는 적에게 납치를 당했고, 고골은 아직 부상이 완쾌하지 않은 상태였다. 카르발 군벌의 원로들은 고골의 입만 쳐다보았다.

고골은 깊은 고민 끝에 시카고로 날아가기로 결정했다.

사실 고골은 지금 움직일 형편이 못 되었다. 그는 아직까지 마나가 회복되지 않아 무력을 전혀 쓸 수 없을뿐더러 상처도 치유되려면 멀었다.

이렇게 몸이 불편한 채로 시카고를 방문했다가 다른 군벌들의 표적이 된다면?

그럼 카르발 군벌의 앞날은 태풍 앞의 촛불처럼 위태로워질 것이다.

"그래도 가야 합니다. 다들 모이는 자리에 저만 빠지면 남들이 우리 카르발을 어떻게 보겠습니까? 저는 가서 죽는 한이 있더라도 겁쟁이가 될 수는 없습니다."

고골은 군벌의 원로들 앞에서 이렇게 주장했다.

"끄응. 그 말이 맞기는 한데……."

"젠장 맞을."

원로들은 한숨과 함께 담배만 뻑뻑 피워대었다.

깊은 고민 끝에 카르발 군벌도 조문 의사를 밝혔다. 오대군벌의 수뇌부들이 한자리에 모일 기회가 자연스럽게 만들어졌다.

이탄은 이 소식을 듣고는 흐뭇하게 웃었다.

"하하하. 어쩌면 수호룡들 가운데 몇 마리를 만나게 될지 모르겠네. 시카고에서 뭔 일이 터질지 모르니까 수호룡들을 붙여줄 수도 있겠어."

이탄은 이미 카르발 군벌의 수호신인 수목의 수호룡을 손에 넣었다. 코로니 군벌의 수호신인 얼음의 수호룡도 이탄의 손아귀에 들어왔다.

그러니까 이탄이 궁금해하는 대상은 다음 두 마리 수호룡들이었다.

시즈너 가문을 돌보는 물의 수호룡.

빅토리아 여왕과 계약한 번개의 수호룡.

"이번에 물의 수호룡은 확실히 만나볼 수 있겠지. 그리고 어쩌면 번개의 수호룡도 만나게 될지 몰라. 빅토리아 여왕이 릴리트를 아낀다면 번개의 수호룡을 붙여줄 테니까. 쩝쩝."

이탄은 가볍게 입맛을 다셨다.

12월 13일.

시카고의 하늘은 우중충했다. 을씨년스러운 날씨에 걸맞게 하늘에서는 겨울비가 추적추적 내렸다.

에디아니 군벌의 깃발이 쏟아지는 비 속에서 처량하게 흔들렸다. 깃발이 깃대의 중간 아래에 걸려 있어 더 처량하게 느껴지는지도 몰랐다.

떵! 떵! 떵! 떵! 떵!

예복을 차려 입은 병사들이 하늘을 향해서 대포를 쏘았다. 한 시대를 이끌었던 거물 로크 시즈너의 영면을 기원하는 포격이었다.

처처척.

갑옷을 입은 기사들은 검을 비스듬히 뽑아들어 예를 표했다.

두 줄로 도열한 기사들 사이에서 한 사내가 걸어 나왔다. 미식축구 선수처럼 체격이 좋은 금발의 사내였다. 사내의 얼굴에는 짙은 슬픔이 어려 있었다.

이 사내의 이름은 시어드.

중년의 나이에 시즈너 가문을 이끌게 된 시어드는 어깨에 무거운 짐을 짊어진 여행자처럼 힘겨워 보였다.

"버겁다고 해도 내색을 해서는 안 된다. 시어드야, 너의 행동거지에 하나하나에 시즈너 가문의 명예가 걸려 있구나."

이 이야기는 어젯밤에 험프가 시어드에게 해준 말이었다. 지금 시어드의 귓가에는 험프의 조언이 메아리처럼 맴돌았다.

떵! 떵! 떵! 떵! 떵!

대포 쏘는 소리가 또 들렸다.

시어드가 빗속에서 기다리는 가운데 가문의 기사 8명이 묵직한 관을 들고 등장했다. 관의 절반은 시즈너 가문의 깃발이, 나머지 절반에는 에디아니의 깃발이 덮여 있었다.

"흐흐흑."

관이 등장하자 숨죽여 흐느끼는 소리가 들렸다. 검은 모자와 검은 드레스, 검은 면사를 쓴 여인 한두 명이 훌쩍거렸다.

"울지 마세요. 아버님은 충분히 행복하게 사셨잖아요."

"아버님의 마지막 순간도 행복하셨고요."

울음을 달래는 소리가 뒤따랐다.

이 모든 소음들이 시어드의 귓가에서 환청처럼 뒤섞였다. 시어드는 자신도 모르게 주먹을 꽉 말아 쥐었다.

쏴아아아아—.

빗줄기는 더욱 굵어졌다.

기사들은 밧줄을 잡고 관을 땅 속으로 내렸다.

떵! 떵! 떵! 떵! 떵!

대포가 또다시 불을 뿜었다.

"자, 우리 차례요."

험프가 턱짓을 했다. 험프는 하얀 장갑을 낀 손으로 삽자루를 잡았다.

험프의 신호에 따라 이탄이 한 걸음 앞으로 나왔다. 이탄도 손에 삽을 들었다.

이어서 수염이 덥수룩한 거구의 예니세이, 그림처럼 고혹적인 릴리트, 후리후리한 키의 고골이 차례로 나섰다.

마지막으로 시어드가 삽을 손에 들었다.

험프가 첫 삽을 떠서 관 위에 뿌렸다.

"형님, 편히 가십시오."

험프가 나직하게 중얼거렸다. 험프의 유리알 안경엔 습기가 가득 차올랐다.

이탄이 그 뒤를 따랐다. 예니세이, 릴리트, 고골, 시어드도 삽에 흙을 듬뿍 퍼서 관 위에 뿌렸다.

이어서 검은 면사를 쓴 여인들은 관 뚜껑에 꽃송이를 던졌다. 숨죽여 흐느끼는 소리가 또다시 들렸다.

Chapter 4

장례 절차가 계속되었다.

외부에서 온 귀빈들과 시즈너 가문의 직계가족들이 로크의 마지막 가는 길에 인사를 올렸다. 뒤를 이어서 시즈너 가문의 기사들이 줄지어 앞으로 나왔다. 기사들은 4명씩 짝을 지어 가주의 관 앞에 서더니 묵묵히 묵념을 했다.

모든 절차가 완료되자 사람들은 관 주변을 흙으로 채웠다. 기사들이 밧줄을 당겨서 로크 비석을 우뚝 세웠다.

비석의 앞면에는 스케치 형태로 로크의 초상화가 새겨져 있었다. 비석 뒷면에는 로크의 업적이 꼼꼼하게 기록되었다.

시어드가 비에 젖은 비석을 손으로 쓰다듬었다.

"아버님……."

시어드의 목소리는 살짝 떨려 나왔다. 부친을 잃은 이의 슬픔을 하늘이 어루만지기라도 하는 듯, 갑자기 빗줄기가 거세졌다.

그래도 비를 피하거나 자리를 이탈하는 사람은 없었다.

쥬신 제국 말기에 태어나 제국의 함장을 역임하고 수많은 훈장을 받았던 로크 시즈너.

제국의 황제로부터 '대양을 지키는 방파제'라는 칭찬을

받았던 무인.

그러나 어느 순간 로크는 칼을 거꾸로 쥐었다. 로크는 무능하고 탐욕스러운 황제를 거꾸러뜨린 뒤, 고통받던 미주 지역 백성들을 해방시켰다. 수많은 찬사와 비난을 한 몸에 받았던 노가주 로크는 드디어 한 줌의 흙으로 돌아갔다.

시즈너 가문은 이제 로크의 시대를 끝마치고 시어드의 시대로 역사의 한 페이지를 넘겼다. 이탄은 손수 증인이 되어 그 장엄한 순간을 지켜보았다.

장례식을 마친 저녁.

시즈너 가문은 외빈들을 위해서 만찬을 준비했다.

오늘은 슬픈 날인만큼 만찬 음식은 화려하지 않았다. 시즈너 가문에서는 음악과 술도 생략했다.

두툼한 나무로 짠 긴 식탁 위에는 평소에 고인이 즐겨 먹던 북미식 가정식이 준비되었다. 소박하면서도 정성이 깃든 식사에 외빈들은 고개를 끄덕였다.

"로크 전 가주께서는 검소한 성격이셨구려."

이탄은 곡물빵 한 조각을 입에 넣으며 로크를 추켜세웠다.

"대지의 소서러님, 감사합니다."

시어드가 이탄에게 가볍게 목례를 했다.

릴리트도 점잖게 한 마디를 얹었다.

"식사가 검소하면서도 격식이 있네요."

예니세이는 무슨 말을 할까 골똘히 생각하다가 아무런 생각도 나지 않아 아무 말이나 던졌다.

"험험. 그 뭐라고 할까……. 맛있구려. 험험험. 빵도 맛있고 스프도 입맛에 맞아."

예니세이는 덥수룩한 수염을 스프로 적셔가면서 먹었다.

고골은 굳이 입을 열지 않았다. 팔이 불편한 고골을 위해서 시즈너 가문의 메이드가 고골의 식사를 도와주었다.

다들 한마디씩 덕담을 하고 나자 험프가 분위기를 환기시켰다.

땅땅땅.

험프는 포크로 유리잔을 두드려 좌중의 시선을 모았다.

"다들 알다시피 오늘 우리는 로크 형님을 배웅해드렸소. 각기 다른 생각을 품고 치열하게 다투던 우리 오대군벌의 사람들이 이렇게 한자리에 모여 형님의 가는 길을 봐드렸으니 로크 형님도 지금쯤 하늘에서 껄껄 웃으실 게요."

험프는 이렇게 서두를 꺼낸 뒤, 곧바로 본론으로 들어갔다.

"그런데 로크 형님께서 더 오래 사실 수도 있었는데 말이요. 평상시에 워낙 정정하셨던 분이시라 나는 형님께서 나보다 더 오래 사실 거라 생각했지. 껄껄껄. 그런 형님이 갑자기 위독해지신 것은 모두 다 쥬신의 말종들 때문 아니겠소. 그 말종들이 테러를 일으켜서 형님의 큰아들, 지미를 평생 병상에서 지내게 만들었어. 그 일 때문에 결국 형님도 시름시름 앓으신 게야."

험프가 손가락으로 옆을 가리키며 벌떡 일어났다. 험프의 눈에 끼운 유리알이 무섭게 번들거렸다.

"하여 이 험프 가라폴로는 가문의 이름을 걸고 맹세하였소. 이 목숨 다하는 그 날까지 쥬신의 말종들을 때려잡겠노라고."

험프는 버럭 언성을 높이더니, 갑자기 식탁 위에 뛰어올라 가 동양식으로 절을 했다.

"그러니 여러분들께서 이 사람 좀 도와주시오. 그동안 우리 에디아니가 여러분들을 서운케 한 점도 있을 게요. 부디 그런 서운함은 잊어주시고 내가 형님과 지미 조카의 복수를 할 수 있도록 도와주시오. 크흐흑."

험프의 눈에서 액체가 뚝뚝 떨어졌다. 험프의 목소리가 가늘게 떨려서 나왔다.

사람들은 갑작스러운 험프의 행동에 놀랐다. 그렇게 놀라면서도 사람들은 험프의 진심 어린 이야기에 마음이 흔들렸다.

예니세이가 가장 먼저 벌떡 일어났다.

"돕겠소. 우리 코로니 군벌이 도우리다. 부디 돕게 해주시오."

코로니는 에디아니 군벌과 앙숙이었다. 그런데도 예니세이는 아무런 망설임 없이 에디아니 군벌의 복수를 돕겠노라고 선언했다.

고골이 손을 들었다.

"저도 돕겠습니다. 카르발의 전력을 투입하겠습니다."

고골의 목소리에는 기운이 없었으나 그의 눈빛만큼은 형형하게 빛이 났다.

Chapter 5

예니세이와 고골이 선수를 치고 나오자 험프의 시선이 릴리트에게 향했다.

"흠흠."

릴리트는 헛기침으로 가라앉은 목을 풀었다. 그리곤 이탄을 살짝 곁눈질했다가 자신의 의견을 내었다.

"당연히 발렌시드도 함께 할 것입니다. 이미 여왕 폐하께서 연판장에 서명도 하셨잖아요. 쥬신의 망종들과는 저희도 한 하늘 아래서 함께 살 수가 없어요."

"고맙소. 다들 고맙구려."

험프는 고개를 크게 주억거리며 릴리트에게 고마워했다.

이제 모두의 시선이 이탄에게 향했다.

오늘 한자리에 모인 협의체의 핵심 키(Key)는 어디까지
나 이탄이었다.

코로니 군벌은 상위 서열들이 모두 실종되어 크게 약해
졌다. 예니세이는 코로니의 한계를 너무나도 잘 알았다.

이는 카르발 군벌도 마찬가지였다.

아프리카의 서열 2위인 고골은 전투가 불가능했다. 서열
1위인 콜링바와 서열 3위인 엘시시는 납치를 당했다. 아마
도 카르발 군벌의 역사상 지금이 가장 약해진 순간일 것이
다.

한편 에디아니 군벌도 상태가 좋지 않았다.

에디아니 삼대가문의 맏형 역할을 했던 로크가 사망했
다. 로크의 맏아들도 반쯤은 식물인간이나 마찬가지라 도
움이 되지 않았다. 급하게 가주 자리를 물려받은 시어드는
아직 너무 젊었다. 또한 에디아니의 실질적 리더였던 안토
니오도 부상이 여간 심하지 않았다. 홀로 남은 험프의 힘만
으로는 에디아니의 무력을 온전히 이끌어내기 힘들었다.

그렇다면 쥬신의 망종들, 특히 빛의 수호룡을 몰고 등장

한 패황의 후계자를 감당할 초인은 단 2명뿐.

발렌시드의 최강자이자 뇌전의 여제라 칭송을 받는 빅토리아.

간씨 세가의 지배자이자 대지의 소서러라 불리는 간철호.

오직 이둘 2명만이 희망이었다.

그러면 이 2명 가운데 누가 더 중요하냐?

답은 후자였다.

'뇌전의 여제 빅토리아가 창이라면 대지의 소서러는 방패지. 패황의 후계자와 대전이 벌어졌을 때 누가 더 중요할까? 당연히 답은 방패야. 대지의 소서러가 자신의 피해를 무릅쓰고라도 패황의 그 무지막지한 공격을 막아내 주지 않으면 뇌전의 여제도 아무런 힘을 쓸 수 없어. 그리고 이 둘의 조합이 무너지면 오대군벌 전체가 위태로워.'

험프는 이런 판단을 내렸다.

예니세이와 고골, 시어드도 험프와 동일한 생각이었다.

심지어 릴리트마저도 패황의 후계자와 싸울 때 빅토리아 여왕보다 대지의 소서러의 역할이 더 중요하다는 점을 인정했다.

이 자리에 모인 모든 이들의 시선이 이탄에게 집중되었다.

이탄은 입 안에서 넣었던 곡물빵을 끝까지 씹어서 목구멍으로 넘겼다. 그리곤 냅킨으로 입가를 털고 차분하게 말을 꺼냈다.

"나는 내 역할을 회피할 마음이 없소."

"역시!"

험프가 무릎을 쳤다.

"대지의 소서러님."

시어드는 숭배하듯이 이탄을 바라보았다.

"내 그럴 줄 알았소. 껄껄껄."

예니세이는 손으로 수염을 쓸어내렸다.

고골은 호기심과 경계심이 뒤섞인 눈빛으로 이탄을 살폈다.

이탄을 향한 릴리트의 표정은 다채로웠다.

이탄은 모두의 시선을 한 몸에 받으면서 몇 가지를 이야기했다.

"내가 의견을 몇 가지 내리다. 우선 우리 간씨 세가는 쥬신의 잔당들에 대한 정보를 다른 군벌들보다 많이 모아왔소. 그러니 앞으로도 우리 간씨 세가가 정보수집 역할을 맡겠소. 가능할지는 모르겠으나 패황의 후계자도 간씨 세가에서 찾아보리다."

"옳거니. 간씨 세가에서 수고 좀 해주시오."

다들 이탄의 의견에 수긍했다.

이탄이 험프와 릴리트를 번갈아 쳐다보았다.

"그렇게 간씨 세가가 정보를 수집하는 동안, 발렌시드와 에디아니 군벌이 전체적인 전투 계획을 세워주시오."

"물론이오."

"알겠어요. 맡겨만 주세요."

험프와 릴리트가 힘차게 대답했다.

이탄은 고골과 예니세이에게도 역할을 맡겼다.

"아프리카와 시베리아의 군벌들은 적을 수색하고 몰이를 하는 데에 적극 가담해 주시오. 아마도 병력을 잔뜩 쏟아부어서 전 세계를 훑겠다는 각오로 임해야 할 거요."

예니세이와 고골의 얼굴이 확 밝아졌다.

이들 두 군벌은 상위 서열들이 실종된 터라 패황의 후계자와 직접적으로 맞부딪치는 것은 어려웠다. 다만 다른 군벌들 앞에서 이런 속사정을 밝힐 수가 없는 형편이었다.

그런데 이탄은 코로니와 카르발에게 일반 병사들을 동원하는 일을 맡겼다. 예니세이와 고골의 입장에서는 손뼉을 치며 환영할 일이었다.

"그거야 우리 코로니의 전문이지. 믿고 맡겨주쇼."

예니세이가 주먹으로 자신의 가슴을 탕탕 두드렸다.

"맡겨주십시오."

고골도 당차게 답했다.

이탄이 빙그레 웃었다.

"그렇게 판이 짜이고 나면, 아마도 우리는 패황의 후계자와 맞붙게 될 거요. 그때 내가 앞장서서 탱커 역할을 하겠소. 내가 놈의 정면을 붙잡는 동안, 빅토리아 폐하와 험프 경을 비롯한 다른 분들이 놈을 쓰러뜨려 주시구려."

이거야말로 각 군벌의 수뇌부들이 이탄에게 바라던 바였다.

"오오오, 역시 대지의 소서러는 영웅 중의 영웅이시오."

"정말 좋은 계획 같소이다. 코로니 군벌은 이 의견에 적극 찬성합니다."

모두가 활짝 웃을 때였다. 이탄은 기습적으로 한 마디를 보탰다.

"또 한 가지 조건이 있소."

이탄이 검지를 곧게 폈다.

"그게 뭐요?"

험프가 진실안, 즉 은색 눈을 번뜩이며 물었다.

이탄은 기다렸다는 듯이 원하는 바를 밝혔다.

"간씨 세가가 적의 정보, 특히 빛의 수호룡의 정보를 수집하려면 도움이 필요하외다. 각 군벌을 수호하는 위대한 존재들의 도움말이오."

"헉!"

"그건!"

이탄이 수호룡을 언급하자 다들 헛숨을 들이켰다.

〈다음 권에 계속〉

『제왕록』, 『무림에 가다』 시리즈의 작가 박정수
그가 거침없는 현대 판타지로 돌아왔다!

『신화의 전장』

주먹을 믿지 마라.
우리가 살아가는 이 땅에 인간을 벗어난 자들이 존재한다.

dream
books
드림북스

『마법군주』 발렌 작가의 신작!

『정령의 펜던트』

"정령사는 말이지, 되고 싶다고 해서 되는 게 아니야.
그냥 그렇게 태어나는 거지.
날 때부터 정해진 운명 같은 거라고."

dream
books
드림북스

환생왕

ORIENTAL FANTASY STORY & ADVENTURE

요도 김남재 신무협 장편소설

정체를 알 수 없는 세력들에 의해
비참한 최후를 맞이한
천룡성(天龍城)의 후계자 천무진.
그런 그에게 찾아온 또 한 번의 삶.
그리고 그를 돕기 위해 나타난 여인 백아린.

"이번엔…… 당하지 않는다."

이젠 되돌려 줄 차례다.
새로운 용이 강호를 뒤흔든다!

★
dream
books
드림북스